LENI TIWDOR

I chdi

LENI TIWDOR

EURON GRIFFITH

y Lolfa

Hoffai'r awdur ddiolch i'r Cyngor Llyfrau
ac i Meleri Wyn James a Nia Peris
am eu cyngor a'u cymorth wrth iddo sgwennu'r nofel hon

Argraffiad cyntaf: 2013

Cynllun y clawr: Sion Ilar

Rhif Llyfr Rhyngwladol: 978 1 84771 725 2

Dymuna'r cyhoeddwyr gydnabod cymorth ariannol
Cyngor Llyfrau Cymru

Cyhoeddwyd ac argraffwyd yng Nghymru
ar bapur o goedwigoedd cynaladwy gan
Y Lolfa Cyf., Talybont, Ceredigion SY24 5HE
e-bost ylolfa@ylolfa.com
gwefan www.ylolfa.com
ffôn 01970 832 304
ffacs 01970 832 782

Love is a trick to play on fools like me
I should have known it would never set me free.

'Please Be My Baby', Tiny Morton

GF40

Tydi Mrs Hemmings ddim yn medru coelio'r peth.

"Felly roedd fy ngŵr yn cael... *affêr*?"

"Efo'r au pair."

"Pwy? *Ceridwen*?"

"Ia. Au pair oedd hi, yn de?"

"Naci. O Porthmadog."

Dwi'n eistedd 'nôl yn fy nghadair a rhoi fy nhraed ar y ddesg. Dwi'n sgrwnsio'r bil trydan yn belen fach daclus, gron a'i thaflu i'r fasged ben arall y swyddfa ac yna'n estyn y laptop.

"Rhein ydi'r llunia, Mrs Hemmings," medda fi, gan wasgu'r llygoden. "Un tu allan i'r George yn Aber-porth, fel y gwelwch chi. Hwn wedyn yn y maes parcio tu ôl i Littlewoods."

"O diar!" meddai, gan godi'r hancas at ei thrwyn. "Fedra i'm edrych!"

Dwi'n ochneidio. Wedyn dwi'n swingio fy nhraed oddi ar y ddesg a phwyso mlaen, gan fabwysiadu fy llais mwya tyner.

"Dwi'n gwbod fod o'n anodd, Mrs Hemmings, ond mae raid i chi drio."

Mae hi'n chwythu ei thrwyn a rhoi'r hancas yn ei bag.

"Mae'n siŵr eich bod chi'n meddwl 'mod i'n ddynas wirion, Mr Tiwdor."

"Dim o gwbwl, Mrs Hemmings. Pan mae priodas yn chwalu mae'n straen fawr ar y galon."

"Ugain mlynedd," medda hi, y dagrau'n llifo i lawr ei bochau gan adael dwy linell anesmwyth trwy'r colur. "Ddudodd Mam fod o ddim i'w drystio. Oedd 'na rwbath od amdano fo erioed, medda hi. Ac mi oedd hi'n iawn!"

Mae hi'n bloeddio crio ac yn tyrchu yn ei bag am yr hancas unwaith eto. Dwi'n codi. Rhoi fy mraich rownd ei hysgwyddau.

"Bob dim yn iawn, Mrs Hemmings."

"O diar… Mr Tiwdor… Gobeithio… gobeithio'ch bod chi… ddim yn meddwl… llai… ohona i ar ôl i mi… grio'n wirion fel hyn…"

"Fel ddudish i, Mrs Hemmings, mae'n emosiyna ni'n betha pwerus. Nhw sy'n ein rheoli ni. Nid y pen." Dwi'n taro fy mrest efo fy nwrn. "Y galon."

Mae hi'n stopio crio ac yn dabio'i thrwyn â'r hancas.

"Dach chi'n iawn, Mr Tiwdor."

Mae hi'n edrych ar fwy o'r lluniau ar y sgrin. Llun sy'n dangos Ceridwen a Mr Hemmings ati go iawn ar wely four-poster mewn gwesty. Mae hi'n tynnu ei llygaid oddi wrth y sgrin ac yn edrych arna i'n ddewr.

"Be dach chi'n awgrymu ddylwn i neud rŵan? Mynd at y twrna a mynnu ysgariad, reit siŵr?"

Dwi'n cerdded draw at y ffenest ac yn sbecian trwy'r venetian bleinds ar y tonnau llwyd yn rhuthro dros y cerrig mân ar draeth gwag Pontelfyn.

"Dwi ddim yn meddwl fydd angen ysgariad."

Mae hi'n troi yn ei chadair i fy wynebu.

"O? Ond pam? Fedra i'm byw efo rhywun sydd wedi bod yn cael *affêr*! Tre gymharol fach ydi Pontelfyn, mae newyddion yn carlamu fel ceffyla gwyllt!"

"Fydd 'na ddim ysgariad, fedra i'ch sicrhau chi o hynny."

"Be dach chi'n feddwl?"

Dwi'n cerdded yn ôl at y ddesg ac yn eistedd i lawr.

"Mrs Hemmings, mae'n rhaid i mi eich paratoi chi am dipyn o newyddion drwg."

Mae Mrs Hemmings yn pwyntio at y llun ar y laptop ac yn chwerthin mewn hysteria bron. "Beth ar y ddaear sy'n debygol o fod yn waeth na *hyn*?"

"Mae Mr Hemmings wedi marw."

Mae ei hwyneb yn disgyn fel lliain o lein ddillad.

"Ond… sut? Oedd o'n mynd i'r *gym* bob dydd. Ac mi oedd ei bwysa gwaed o'n berffaith yn ôl y doctoriaid. Na," meddai, gan drio gwenu, "mae'n rhaid fod 'na ryw fath o gamgymeriad, Mr Tiwdor."

Dwi'n tynnu'r laptop ata i ac yn clicio'r llygoden i agor llun arall. Dwi'n petruso am eiliad cyn ei ddangos iddi. Ond wedyn dwi'n troi'r laptop iddi weld. Llun o Mr Hemmings yn sêt ffrynt ei Ford Focus efo twll bach crwn yn ei dalcen a gwaed yn diferu i lawr ei wyneb ac ar hyd ei fron. Mae ei lygaid ar agor ac yn syllu ar y to mewn sioc.

"Ceridwen," medda fi. "Mi oedd hi'n gweithio i MI5."

"Ond—"

"Ac mi oedd eich gŵr yn aelod o'r KGB."

"Y… *beth*?"

"Mr Hemmings. Neu, i'w alw wrth ei enw iawn, Cyrnol Dimitri Vyshinsky."

Dwi'n gwenu i mi fy hun. Basa, mi fasa hynna wedi bod yn grêt. Jyst y peth i godi'r galon. Ond, wrth gwrs, dydi petha dramatig fel'na byth yn digwydd ym Mhontelfyn. A does gen i ddim swyddfa chwaith. Wel, dim swyddfa go iawn. Jyst stafell ddrafftiog a thywyll ar lawr isa hen dŷ Fictorianaidd Anti Maj – y tŷ lle'r ydw i hefyd yn byw. Stafell â chwpwrdd pydredig yn y gornel, dwy gadair, un bwrdd. Ac alcof.

Rockford go iawn!

"Pam dach chi'n gwenu, Mr Tiwdor? Dwi'n gobeithio wir nad ydach chi'n meddwl fod hyn yn ddoniol."

"Na, Mrs Hemmings. Wrth gwrs. Dim o gwbwl."

"Ma'r mountain bikes 'ma'n costio ffortiwn."

"Yndan, dwi'n gwbod."

"Pum can punt. Y GF40. Model unigryw, yn ôl y dyn yn y siop – ac mi oedd o'n iawn hefyd, gwaetha'r modd. Dwi wedi cael yr arian insiwrans erbyn hyn a dwi wedi cynnig prynu beic newydd i Malcolm bach ond, wrth gwrs, y GF40 yma oedd o isho a neith dim byd arall y tro. Ond rŵan, wrth gwrs – fel rydach chi eisoes wedi ffeindio, Mr Tiwdor – mae'r ffatri oedd yn gneud y GF40 yn yr Almaen wedi cau ac felly dyna ni. Be fedra i neud? Ma'r gŵr yn pwdu. Oedd raid iddo fo weithio overtime am fis cyfan er mwyn *cael* y blydi beic yn y lle cynta!"

"Panad, Mrs Hemmings?"

Mae'n sbio arna i am eiliad fel petai hi'n ymddiheuro am y rant. Mae'n gwenu'n wan.

"Plis. Dim siwgwr. Dwi'n trio colli pwysa."

Dwi'n codi ac yn mynd i mewn i'r alcof fach sydd wedi ei throi'n rhyw fath o gegin. (Os fedrwch chi alw tecell, oergell a sinc yn 'gegin'.)

"Tydi DI Farrar a'r heddlu ffor hyn yn gneud uffar o ddim byd, Mr Tiwdor," medda Mrs Hemmings, gan godi ei llais ychydig er mwyn i mi glywed uwchben sŵn y tecell yn cael ei lenwi, "ond dach chi'n gwbod hynny, siawns. Mae'n siŵr bod dyn yn eich busnas chi'n clywad pobol yn cwyno am yr heddlu drwy'r amsar. O do, mi yrrodd DI Farrar nhw rownd y dre yn dangos eu hunain mewn car panda, efo'r hen seiran 'na'n gweryru'n wirion, ond dyna fo – dim byd wedyn. Dim smic. Diawl diog fuodd o erioed. Dwi'n 'i gofio fo yn yr ysgol. Ac mae'r hogyn acw'n crio'i hun i gysgu bob nos ac, i fod yn hollol onast, Mr Tiwdor, dwi wedi cael llond bol."

"Wrth gwrs," medda fi, gan gerdded yn ôl i mewn i'r stafell ddrafftiog ac eistedd i lawr. Dwi'n agor un o ddrôrs y cwpwrdd pydredig yn y gornel ac estyn ffeil las.

"Mae'n rhaid i mi gyfadda 'mod i wedi cael fy siomi braidd pan ddois i yma'r tro cynta, Mr Tiwdor," medda Mrs Hemmings ar ôl saib bach.

"O?" medda fi, fy mysedd yn fflicio drwy'r papurau yn y ffeil.

"Wel, dach chi'n gweld y llefydd 'ma yn y ffilmia a ballu, yn dydach? Ac mi rydach chi'n disgwl rwla... wel... rwla dipyn bach mwy..."

"Cyffrous?"

"Twt."

"O. Ia. Sori am hynna."

"Ers faint dach chi wrthi rŵan?"

Dwi'n dal i chwilio yn y ffeil. Yn y 'gegin' mae'r tecell yn clicio ar ôl llenwi'r alcof efo digon o stêm i guddio sebra.

"*Wrthi*, Mrs Hemmings?"

"Fel ditectif."

"A, reit. Wel—"

"Achos dwi wedi sylwi ar yr hysbyseb yn ffenest ffrynt Siop Gron ers sbel ond, i fod yn hollol onast, dwi'm 'di gweld neb arall yn cymyd sylw. I ddeud y gwir, oedd Gron yn deud 'i fod o am dynnu hi lawr i neud lle i boster y Gymanfa Ganu yng nghapal Salem."

"Y wasgfa ariannol, Mrs Hemmings. Mae pobol yn llai parod i fentro ar dditectif preifat. Ond, fel dach chi'n deud, dydi'r heddlu ddim yn medru gneud bob dim. Maen nhw'n rhy brysur."

"Rhy brysur? Ym *Mhontelfyn*? Tydi'r lle ddim fel Los Angeles! Pan fyddwch chi wedi bod yma am fwy nag ychydig fisoedd mi wnewch chi ddysgu hynna. Dim fod 'na ddim troseddu, wrth gwrs. Sbiwch ar Ben Rhiw. Digon i'w wneud yn fanno 'swn i'n ddeud. Rhy blydi *ddiog* ydi'r heddlu rownd fan hyn, 'sa chi'n gofyn i fi!"

"Ia… wel…"

"Rŵan, oeddach chi'n deud fod gynnoch chi newyddion da, Mr Tiwdor?"

"Oeddwn," medda fi. "Drychwch ar rhein."

Dwi'n estyn cwpwl o 8x10s o'r ffeil a'u gosod nhw ar hyd y ddesg. Mae Mrs Hemmings yn tynnu sbectol Dame Edna o'i bag.

"Dynnais i nhw gwpwl o ddiwrnoda yn ôl," medda fi. "Llunia o feic GF40. Tebyg i'ch disgrifiad chi. Ac, o'r darlun yn y catalog, mi faswn i'n deud mai GF40 ydi'r beic yma. Fasach chi'n cytuno?"

Mae Mrs Hemmings yn astudio'r lluniau fesul un.

"Baswn," medda hi, gan nodio'n araf, "ac i ddeud y gwir, Mr Tiwdor, mi faswn i'n mynd gam ymhellach a deud mai hwn *ydi* beic Malcolm."

"Dach chi'n berffaith siŵr?"

Wrth glywed hyn mae Mrs Hemmings yn gollwng y lluniau'n wyllt ac yn chwipio'r sbectol Dame Edna o'i thrwyn. Mae hi'n edrych arna i'n flin.

"Pum cant o bunnoedd, Mr Tiwdor," meddai, "dyna faint wnaethon ni wario ar y beic yna. Pum cant o bunnoedd fedran ni ddim eu fforddio. Rŵan, peidiwch â meiddio awgrymu 'mod i ddim yn mynd i adnabod beic sydd wedi costio bron mwy na dwi – a *chi*, reit siŵr, o be wela i wrth sbio rownd y 'swyddfa' yma – yn ennill mewn mis!"

"Na, wrth gwrs."

Mae Mrs Hemmings yn pwyso mlaen ac yn tapio lluniau'r GF40 efo'i bys.

"Lle *mae'r* beic?"

"Pen Rhiw. Yng ngardd gefn rhif 23, i fod yn fanwl."

"A maddeuwch i mi am ofyn cwestiwn twp, Mr Tiwdor, ond os dach chi'n gwbod lle mae'r beic, *pam dach chi heb ei fynnu fo yn ôl?*"

Dwi'n codi ac yn mynd i'r alcof i wneud y te.

"'Di ddim mor hawdd â hynny, mae arna i ofn," medda fi dros fy ysgwydd.

Dwi'n clywed y gadair yn cael ei gwthio'n ôl ac wedyn sŵn sodlau uchel fel mwrthwl ar y llawr pren. Y tro hwn mae Mrs Hemmings wedi fy nilyn i'r alcof.

"Be dach chi'n feddwl 'ddim mor hawdd â hynny'?" medda hi, ei dwylo'n chwifio'r stêm oddi wrth ei hwyneb. "Mae'n ddigon hawdd, dybiwn i. Dach chi'n camu i fyny at rif 23, cnocio ar y drws a deud fod y beic yn yr ardd yn stolen property a'ch bod chi yna i'w dywys o yn ôl at ei berchennog cyfreithlon! Neu ydw i'n methu rwbath?"

"Yndach, Mrs Hemmings."

"Be?"

"Fury."

"*Fury*?"

"Wel, dyna be mae o'n ddeud ar y cwt beth bynnag. Mewn llythrenna mawr du. FURY. A sgen i ddim achos i amau addasrwydd yr enw."

Dwi'n tollti'r dŵr o'r tecell ond erbyn hyn mae Mrs Hemmings wrth fy ochor. A does 'na'm lot o le yn yr alcof. Dwi'n teimlo ei hanadl boeth – a blin – ar fy ngwddw. Mae hi mor fawr â byffalo.

"Ydach chi'n meiddio deud wrtha i," meddai, gan geisio cadw ei thymer dan ryw fath o reolaeth, "fy mod i'n talu arian da – ac arian prin – i dditectif preifat sydd ofn... *ci*?"

"Nid jyst *unrhyw* gi, Mrs Hemmings. Mae Fury'n anfarth! Dwi wedi trio sawl tro, coeliwch chi fi, ond mae o wedi fy ffeindio i bob tro – rydach chi'n gwbod sut mae'r cŵn 'ma am synhwyro petha. Ond mi ga i'r GF40 yn ôl i Malcolm, Mrs Hemmings, dwi'n gaddo!"

"*Pryd*, Mr Tiwdor?"

"Yn ystod y dyddia nesa 'ma gobeithio."

"Fory."

Mae Mrs Hemmings yn camu allan i'r brif swyddfa fel Rosa Klebb yn *From Russia with Love*. Mae ei bag yn dynn yn ei llaw.

"Os na fydd y beic ganddoch chi erbyn ben bora fory, Mr Tiwdor, mi fydda i'n canslo'r siec ac mi fydda i'n sgwennu llythyr i'r *Herald* yn awgrymu'n gryf iawn y dyla pawb osgoi gwasanaethau Mr Leni Tiwdor, ditectif preifat, o hyn mlaen, gan restru'r rhesymau, gan gynnwys eich bod chi ofn cŵn. Be sgynnoch chi i ddeud?"

Dwi'n llyncu fy mhoer. Ar fy nesg dwi'n sylwi ar nodyn Anti Maj yn gofyn am rent mis yma.

A'r mis dwytha.

"Fory," medda fi.

Mae Mrs Hemmings yn cerdded at y drws a'i agor. Ond cyn mynd mae'n troi.

"Wela i chi – a'r beic – am naw o'r gloch, Mr Tiwdor," meddai. "Fury neu beidio."

Mae'r Cadillac rhydlyd yn llithro i stop tua hanner canllath oddi wrth rif 23 a dwi'n pwyso'r botwm i agor y ffenest. Ond dwi wedi anghofio'i fod o ddim yn gweithio.

"Shit."

Dwi'n agor y drws, camu allan a gwthio'r ffenest i lawr efo 'nwylo. Mae'r gwydr styfnig yn gwichian fel mochyn ond, ar ôl ychydig eiliadau (a dipyn mwy o wthio), mae o'n penderfynu symud. Dros y lôn mae yna ferch ifanc mewn tracsiwt yn syllu arna i'n syn. Mae hi'n gwthio pram. Dwi'n gwenu'n wan ac yn hanner codi fy llaw ond tydi hi ddim yn gwenu 'nôl, mae hi jyst yn codi ei hysgwyddau a cherdded mlaen. Weithia, faswn i'n taeru bod pobol Pen Rhiw fel tasen nhw ar blaned hollol wahanol.

Dwi'n estyn y binoculars rhad o sêt flaen y Coupe de Ville. Yncl Idwal oedd biau'r rhein hefyd, fel y car. Roedd o wrth ei fodd efo ceir Americanaidd ond rŵan fod Idwal druan wedi marw ers wyth mis mae Anti Maj am gael gwared o'r car am ei fod o'n rhy fawr, yn rhy anodd i'w barcio yn Asda, yn rhy rydlyd… ac yn rhy ddrud i'w redeg. Dyna pam dwi 'di cael ei fenthyg o. Tan i rywun weld *Auto Trader* ac ateb yr hysbyseb. £800. Neu'r cynnig agosa. Does neb wedi ffonio eto.

Ar ôl ffocysu tipyn bach mae 'O' sigledig y binoculars yn setlo ar y bariau haearn o gwmpas gardd gefn rhif 23. Dwi'n symud yr 'O' yn araf o un ochor i'r llall.

Does 'na'm golwg o neb.

Dwi'n checio ffenest y llofft.

Neb.

Wedyn, tu ôl i'r cwt ci efo 'FURY' uwchben y drws, dwi'n sylwi ar y GF40 yn pwyso yn erbyn y wal wrth ymyl y drws cefn. Does 'na'm clo arno. Dwi'n checio'r cwt. Dim golwg o Fury yn nunlla ac mae'r tennyn dur oedd yn ei ddal yn sownd i'r drws bellach yn rhydd ac yn gorwedd ar y gwair fel python esgyrnog.

Dwi'n symud yr 'O' i lawr ychydig a ffocysu ar y bowlen anferth efo 'BASTARD' wedi ei sgwennu arni. Powlen? Blydi hel, mi fasa hi'n pasio'n hawdd fel pwll padlo plentyn. O be wela i mae'r bowlen yn sgleiniog o wag. Mae'n amlwg i Fury gael brecwast llawn o beth bynnag mae cŵn enfawr, cas a ffiaidd yn ei fwyta ben bore. (Tri tun o Pal? Llond sach o Winalot? Dyn post?) Dwi'n teimlo ias yn rhedeg i lawr fy nghefn wrth ddychmygu ei dafod barus a chlwtlyd yn llowcio pob lwmp o gig a phob diferyn o refi cyn iddo arwain ei berchennog am dro, fel Cerberus yn ei goler hoeliog. Ond, serch hyn, mae gen i waith i'w wneud felly dwi'n llyncu poer, rhoi'r binoculars i lawr ar sêt ledar y Cadillac a chamu'n ofalus i gyfeiriad rhif 23.

"*Fury...*"

Dwi'n hanner canu'r geiriau'n dawel.

Dim ateb.

Dwi'n clirio fy ngwddw a checio dros fy ysgwydd cyn trio eto.

"Fury... ti yna, boi?"

Chwibanu'n ysgafn.

Dim ymateb.

Dwi'n gwthio'r giât ac mae hi'n ildio'n syth – braidd yn *rhy* syth i ddweud y gwir, oherwydd mae'r cyfuniad blêr o bren, haearn a weiran bigog yn taro'n erbyn y gasgen olew fawr y tu ôl iddi. Yn dilyn y gwrthdrawiad mae'r giât yn siglo a chlecian a dwi'n siŵr tasa Fury o gwmpas y basa fo wedi saethu allan o'i gwt a charlamu tuag ata i, ei ddannedd mor finiog â sabrau a'i geg yn glafoerio am fwy o waed, cnawd ac esgyrn.

Er iddo gael brecwast yn barod.

O'r diwedd mae'r giât yn stopio clecian ac, uwch ein pennau – bron fel petai'n tanlinellu'r ffaith fod y byd (heddiw o leia) yn lle clên, mwyn a diniwed – mae yna fwyalchen yn trydar yn braf ar y landar. Mae'r awyr yn las. Yn y pellter dwi'n dychmygu 'mod i'n clywed sŵn y môr. A Lady Gaga ar Heart Radio.

Dwi'n camu dros bowlen Fury tuag at y beic. Dwi'n gwbod dim am feics ac, i fod yn hollol onast, does gen i ddim diddordab chwaith – ar blaned Leni Tiwdor mae un beic yn edrych yr un peth â'r nesa, fwy neu lai – ond wrth i mi blygu i redeg fy llaw dros alwminiwm llyfn y GF40 mae'n rhaid i mi gyfadda fod hwn yn feic eitha sbesial ac yn esiampl berffaith arall (fel tasan ni angen un) o beirianneg glinigol a chywrain yr Almaenwyr. Vorsprung durch Technik – hwnna ydi o. Falla eu bod nhw wedi colli dau ryfel byd ond, chwara teg, maen nhw'n gwbod sut i wneud beics. Dydi'r GF40 ddim yn feic malu-cachu-yn-y-parc. I ddweud y gwir, y mwya dwi'n meddwl am y peth, y mwya dwi'n wirioneddol amheus ai 'beic' ydi'r GF40 o gwbwl. Mae hwn fel Ferrari neu Lamborghini. Hyd yn oed os ydi'r teiar cefn yn fflat.

Wrth i mi gydio yn yr handlebars mae'r beic mor ysgafn dwi'n poeni am eiliad y bydd o'n codi i'r awyr a hedfan i ffwrdd. Dwi'n ei droi'n ofalus.

A dyna pryd dwi'n clywed llais.

"Wêr iw ffycin going widd mai baic, chîff?"

Hogyn tua pedair ar ddeg oed sydd o 'mlaen i – pymthag falla – mewn tracsiwt a het bêl-fas â'r pigyn yn wynebu'r cefn (wrth gwrs). Yn ei law dde, ffôn symudol. Yn ei law chwith, tennyn. Ac ar ben ei dennyn (yn llythrennol yn yr achos yma)…

… Fury.

"Hei," medda fi, gan wenu ar yr hogyn a chodi fy llaw fel arwydd o heddwch (ond gan gadw llygad ar Fury trwy'r amsar), "ti'n siarad Cymraeg?"

Tacteg i ennill amsar. Rhywbeth i'w wneud wrth i mi feddwl sut fedra i ddianc o'r sefyllfa anodd yma efo rhywfaint o urddas. (Ac efo'r GF40.)

Dwi'n sbio i lawr. Mae ceg Fury fel gwên o hoelion. Mae o'n swnio fel Honda 350.

"Mai Dad's cyming," meddai'r hogyn.

"Wel, 'nai'm aros," medda fi.

Dwi'n camu mlaen ond mae'r hogyn yn gwthio Fury tuag ata i fel arf niwclear.

"Ddat's mai baic," medda fo, gan nodio tuag at y GF40.

"Yli," medda fi, mor naturiol a pholéit ag y medra i o gofio'r amgylchiadau, "fedra i ddeud wrth dy acen dy fod ti'n siarad Cymraeg, felly gwranda. Dim chdi *bia'r* beic yma. Ti'n dallt? Mae'r beic yma'n perthyn i hogyn o'r enw Malcolm Hemmings. Rŵan, dwi ddim am ofyn cwestiyna a dwi ddim am fynd at y cops. Y cwbwl dwi am neud ydi cerddad o'ma efo'r beic a mynd â fo yn ôl at—"

Mae'r tad yn cyrraedd. Mae o'n gwisgo tracsiwt hefyd. Ar ei ddwylo dwi'n sylwi ar ddau datŵ. Mae 'H.A.T.E.' ar yr un chwith…

… ac mae 'H.A.T.E.' ar yr un *dde* hefyd.

Dwi'n llyncu poer a gwenu.

“Wat’s ’apnin, syn?” medda fo wrth ei fab.

“Ddis wancyr’s têcin mai baic, Dad.”

Mae’r tad yn syllu arna i.

“Iw têcin mai syn’s baic, iw wancyr?”

“Egluro i’ch mab o’n i, Mr… Sori, dwi ddim yn gwbod ’ych enw…”

“Mr Total Ffycin Basdad,” medda fo, gan boeri fel Wayne Rooney a cherddded tuag ata i’n bwrpasol, ei ddwrn yn taro’n erbyn ei law, “a gad i mi egluro rwbath i *chdi*, olreit?”

Stooge

"Mr Total Ffycin *be*?"

"Basdad. Dyna be ddudodd o… Awww!"

"Sori, Len."

Mae Stooge yn tynnu'r clwt gwaedlyd oddi ar y briw a'i ddowcio mewn mwy o ddŵr cynnes. Wrth iddo fo wasgu'r clwt dwi'n sylwi bod y dŵr sy'n tywallt ohono'n binc.

Yn boenus o binc.

"Felly be ddigwyddodd wedyn?"

"Wel," medda fi, "yn naturiol, mi nath o ymddiheuro ac, ar ôl panad o Earl Grey a bechdan ciwcymbyr yn yr ardd, gafon ni sgwrs reit ddiddorol am R Williams Parry a dyfodol cefn gwlad Cymru. Yn ei farn o, mae—"

"Ia, wel, sy'm isho bod yn sarci, nago's?"

Dwi'n ochneidio a chodi'r cryno-ddisg *No Jacket Required* dwi wedi bod yn ei ddefnyddio fel drych. Mae cefn llyfn y disg yn adlewyrchu canlyniadau echrydus ac anochel gwrthdrawiad dwrn caled Mr Ffycin Basdad â cheg feddal Leni Tiwdor.

"Mae o'n bownd o edrach lot gwaeth na mae o go iawn," medda Stooge, wrth sylwi ar fy mhryder, "dwi wastad yn ffeindio hynna efo CDs. Maen nhw'n distortio bob dim. Fedri di'm trystio nhw. Dim fatha finyl."

"Os ti'n casáu CDs gymaint, pam ti'n gwerthu nhw ta?"

Tro Stooge ydi hi i ochneidio tro 'ma.

"Ia, wel, *dydw* i ddim, nadw?" medda fo. "Dyna 'di'r broblam."

Mae o'n gwenu'n sardonig, gan gyfeirio at bedwar bocs o CDs ail-law ger y ffenest. "Nath rheina gyrradd bora 'ma – rhywun 'di bod yn cael clear-out reit siŵr ac yn meddwl 'Lle ffwc fedra i ddympio'r holl crap 'ma? O ia, dwi'n gwbod, be am fynd â nhw i lawr i'r Den? Pwy a ŵyr, falla ga i dennar amdanyn nhw.'"

"A gafodd o dennar?"

"Sefn ffiffti."

"Ddyla chdi fod ar yr *Apprentice*."

"A prynu mwy na dwi'n werthu?" Mae o'n crychu ei dalcen ac yn anelu ei fys ata i'n ddramatig. "Stooge… you're fired…"

Dwi'n gwenu. Mistêc.

"Aww."

Wrth i mi ddabio'r briw gwaedlyd yn ofalus efo cefn fy llaw mae Stooge yn codi o'i stôl a syllu o gwmpas ei deyrnas fel y Brenin Arthur. I ddweud y gwir, roeddwn i wedi bod yn meddwl ei fod o'n edrych dipyn bach fel y ddelwedd boblogaidd o Arthur ers i mi ei gyfarfod am y tro cynta yng nghwis pop y Darian ar y promenâd (lle roeddwn i'n gweithio ambell shifft i gadw Anti Maj o'r drws).

Y barf.

Y gwallt.

Y crys-t Grateful Dead.

"Welis di'r rhaglan 'na ar y bocs neithiwr? Am Bobby Charlton?" medda fo.

"Na, o'n i allan ar ddêt efo Keira Knightley. Nos Iau, ti'n cofio? Y noson pan dwi'n mynd allan efo eicons y sgrin? Wythnos dwytha o'n i'n chwara dominos efo Joanna Lumley."

Mae Stooge yn cerdded heibio rhes o recordiau finyl

(pob un wedi ei gosod yn dwt yn nhrefn yr wyddor, o Abba i Zappa). Mae'n stopio gyferbyn â 'J' ac yn estyn copi perffaith o *Minstrel in the Gallery* gan Jethro Tull. Mae'r record wedi ei lapio mewn seloffên ac mae hi mewn cyflwr perffaith, heb grafiad o unrhyw fath ac ar werth am dri deg punt.

(Ond ddim *yn* gwerthu, i fod yn fanwl gywir.)

Mae Stooge yn rhoi'r record yn ei hôl yn ofalus a symud tuag at 'L'.

"Y peth nath 'y nharo i am Charlton neithiwr," medda fo, "oedd y ffaith fod o'n gwbod yn union be oedd o isho cyn ei fod yn saith oed. Pêl-droed. Dyna'r cyfan. Oedd o'n cicio pêl yn y strydoedd cefn a'r unig beth yn ei ben oedd cael chwara yn Wembley un diwrnod. Dyna oedd ei freuddwyd fawr o."

"Reit," medda fi – yn eitha difater os dwi'n onast. Yn y ddau fis ers ei nabod roeddwn i 'di sylweddoli bod Stooge yn medru mwydro weithia. Dwi'n estyn *No Jacket Required* a checio'r briw eto. Mae o wedi stopio gwaedu ond yn dal i frifo.

"A ti'n gwbod be?" medda Stooge o'r rhan 'L'. "Wnath o'n atgoffa i o rywun."

"Pwy?"

"Fi."

Dwi'n chwerthin. Mistêc arall.

"Aww!" Dwi'n rhwbio'r briw yn ofalus. "Ia, fedra i ddychmygu chdi yn Wembley, Stooge. Yn gwerthu hamburgers."

"Bwm bwm."

Mae o'n camu tuag ata i efo copi Japaneaidd prin o *Imagine* (saith deg punt) dan ei fraich.

"Nid y darn am chwara pêl-droed," medda fo, "y darn am y freuddwyd."

"O. Reit. Sori."

Mae Stooge yn tynnu *Imagine* yn ofalus o'i chlawr a'i gosod yn barchus ar y bwrdd troi Technics. O fewn eiliadau mae piano soniarus Lennon yn llenwi'r siop ac mae Stooge yn troi ata i.

"Ti'n gweld, Len, mae records i fi be oedd Man U i Bobby Charlton. O'n i'n gwbod be o'n i isho neud pan o'n i'n blentyn bach hefyd. O'n i isho rhedag siop records."

"A dyma chdi," medda fi, gan ymestyn fy mreichiau i gyfeirio at y Den, "y freuddwyd wedi ei gwireddu. Llongyfarchiada!"

Ond wrth i'r cyn-Beatle ddelfrydu a gofyn i ni ddychmygu byd heb nefoedd na chrefydd mae Stooge yn ochneidio eto.

"Ia, wel, yn anffodus, mae byd records ar ben."

"Braidd yn or-ddramatig."

"Na, go iawn. Sbia ar y lle 'ma, Len. Be ti'n weld?"

Dwi'n sbio.

"Bocsys."

"Da iawn, Sherlock."

"Bocsys yn llawn records a CDs. A wedyn rhes o finyl wedi eu trefnu'n ofalus. Ac, wrth gwrs, y sgwâr ar y wal lle oedd y copi 7" o *Please Be My Baby* gan Tiny Morton."

"Yn hollol," medda Stooge, wrth i Lennon gyrraedd y darn lle mae o'n cyfadda, er ei fod o'n breuddwydio, nad fo ydi'r unig un, "dwi fatha ryw sied anfarth lle mae pawb yn dŵad i ddympio'u rybish. Dwi newydd dderbyn bocsys cyfan o records dawns 12" a sgen i ddim syniad be ydyn nhw. Ti'n gwbod pa mor hoples ydw i efo petha ar ôl 1975!"

"Ti angen helpar bach, Stooge. Rhywun ifanc sy'n dallt y dalltings."

"Dwi wedi trio, Len, ond pwy mewn difri calon fasa'n

hapus i weithio yn fama? Tydi pobol ifanc ddim isho gweithio mewn siop records dyddia yma, dyna ydi'r pwynt. A beth bynnag, fedra i ddim fforddio helpar."

"Minimum wage," medda fi. "Ac mi fasan nhw'n handi efo'r disgos yn Dixieland hefyd."

"Falla," medda Stooge. Wedyn mae o'n ysgwyd ei ben a chodi record o un o'r bocsys eraill sydd newydd gyrraedd. "Os wela i un copi arall o *War of the Worlds* mi wna i sgrechian! Ti'n gwbod bai be 'di hyn?"

"Na," medda fi dan fy ngwynt, gan astudio fy ngên ar gefn *No Jacket Required* eto, "ond mae gen i deimlad dy fod ti am ddeud wrtha i."

"Hwn," medda fo, gan godi iPod am eiliad cyn ei daro i lawr ar y cownter efo clec blastig.

"Technoleg," medda fi.

Mae Stooge yn cerdded ata i â thân yn ei fol, fel un o'r hen bregethwyr oedd Mam a Dad yn fy ngorfodi i'w diodda yn y capal erstalwm.

"Galwa fo beth bynnag tisho, Len," medda fo, ei wyneb blin yn agos rŵan – fawr mwy na thrwch sengl oddi wrth fy ngwyneb i – "ond, ti'n gweld, dydi pobol ddim yn gwrando ar fiwsig dyddia yma."

Oherwydd yr agosatrwydd anghyfforddus yma does dim rhaid bod yn dditectif i ddadansoddi be mae Stooge wedi'i gael i frecwast.

Garlleg.

Lot o arlleg.

Diolch byth, ar ôl sbio arna i am eiliad neu ddwy mae o'n symud oddi yno a cherdded ar hyd y rhesi o finyl a'r lluniau – wedi ffêdio – o rai o fawrion cerddorol Cymreig y gorffennol (Tom, Amen Corner, Budgie a Recs Watcyn), gan gyflwyno un arall o'i rants yn erbyn y byd modern drwg, ei lais mor uchel ag Ifas y Tryc yn bloeddio *Hamlet*.

"iPod neu ddim iPod," medda fo, "dyna ydi'r cwestiwn. Dyna be mae'r bobol yma'n ofyn bob pnawn Sadwrn yn Currys Digital ac ar-lein. Ydi hi'n beth doeth cario mlaen a diodda'r boen o orfod dewis record neu CD, rhoi hi mlaen ac wedyn gorfod sgipio ambell gân neu droi'r record drosodd? Nac ydi, wrth gwrs. Mae pobol heddiw isho miwsig tra'u bod nhw'n siopa yn Morrisons. Neu'n jogio yn y gym. Neu pan maen nhw'n siarad efo chdi ar y stryd.

"Ti'n gwbod be, Len? Pan o'n i – a chdi, reit siŵr – yn ifanc mi oedd miwsig yn rwbath sbesial. Oedd 'na rwbath arbennig am brynu record. Oedd y person yn y siop yn mynd â'r clawr i'r cefn, tynnu'r record oddi ar y silff, ei checio am grafiadau yn erbyn y gola cyn ei slipio – yn hynod ofalus – i mewn i'r llawes ac wedyn i'r clawr. Unwaith oeddach chdi adra roeddach chdi'n rhoi'r record mlaen a gwrando arni o'r dechra i'r diwedd heb ddim byd o gwmpas i amharu arnach chdi. Dim ots os oedd hi'n amsar te, neu os oedd 'na waith cartra i'w wneud, os oeddach chdi wedi penderfynu clywad 'Close to the Edge' gan Yes oedd raid i chdi ddal ati am yr ugain munud cyfan."

Mae o'n stopio i ddal ei wynt, gan wichian fel jogar.

Saib.

Dwi'n gweld fy nghyfle. Dwi'n sefyll, ymestyn fy mreichiau a newid y pwnc.

"Ddaeth y cops rownd wedyn? Ar ôl y byrglars."

"O," medda fo, gan edrych ar y sgwâr ar y wal lle oedd 'na gopi mint o *Please Be My Baby* gan Tiny Morton yn arfer hongian. Pris: £350. "Do. Ond dydi'r cops ym Mhontelfyn yn da i ffyc ôl."

"Dim leads ta?"

"Pwy sy'n torri mewn i siop records?" medda Stooge, gan droi ata i. "Mewn difri calon? Oeddan nhw'n meddwl fod 'na ffortiwn yn y til?"

Mae gen i biti drosto. Falla y basa rhyw fath o academydd wedi gweld cysylltiad seicolegol a chymdeithasol rhwng y ffaith fod rhywun, yn yr oes ddigidol lle does neb yn prynu miwsig bellach, wedi torri mewn ac, yn llythrennol, wedi 'dwyn' miwsig. Ond dwi ddim yn academydd. Os na dach chi'n cyfri gradd ail ddosbarth mewn Astudiaethau Ffilm.

A dydi'r rhan fwya o bobol ddim.

"Biti bod nhw wedi cymyd *Please Be My Baby*," medda fi.

"Dwi'n gwbod," medda Stooge, gan ochneidio eto ac ysgwyd ei ben, "a gadael yr holl gopis o *War of the Worlds*. O leia mi oedd gan y lladron ryw fath o chwaeth gerddorol."

"Oedd y cops yn meddwl na arbenigwyr oeddan nhw?"

Mae Stooge yn gwenu.

"Na. Neu fasan nhw wedi dwyn rhein hefyd." Mae Stooge yn estyn ei gopi o *Please Please Me* gan y Beatles sy'n cael ei gadw o dan y cownter. "Fersiwn stereo prin o 1963," medda fo â balchder a chryn dipyn o barch, fel tasa fo'n cyfeirio at Feibl teuluol. "Label du ac aur, yr argraffiad cynta, mewn cyflwr perffaith. Mae yna foi o Japan ar fin cynnig dros dair mil i mi ar eBay am hon. A be am hon?" Mae o'n estyn record arall o'i chartra dan y cownter. "*Astral Weeks* o 1968 ar y label oren – nid gwyrdd – ac mewn cyflwr perffaith. Mae yna foi arall, o America tro 'ma, wedi cynnig pump cant am hon. Y records yma ydi fy mhensiwn i, Len, felly diolch byth nad oedd y lladron yn arbenigwyr, er…" – mae o'n rhoi'r records yn ôl dan y cownter – "dwi'n licio'r syniad. Mi fasa hi'n braf meddwl fod yna griw o gasglwyr recordia yn mynd rownd y wlad yn dwyn records prin o siopa bach annibynnol. Ond doedd rhein ddim yn arbenigwyr ar fiwsig."

"Ond be sy'n dy neud ti mor siŵr? Falla mai jyst methu'r stwff dan y cownter naethon nhw."

"Naethon nhw ddwyn record gin Edward H."

"O," medda fi, "digon teg."

I hope someday you'll join—
You'll join— CLIC
You'll join — CLIC
You'll join — CLIC

Mae'r copi drudfawr o *Imagine* o Japan wedi sticio ac mae Stooge yn codi braich y peiriant a checio'r record yn erbyn y golau, gan redeg ei fys yn ofalus ar hyd y rhigolau.

"Kids oeddan nhw mwy na thebyg," medda fo. Wedyn, gan roi'r record yn ôl yn ofalus ar y bwrdd troi, mae o'n sylweddoli falla 'mod i ddim yn dallt at bwy oedd o'n cyfeirio. "Y lladron. Kids. O Pen Rhiw reit siŵr, angen pres am spliffs. Dyna ddudodd y plismyn drama ddoth rownd yma bora wedyn. Mi nath y lladron ddwyn tri deg punt o'r til hefyd. Ond dyna fo. C'est la vie, fel ddudodd y Prifardd Chuck Berry. O, gyda llaw, ti'n dŵad nos fory?"

"Nos fory?"

"Y *disgo*, y moron! Yn Dixieland. 'Nes di ddeud 'sa ti'n fodlon helpu efo'r ddesg a ballu."

"O ia. Wrth gwrs. Nos fory."

Mae Stooge yn medru gweld 'mod i'n ansicr braidd. Ond mae o'n anwybyddu hyn. Mae o'n troi sain *Imagine* i fyny nes bod y cracyls yn swnio fel powlen o Rice Krispies.

"Grêt. Wna i dy bigo di i fyny yn y fan am saith. Hei, tisho peint yn y Darian heno? Noson y cwis pop! Mae yna fwy o gwestiyna am yr wythdega wedi codi'n ddiweddar felly dwi angen dy help. Dwi'n iawn efo'r chwedega a'r saithdega ond—"

"Na, sori," medda fi, "dim heno."

"Damia," medda Stooge, "ma gin i blind spot efo Duran Duran a'r Spandaus. Be sgin ti heno? Hot date?"

"Ia. Efo beic."

"Y?"

"Gwranda," medda fi, "rhaid fi fynd. Fydd o'n disgwl amdana i."

"Pwy?"

"Amadeus."

Amadeus

"Mr Tiwdor, mae o wedi mynd."

"Sori?"

"Mae o wedi 'ngadael i."

"O diar, wel, mae'n ddrwg iawn gen i glywed, Lady Nolwen. Dach chi isho baby wipe?"

"Ar ôl wyth mlynedd. Wyth mlynedd hapus, berffaith. Wrth gwrs, mi oeddwn i'n dallt yn iawn fod hyn yn mynd i ddigwydd. Roedd pawb wedi fy rhybuddio. Roedd hyd yn oed Walters y bwtler wedi dweud fod y peth yn anochel ar ôl i mi orfod gwerthu'r Plas. Wyth mlynedd, Mr Tiwdor."

"Biti."

"Ond dyna ni. Dwi wedi bod yn ffŵl, yn do? Fy mai i oedd o."

"Wel—"

"Na, Mr Tiwdor, does dim pwynt i chi brotestio. Dwi wedi bod yn hen ddynas wirion a dyna ddiwedd y stori. Os faswn i wedi gwrando ar bawb arall fasa hyn ddim wedi digwydd. Coler. Dyna oedd o angen. Os fasa fo wedi cael coler fasa fo ddim wedi mynd."

"Ym, *coler*, Lady Nolwen? Dwi ddim yn dallt sut fasa *coler* wedi—"

"Sgynnoch chi un?"

"Sgin i be?"

"Cath."

"Oes. Bryn. O gwmpas yma'n rwla. Dwi'n meddwl 'mod i'n rhannu fo efo tri perchennog arall o leia!"

"A sgynno *fo* goler?"

"Oes. Ar gyfer y chwain."

"Ac mae'n siŵr fod ei enw a'i rif ffôn arni hefyd?"

"Yndi. Wel, dwi'n meddwl. Dwi ddim wedi checio, i fod yn hollol—"

"Wel, dyna oedd Amadeus druan angen hefyd. Coler a'i enw arni. Dyna oedd Walters wedi dweud erioed. 'Coler, Lady Nolwen,' medda fo, 'a fasa fo byth wedi mynd ar goll.'"

Dair wythnos yn gynharach. Dyna pryd ddigwyddodd y sgwrs yna efo Lady Nolwen yn fy swyddfa ar y llawr isa yn nhŷ Anti Maj. Fy nghes cynta. I ddweud y gwir, o'n i newydd ddod yn ôl o Siop Gron ar ôl talu won ffiffti am roi'r hysbyseb yn y ffenest am bythefnos:

Leni Tiwdor. Ditectif Preifat. Dim un ces rhy fawr na rhy fach. Ffoniwch neu tecstiwch yn syth.

Yn amlwg, roedd ffenest ffrynt Siop Gron yn hynod effeithiol oherwydd mi oedd Lady Nolwen wedi dod rownd yn ei Bentley crand mewn llai na hanner awr i ofyn i mi helpu dod o hyd i'w chath, Amadeus. Ac yn ystod ein sgwrs (a barodd am ychydig dros awr) mi ddysgais i lot. Yn benna, mi wnes i ddysgu bod yna ddau fath o gathod yn y byd:

Cathod sy'n perthyn i bobol gyffredin.

A chath sy'n perthyn i Lady Nolwen.

"Sbiwch ar y lluniau, Mr Tiwdor. Toedd o'n beth del, dwedwch?"

"Del iawn, Lady Nolwen. Lle dynnoch chi hwn? Rhyl?"

"Antigua."

"O. Wrth gwrs."

"Gafodd Walters druan gryn dipyn o strach ga'l o drwy

customs ond ddoth bob dim yn iawn yn y diwedd. Mae Amadeus yn mynd i bob man efo fi, Mr Tiwdor. Neu… mi *oedd* o, o leia…”

“Dach chi’n siŵr nad ydach chi’m isho baby wipe, Lady Nolwen?”

“Oedd o’n cysgu ar gwshin arbennig roedd Ted – mae’n ddrwg gen i, y diweddar Arglwydd Nolwen – wedi’i gael gan un o swyddogion y llywodraeth yn India.”

“Braf.”

“Cwshin sidan.”

“Brafiach byth.”

“Wedyn, bob bora, mi oedd o’n codi ac yn cael ei frecwast: eog wedi mygu ar dost, wy, tamaid bach o facwn, llefrith cynnes a bisged siocled.”

“Pwy ydi hwn? Y diweddar Arglwydd Nolwen?”

“Naci, Amadeus!”

“A.”

“Roedd Amadeus yn fwy na chath, Mr Tiwdor. Mi oedd o’n gysur mawr i mi – yn enwedig ar ôl i Ted farw. Roedd o yna bob munud o bob dydd, ar fy nglin neu wrth fy ymyl ar y chaise longue tra ’mod i’n darllen y *Telegraph*. Ac yn y bora mi fydda fo’n fy neffro i efo’i ddwylo bach cynnes a’i dafod bach eiddgar a—”

“Dwi’n cymyd ein bod ni’n dal i drafod Amadeus, yn dydan?”

“Wel ydan siŵr!”

“Ym, Lady Nolwen?”

“Ia?”

“Cwestiwn twp falla ond… pam oeddach chi’n ei alw fo’n Amadeus?”

“Am ei fod o’n hoffi cerddoriaeth, Mr Tiwdor. Pob math o gerddoriaeth.”

"Hyd yn oed Hergest?"

"Y ffefryn mawr oedd Mozart. Bob tro roedd Ted yn chwara *Die Zauberflöte* mi oedd Amadeus yno o flaen y seinyddion â'i wyneb bach yn symud i wefr y sŵn. Y ddeugeinfed symffoni oedd ei hoff ddarn. Bob tro roedd hi mlaen byddai ei gynffon fach yn ysgwyd a'i flew yn codi fel tasa rhywun wedi eu cynhyrfu â statig. A rŵan mae o wedi diflannu ers tri diwrnod. Tydi hyn ddim fel Amadeus o gwbwl. Tydi o ddim yn gwbod sut i oroesi yn y byd mawr cas. Fedrwch chi ffeindio fo, Mr Tiwdor?"

"Wel, yn naturiol—"

"Dwi'n dallt yn iawn eich bod chi'n hynod o brysur efo achosion sydd llawer iawn pwysicach, reit siŵr. Llofruddiaethau, trais – y math yna o betha."

"Wel—"

"Ond dwi'n fodlon talu pum punt ar hugain y dydd i chi, Mr Tiwdor, a mil o bunnoedd ar ben hynny os ddewch chi o hyd iddo'n fyw ac yn iach o fewn y mis. Pryd fedrwch chi ddechra?"

Dwi'n estyn beiro'n syth.

"Fedrwch chi ddisgrifio Amadeus i mi, Lady Nolwen?"

Ar ôl blynyddoedd o fethiant a diflastod roedd y duwiau ym mhellteroedd y bydysawd wedi penderfynu mai dyma'r diwrnod pan fyddai lwc Leni Tiwdor yn newid o'r diwedd. Pum punt ar hugain y dydd! Mi oedd hynna'n ffortiwn! Ar bum punt ar hugain y dydd – a mil o bunnoedd tasa Amadeus yn digwydd ymddangos o fewn y mis nesa – mi fasa dyn yn medru fforddio prynu Heinz beans yn lle Tesco Value! A chaniau o lager go iawn! Heb sôn am roi galwyn o betrol yn y Cadillac rhydlyd (a thrwsio'r ffenest electronig).

Ac, wrth gwrs, talu bron i ddeufis o rent i Anti Maj.

Yn syth ar ôl i Lady Nolwen adael y swyddfa roeddwn i'n dawnsio'n wirion fel athro daearyddiaeth mewn disgo ysgol heb unrhyw ymwybyddiaeth o rythm. Wedyn mi es i allan i'r ardd i gael ffag a dyna pryd y sylweddolais i fod y duwiau yna ym mherfeddion y bydysawd yn greaduriaid go iawn a bod heddiw yn 'Ddiwrnod Lwcus Leni'. Ro'n i newydd danio rollie ac wrthi'n sugno'r gwenwyn hyfryd i ddyfnderoedd fy ysgyfaint pan sylweddolais i ei fod o yna.

Ar waelod yr ardd.

Mi rwbiais fy llygaid fel oedd pobol yn ei wneud yn y ffilmiau. (Roeddwn i wedi astudio ymatebion comedïaidd Chaplin.)

Ai tric oedd hyn?

Rwbio eto.

Na. Roedd o'n dal yno. Ei gynffon yn siglo a'i flew wedi codi wrth iddo wrando ar radio fan wen y bildar drws nesa yn bloeddio deugeinfed symffoni Mozart ar Classic FM. Mi laddais y rollie dan fy mhymps a cherdded tuag ato efo fy ngwên orau.

"Amadeus! Tyd yma, boi. Amadeus!"

Yn ei siop mae Gron yn taro paced o Rizla ar y cownter wrth ymyl y tri tun tiwna a'r peint o lefrith semi-skimmed.

"Sut ma'r gath?" medda fo.

"Pa gath?"

"Iesgob, be sy'n bod efo chdi? Ti'n jympi iawn heddiw."

Mae 'nghalon i'n taro fel mwyalchen flin yn erbyn bariau caled fy mron. Os oes rhywun arall yn gwbod am Amadeus mi fydd gen i waith esbonio i Lady Nolwen. Pam oedd Amadeus wedi bod yn byw efo fi yn y fflat ers tair wythnos gyfan heb i mi sôn wrthi? Wel, mi oedd yr ateb yn syml, wrth gwrs.

Arian.

Heb y cant dau ddeg pump roedd Lady Nolwen yn ei yrru i mi ar ddiwedd bob wythnos (mewn amlen yn drewi o lafant) mi faswn i wedi mynd i'r wal a faswn i byth yn medru fforddio'r caniau Stella, y petrol i'r Cadillac ac, wrth gwrs, y tri tun tiwna (mewn *brine*) dyddiol i gadw Amadeus yn hapus, heb sôn am y rent roedd Anti Maj yn dal i ofyn amdano. Yn naturiol, roedd yna ran fawr ohona i oedd yn teimlo dipyn bach yn euog am dwyllo hen ddynas – hen ddynas oedd yn amlwg dipyn bach yn nyts, ia, ond nyts neu beidio, mi oedd hi wedi fy nhrystio – ond eto, be oedd cant dau ddeg pump o bunnoedd i Lady Nolwen? Lady Nolwen oedd newydd werthu Plas Siencyn – tŷ anferth ar gyrion Pontelfyn oedd, yn ôl pob sôn, yn gwneud i Downton Abbey edrych fel tŷ cownsil ym Methesda. Lady Nolwen oedd wedi bod yn Antigua (efo'r gath). Lady Nolwen oedd yn nabod y Frenhines. Blydi hel, roedd pobol fel Lady Nolwen yn debygol o *rechan* cant dau ddeg pump o bunnoedd!

Ond dyna ni. Ymhen wythnos mi fasa'r mis – a'r euogrwydd – ar ben ac mi oeddwn i'n edrych mlaen at fedru ffonio Lady Nolwen a dweud 'mod i wedi cael hyd i Amadeus a fod bob dim yn iawn.

Mil o bunnoedd.

Roeddwn i bron iawn yn medru ogleuo pob papur ugain.

Mil o bunnoedd yn fy nghyfrif banc.

Mil o bunnoedd i brynu bwrdd troi newydd. Amp. Trip

i Japan falla? Oeddan, mi oedd petha, am unwaith, wedi gweithio allan yn reit dda i'r dyn mwya anlwcus ac anffodus yn y byd, sef Leni Tiwdor. Ei gyfeiriad?

Stryd Anlwc,
Tre Anlwc,
Sir Anlwc,
Gwlad Anlwc,
Byd Anlwc,
Bydysawd An—

Mae Gron yn dal i edrych arna i.

"Oedd o yma'n sniffian y bins yn y cefn," medda fo, efo gwên a winc. "Mrs Jenkins drws nesa wedi gneud fish pie neithiwr. Mae'n siŵr fod o wedi ogleuo'r hadoc. Hei, w't ti'n ocê? Mae 'na olwg… dwn i ddim… reit *boenus* arna chdi. A be ddigwyddodd i dy wyneb?"

"Wel, pennod fach anffodus efo drws y fflat a… Be ddudas ti am ogla hadoc?"

"Sôn am Bryn o'n i."

"Pwy?"

"Bryn, dy blydi gath! Dim ond un gath sgen ti, de?"

"O ia," medda fi gan wenu. "Dim ond un gath. *Un* gath. Nid *dwy*. Fasa *dwy* gath yn wirion mewn fflat mor fach. Dim ond *un*. Ti'n berffaith gywir."

Dwi'n trio gwenu'n naturiol ond mae Gron yn amlwg yn meddwl 'mod i'n ymddwyn fel rhyw fath o seico. Ond hei, teimlaf rywfaint o ryddhad wrth glywed yr enw Bryn. Am eiliad ofnadwy roeddwn i'n poeni i Amadeus fod yn sniffian bin Mrs Jenkins a bod y gêm ar ben. Roedd Gron yn gweld pawb ac roedd o'n clywed bob dim gin bawb ac – yn bwysicach byth – mi oedd o'n *dweud* bob dim wrth bawb. O fewn hanner diwrnod mi fasa'r dre i gyd yn gwbod 'mod i wedi bod yn cuddio Amadeus yn y fflat ers tair wythnos ac wedi twyllo tri chant saith deg pump o bunnoedd gan Lady Nolwen, a rŵan 'mod i ar fin twyllo mil arall oddi wrthi.

"Diawl o gath ydi o hefyd..."

"Hy! Ti'n deud 'tha fi." Dwi'n stwffio'r tri tun tiwna a'r Rizla a'r peint o lefrith semi-skimmed i'r bag plastig. "Mae gen Bryn lunia o lygod ar ochor ei gorff yn union fel oedd gan beilotiaid Spitfire yr Ail Ryfal Byd sticars Messerschmitt."

Mae Gron yn gwenu. Dwi'n eitha pendant mai fi ydi'r person cynta erioed i ddweud y gair 'Messerschmitt' yn ei siop.

"'Dio'n lladd petha felly yndi, Leni?"

"Mae o'n gneud i Harold Shipman edrach fel Doctor Kildare. Adar, llyffantod, pryfaid, malwod. Sgen i ddim syniad be sy'n mynd i gael ei lusgo drw'r catfflap nesa. Os fasa 'na raglen *Crimewatch* ar gyfer llygod fasan nhw'n gneud apêl i drio ffeindio Bryn. Be sy'n bod ar gathod, Gron? Os ydi rwbath llai na nhw'n symud maen nhw'n gymyd o'n bersonol rwsut ac mae'n rhaid iddyn nhw ei ladd o!"

Dwi'n troi i fynd ond, wrth wneud, dwi'n sylwi ar gopi'r dydd o'r *Western Mail*. Ar y dudalen flaen mae llun o Recs Watcyn yn gwenu fel giât a'i wraig ifanc dlos wrth ei ochor yn edrych yn hyfryd.

"Brenin a Brenhines Cymru," medda Gron, gan gyfeirio at y llun. Mae o'n codi rhifyn o'r papur ac yn astudio'r dudalen flaen. Mae o'n cyfieithu'r geiriau:

"'Ddyla rhywun goroni Recs Watcyn a Tania yn Frenin a Brenhines Cymru oherwydd maen nhw fel ein fersiwn ni o Posh a Becks.'" Mae o'n rhoi'r papur i lawr ar y cownter ac yn edrych arna i. "Mae'n ddigon hawdd gweld pam, dydi?

Maen nhw mor berffaith. Cofia di, o'n i'n clywad fod yr hen Recs heb gael hit ers oes a fod petha wedi bod yn eitha tyn arno fo yn LA'n ddiweddar. Dyna ddudodd y *Sun*, beth bynnag. Ond be maen nhw'n wbod, yn de?"

"Yn hollol."

"Hogyn lleol ydi Recs, sti."

"Ia," medda fi, gan droi i fynd unwaith eto, "dwi'n gwbod y stori. Un o'r ychydig gynhyrchwyr gwyn ei groen i weithio i Motown."

"Y Supremes," medda Gron ag elfen o falchder.

"Ond heb Diana Ross."

"Mae o wedi gneud sawl ffortiwn," medda Gron, "a'u colli nhw hefyd. Oedd o'n ddipyn o foi am y merched, ysti. Oedd o'n torri calonnau o fan hyn i Aber erstalwm medda nhw. Ond mae o wedi landio ar ei draed efo honna, yn dydi? Be fedri di ddeud am Tania?"

Dwi'n gwenu'n boléit.

"Neis 'i weld o yn ôl yng Nghymru. Mae gynno fo glamp o dŷ yng Nghaerdydd, yn ôl y *Mirror*. Ond eto, wyddost ti be? Fedra i ddim helpu meddwl fod dyn sy'n licio'r camerâu gymaint â fo yn mynd i ffeindio eu bod nhw'n troi yn ei erbyn o un diwrnod. Be 'di'r dywediad yna? He who lives by the sword dies by the— Wyt ti'n ocê, Leni?" medda Gron, gan stopio'n sydyn. "Ti'n edrach reit wyn."

"Dwi'n iawn, Gron. Wela i di fory, ocê?"

"Ocê. Os ti'n deud."

Dwi'n agor y drws, mae'r gloch yn tinclan a dwi allan ar y stryd. I ddweud y gwir, dwi allan ar y lôn oherwydd mae 'na Ford Focus du'n slamio'i frêcs ac yn canu corn arna i.

"Sori," medda fi efo gwên wan a chan godi fy llaw i danlinellu'r ymddiheuriad.

"Gwatchia lle ti'n mynd, y coc oen!" meddai'r gyrrwr, ei wyneb fel dwrn. "'Nes di jyst gamu allan i'r lôn!"

Wrth gerdded yn araf at y *pelican crossing*, dwi'n trio peidio meddwl am Tania.

Brenhines Cymru.

O'n i wedi mynd am dridiau cyfan heb feddwl amdani ond rŵan roedd gweld ei llun ar flaen y *Western Mail* wedi difetha bob dim ac roedd ei hwyneb perffaith yn fflachio o 'mlaen i fel dyn bach gwyrdd y groesfan.

Roedd yn rhaid i mi anghofio Tania. Roedd y peth yn stiwpid. Pa siawns oedd gen i? Beth bynnag oedd wedi digwydd yn y gorffennol, ffantasi bur oedd bob dim erbyn rŵan. Hi ydi Brenhines Cymru a fi... wel... pwy yn union? Leni Tiwdor. Gŵr â gwallt hir seimllyd sydd heb siafio ers wythnos. Gŵr mewn siaced Levi's. Gŵr heb boendod morgais, gwir, ond heb dŷ chwaith. Gŵr heb ffrindiau. Wel, heblaw Stooge falla. Gŵr yn ei ugeiniau sy'n byw mewn fflat yn nhŷ ei Anti Maj mewn tre glan môr yn nhwll tin y byd.

Mewn dicter dwi ar fin cicio can gwag o Dr Pepper i ganol y lôn pan mae yna lais bach yn fy mhen yn dweud wrtha i am beidio. Mae'r llais bach yn cario mlaen i ddweud bod yna lot o betha positif am Leni Tiwdor.

"O ia?" medda fi. "Fel be?"

Wrth gwrs, dwi'n sylweddoli'n syth 'mod i wedi dweud hyn yn uchel a 'mod i'n siŵr o edrych fel un o'r nytars 'na sy'n siarad â nhw eu hunain. Mae yna fam yn cerdded heibio ac yn cydio'n dynn yn ei phlentyn a sbio arna i'n gas.

Dwi'n cerdded mlaen gan frysio ychydig. Dwi'n hwyr ac mi fydd Amadeus siŵr o fod yn rhedeg ei winedd i lawr drws ffrynt y fflat erbyn hyn, gan obeithio bod y tun tiwna ar fin cyrraedd. Mae o'n licio petha'n brydlon.

"Fel be?" medda fi, yn dawelach tro 'ma (ac ar ôl gwneud yn siŵr nad oes 'na neb yn agos i mi ar y palmant).

"Wel," meddai'r llais bach,"mae gen ti radd. Mae gen ti fusnas. Ac ymhen wythnos mi fedri di ffonio Lady Nolwen a dweud dy fod ti wedi cael hyd i'w chath, Amadeus, ac mi gei di fil o bunnoedd."

Mae yna wên yn llenwi fy ngwyneb. Mae'r llais bach yn iawn. Mil o bunnoedd! Falla fod mil o bunnoedd yn arian mân i Lady Nolwens a Recs Watcyns y byd ond mae o'n ffortiwn i mi.

"Wythnos nesa, Leni," medda fi, gan gydio'n dynnach ym mag plastig Siop Gron a chamu mlaen yn benderfynol. "Wedyn fydd petha'n newid o gwmpas y lle 'ma."

Wrth gwrs, dydi Bryn ddim yn hapus am y lodjar newydd. Yn ei feddwl o, ei deyrnas bersonol o ydi'r fflat.

Y Brenin Bryn y Cynta.

Arlywydd y Soffa.

Ymerawdwr Urddasol a Hollwybodus y Carpad.

Prif Weinidog y Cwshin.

Ceidwad y Catfflap.

Bos y Bowlen Whiskas.

Ond rŵan mae yna gath arall wedi cyrraedd, a dydi hon ddim yn gath arferol.

O'i ben i'w gynffon, mae Amadeus mor wyn â chopa'r Wyddfa yn ystod mis Chwefror ac mae'n hawdd gweld bod ei linach yn wynnach byth. Sut? Wel, y ffordd mae o'n cerdded i ddechra – ei drwyn yn yr awyr cystal â dweud 'Ia, wel, wrth gwrs, mae'r cartre dwi wedi arfar ag o yn *llawer* iawn mwy na hyn ac, i fod yn berffaith blaen, yn lot glanach hefyd.' Wedyn, y ffordd mae o'n anwybyddu awdurdod Bryn. Yn sydyn, Amadeus sy'n lordio ar y soffa. Amadeus sydd ar ei hyd ar y carpad fel baguette hir, gwyn…

… blewog.

"A ti'n berffaith fodlon gadael i'r basdad yma ddŵad rownd i'r fflat, wyt ti, Len?"

Dyna mae llygaid trist a chyhuddgar Bryn yn ei gyfleu.

"A finna wedi bod yma ers i chdi symud? Fi sydd yma i dy groesawu bob bora efo llyffant, neu dderyn neu lygodan heb ben ar y carpad? A dyma'r diolch dwi'n ga'l?"

Ydi, mae Bryn wedi pwdu. Yn ystod dyddiau cynta ymddangosiad Amadeus yn y fflat roedd Bryn yn gwrthod derbyn unrhyw fath o fwythau ac roedd o'n mynd at Anti Maj bob nos tra oedd hi'n gwylio *Emmerdale* a *Midsomer Murders*.

Ar ôl wythnos mi oedd Amadeus fel tasa fo wedi dallt bod y fflat yn wahanol i hen balas Lady Nolwen. Yma, doedd neb yn dŵad rownd i llnau ac roedd o'n cael ei wthio i'r wordrob bob tro roedd Anti Maj yn cnocio ar y drws i ofyn am yr arian rent neu i gwyno bod y miwsig yn rhy uchel. Roedd cael caniatâd i gadw un gath wedi bod yn ddigon anodd. Efo dwy mi faswn i allan ar y stryd ac yn crynu ar y traeth mewn sach gysgu am weddill fy mywyd.

Ac erbyn diwedd yr wythnos gynta honno mi ddaeth Bryn ac Amadeus i ryw fath o ddealltwriaeth. Hynny yw, mae Amadeus yn dallt mai fo ydi Brenin newydd y fflat…

… ac mae'n rhaid i Bryn ddallt hynny hefyd.

Ond, wrth gwrs, breuddwyd ffôl a gwag delfrydwr ydi'r gobaith fod hyn yn mynd i weithio oherwydd, tu ôl i'r llenni, mae yna chwyldro yn y gwynt. Mae Bryn fel y Gwrthsafiad

Ffrengig yn ystod yr Ail Ryfel Byd. Bob tro mae Amadeus yn symud mae Bryn yn neidio ar ei gefn, gan frathu a sgraffinio a sgrechian, ei goesau cefn yn cicio'n wyllt yn erbyn wyneb gwyn Mozartaidd Amadeus. Mae gwylio hyn fel gwylio sgrym mewn gêm rygbi – ond heb beli (roedd y milfeddygon wedi sortio hynny sbel yn ôl). Pan dwi adra mae'n gymharol hawdd rhoi stop ar betha efo bloedd neu wrth daflu cwshin i ganol y sgarmes, ond y broblam ydi pan dwi lawr yn y swyddfa, neu allan yn y Cadillac, neu yn y Darian yn gweithio shifft neu'n cymryd rhan yn y cwis pop efo Stooge. Wedyn does gen i ddim rheolaeth o gwbwl dros ymddygiad Bryn tuag at ei gyd-letywr ofnus. Weithia – a falla 'mod i'n dychmygu hyn – dwi'n eitha siŵr fod Bryn yn erfyn arna i i adael y fflat er mwyn iddo gael ymosod ar Amadeus a thyllu ei winedd creulon i'w wyneb.

"Dos, Len," mae o'n dweud, gan sylwi arna i'n rhoi'r Dr Martens mlaen a thacluso dipyn ar fy ngwallt yn y drych wrth y drws. "Fydd bob dim yn iawn fan hyn. Wna i edrach ar ôl y lle. Dos. Fydd bob dim yn ocê, Len. Trystia fi. *Dos*!"

Be fedra i wneud? Dwi ddim yn medru gwarchod Amadeus drwy'r dydd. Mae bywyd yn symud mlaen. Dydi'r byd ddim yn stopio gyrru biliau at Leni Tiwdor oherwydd fod un gath fygythiol yn debyg o greu patrymau diddorol, gwefreiddiol, artistig – a dwfn iawn – ar wyneb un arall.

Ond ar y llaw – neu'r bawen – arall...

"Plis, Mr Tiwdor!"

Dyna mae Amadeus yn ei ddweud wrth iddo rwbio'i hun yn erbyn fy nghoes mewn modd eitha desbryt. "Plis, ewch â fi gyda chi. Falla fedra i fod o help i chi yn eich gwaith. Neu falla fedra i eich helpu yn y cwis pop. Peidiwch â 'ngadael i yn y fflat gyda Bryn, Mr Tiwdor! Does gynnoch chi ddim syniad pa mor greulon mae o'n medru bod gyntad i chi adael. Plis, Mr Tiwdor! *Plis*!"

Ond dwi'n anwybyddu hyn i gyd.

"Hwyl, hogia!" Dyna dwi'n ei ddweud cyn cau drws y fflat. "A bihafiwch – ocê?"

Cyn i mi gyrraedd hanner ffordd i lawr y grisiau, dwi'n medru clywed sgrechiadau erchyll Amadeus yn atsain o gwmpas y tŷ mawr Fictorianaidd fel sŵn o grombil uffern.

Ia, fel'na mae petha yn y fflat ers i Amadeus gyrraedd dair wythnos yn ôl. Ond wrth i mi agor drws ffrynt tŷ Anti Maj a stwffio'r *Western Mail* dan fy mraich, o leia mae yna oleuni ar ddiwedd y twnnel.

Hon ydi'r wythnos ola.

Wrth i mi gerdded i'r cyntedd ac edrych ar fy enw ar yr arwydd (ffelt tip ar bapur wedi ei sticio ar ddrws fy swyddfa) dwi'n mynd dros y sgwrs hyfryd yn fy mhen unwaith eto. Y sgwrs ffôn rydw i am ei chael o fewn ychydig ddyddiau.

"Newyddion da, Lady Nolwen."

"O?"

"Dwi wedi ffeindio Amadeus. Mae o'n berffaith saff ac yn awyddus iawn i'ch gweld."

"O, Mr Tiwdor! Tydi hynna ddim yn newyddion da!"

"Tydi o ddim?"

"Na. Mae hynna'n newyddion *gwych*!"

Mae yna wên lydan ar fy ngwyneb wrth i mi lamu fel gazelle i fyny'r grisiau a thuag at y fflat ar yr ail lawr. Mae'r sgwrs ffôn ddychmygol yn parhau yn fy mhen –

"Pryd fedrwch chi ddod draw, Lady Nolwen?"

"Mi fedra i ddod yn syth. Mi gaf i Walters i wneud yn siŵr fod y Bentley'n barod."

Dwi'n agor y drws ac yn camu i'r fflat.

"Amadeus! Amadeus, lle wyt ti, boi?"

Mae Bryn yn rhedeg ata i ac yn lapio ei hun rownd fy nghoesau fel rhaff sy'n canu grwndi.

"Sgin i ddim amsar i hyn rŵan," medda fi wrtho'n flin, "lle mae Amadeus?"

Wedyn dwi'n sylwi ar y gwaed.

Gwaed sy'n dal i sgleinio ar y llawr ac sy'n arwain yn llwybr arswydus i'r lolfa. Mae grwndi Bryn yn uwch rŵan, fel tasa fo'n falch i weld 'mod i wedi sylwi ar ei grefftwaith o'r diwedd.

"O, grêt!" medda fi, gan ochneidio. "Be ti 'di ladd rŵan? Dim blydi llyffant arall, plis!"

Dwi'n cydio yn y mop a'r bwced a dilyn Bryn i'r lolfa. Dwi'n disgwyl gweld llyffant, llygoden fawr, colomen neu gwningen falla. Ond be dwi'n weld ydi pen Amadeus yn gorwedd ar y carpad fel pêl dennis ddieflig, ei lygaid dall yn llydan agored a'i fynegiant yn gyfuniad o boen, ofn a syrpréis.

"Wel? Be ti'n feddwl, Len?"

Dyna mae Bryn yn drio'i ddweud wrth iddo dapio'r pen yn chwareus â'i bawen. "Gymerodd hi lot o waith i gnoi'r pen i ffwrdd, dros ddwyawr os dwi'n cofio'n iawn, ond dwi'n meddwl 'mod i wedi gwneud job eitha da ohoni. Be ti'n feddwl?"

"Da ni'n ffycd."

Mae'r ffôn yn crynu yn fy mhoced. Dwi'n edrych ar y sgrin fel zombi. Dwi ddim yn nabod y rhif.

"Helo?"

"Mr Tiwdor?"

"Ia."

"Dwi ddim wedi galw ar amsar anghyfleus gobeithio."

"Naddo. Dim o gwbwl, ym—"

"Mrs Hemmings sydd yma."

"O shit!"

"Mae'n ddrwg gen i?"

"Shit y'ch chi, Mrs Hemmings? Go lew gobeithio?"

"Iawn diolch, Mr Tiwdor. Rŵan, dach chi ddim wedi anghofio am y beic, yn naddo? Beic Malcolm. Y GF40. Bora fory naethon ni gytuno, yn de? Naw o'r gloch. Mi fydda i'n cnocio ar ddrws eich swyddfa'n brydlon, Mr Tiwdor. Ac mi fydda i'n disgwl eich gweld chi – a'r beic. Hwyl am y tro."

"Ia. Hwyl."

Dwi'n rhoi'r ffôn yn ôl yn fy mhoced ac, mewn eiliad o rwystredigaeth bur, dwi'n cicio pen Amadeus yn erbyn y wal. Mae o'n bownsio unwaith cyn diflannu'n daclus i'r bin.

Saunders

Dwi'n tapio'r olwyn i fît hypnotig rhyw fiwsig dawns uffernol sy'n dod o berfeddion stad Pen Rhiw.

Pen Rhiw.

Blydi hel, os ydi'r lle'n ddymp tu hwnt i achubiaeth yn ystod y dydd, yn ystod y nos mae'r lle'n waeth byth! Dyma pryd mae'r hogiau mewn hwdis a'u Rottweilers yn cerdded rownd y tai sydd â phreniau yn lle ffenestri ac yn cynnal seiat ddieflig o flaen Jenkins' Stores – yr unig siop ar y stad. Wel, os ydi hi'n bosib galw sgwâr concrit wedi ei lapio mewn weiran bigog yn 'siop'. Mae'r byd wedi newid.

Shit. Mae un o'r hwdis tu allan i Jenkins' Stores wedi fy ngweld. Rŵan mae o'n pwnio ei ffrindiau ac yn pwyntio at y Cadillac rhydlyd. Pam na fasa Yncl Idwal wedi ymddiddori mewn ceir llai fflash? Minis falla. Neu Honda Civics.

Mae'r hwdi'n cerdded tuag ata i. Dwi'n tynnu coler y siaced Levi's i fyny i drio edrych mor cŵl a digynnwrf â phosib.

Mae'r hwdi'n tapio'r ffenest. Wrth gwrs, tydi'r botwm otomatig ddim wedi gweithio ers y saithdega felly, fel arfer, mae'n rhaid i mi wthio'r gwydr i lawr efo fy nwylo.

"Nice fuckin motor like, innit?"

"Diolch," medda fi, gan drio rhywfaint o Gymraeg arno, er nad ydw i'n obeithiol iawn. "Coupe de Ville, 1973."

"Awesome, dude."

Mae o'n cerdded i'r ffrynt a chicio'r teiars. Yna mae o'n nodio'i ben i drio rhoi'r argraff ei fod o'n arbenigwr.

"Where d'ya gerrit, man?"

"Dim fi bia fo. Fy yncl. Mae o wedi marw rŵan."

"You lookin to score? Skank and that? I got some good stuff, dude. Whattya lookin for?"

"Na, dim diolch. Dwi jyst yma i—"

"You after pussy?"

"Na. Dwi wedi cael digon o broblema efo hynny'n ddiweddar."

Mae'r hwdi'n gwenu, gan ddatgelu rhes o ddannedd aur.

"I like it, man," medda fo. "You like comedian innit?"

Mae o'n edrych fel fersiwn gwyn, Cymreig – a thila – o rapiwr Americanaidd fel 50 Cent. Twenti Pens falla?

"You let me know if you wanna sell this motor, yeah?"

"Iawn," medda fi. "Mi wna i."

Wrth iddo gerdded yn ôl mae BMW mawr du yn sibrwd heibio ac yn stopio'n urddasol tu allan i Jenkins' Stores. Mae Twenti Pens fel tasa fo'n sylweddoli ei fod o mewn rhyw fath o drwbwl oherwydd, am eiliad neu ddwy, mae o'n sefyll yn llonydd yng nghanol y lôn fel cwningen o flaen jygernot. Mae drysau cefn y BMW yn agor fel adenydd rhyw anghenfil ac mae dau ddyn anferth mewn iwnifform o siwtiau du a sbectols haul yn neidio allan, gan garlamu tuag at Twenti Pens. Sgin yr hogyn ddim gobaith. Mewn eiliad mae'r ddau ddyn wedi cydio ynddo fel tasa fo'n fwgan brain ac maen nhw'n ei lusgo'n ôl a'i wthio'n galed yn erbyn ffenest ddur Jenkins' Stores.

"It wasn't me, man!" medda Twenti Pens, ei lais fel llais hogyn bach o flaen y bwli ar iard yr ysgol. "Ask Taylor, man – he'll tell you. Tell him, Taylor!"

Ond wrth iddo fo edrych o'i gwmpas mae o'n sylweddoli

bod Taylor – a gweddill ei ffrindiau – wedi diflannu cyn gynted ag y gwnaeth y BMW ymddangos.

"'Sa neb arall yma, Melvin," medda un o'r dynion.

"Jyst chdi a ni, Melvin," meddai'r llall.

Melvin? Dwi'n gwenu i mi fy hun. Dydi o ddim yn edrych fel 'Melvin' rywsut. Wedyn dwi'n suddo'n ôl i sêt ledar y Cadillac, gan obeithio na fydd y dynion o'r BMW yn sylwi arna i. Yma i nôl beic ydw i, dyna'r cyfan – ddim i chwilio am drwbwl. Mae gan Ben Rhiw enw drwg o ran digwyddiadau brwnt a dwi ddim yn ffansïo cael fy ychwanegu at ystadegau troseddol yr heddlu. Yn bwysicach fyth, dwi ddim yn ffansïo pythefnos yn yr ysbyty wedi fy lapio fel parsal mewn plastar.

"You got to believe me, guys," medda Melvin, ei ddelwedd galed yn malu fel meringue o flaen y ddau ŵr.

"Rhy hwyr," medda un, gan daro Melvin â chlec esgyrnog ei ddwrn. Wrth i Melvin ddisgyn i'r palmant mae'r ddau ddyn yn ei gicio. Mae'r ymosodiad mor frwnt a didrugaredd dwi bron iawn â chodi o sêt y Cadillac a chroesi'r ffordd i helpu. Dyna be fasa Rockford wedi'i wneud. Neu Marlowe.

Ond nid Leni Tiwdor.

"Ocê bois, dyna ddigon."

Mae'r llais yn dod o sêt gefn y BMW. Mae'r ddau ddyn yn stopio cicio Melvin Twenti Pens ar unwaith ac yn sefyll yn ôl i astudio'u crefftwaith. Mae Melvin Twenti Pens fel bag bin heb ei gasglu.

"Nos fory, Melvin," meddai'r llais o'r sêt gefn eto – llais tawel a digynnwrf. Y math o lais fasa'n perthyn i brifathro mewn ysgol gynradd fach yn y wlad. "Y Grand. A dwyt ti ddim am fod yn hwyr tro yma, nagwyt, Melvin?"

Mae Melvin Twenti Pens yn codi'n araf ac yn chwilio am rywbeth ar y palmant.

"Hwn tisho?" gofynna un o'r dynion. Mae un o'r dannedd aur sydd wedi disgyn o geg Melvin Twenti Pens yn sgleinio fel diamwnt yn ei law.

"Give it back, man!"

Mae'r dyn yn gollwng y dant i'r draen.

"*Noooo*!" medda Melvin Twenti Pens, gan ddisgyn ar ei liniau a thrio codi top haearn y draen i ffwrdd. "That tooth cost a fuckin fortune!"

Mae'r dyn yn paratoi i'w gicio eto ond mae sŵn llais o gefn y BMW yn ei ddistewi.

"Gad o."

Mae'r dyn yn stopio'i hun, er ei fod o'n amlwg yn ysu am blannu esgid seis deg yng ngwyneb Melvin Twenti Pens, gan ryddhau ychydig mwy o'i ddannedd.

"Tydw i ddim yn ddyn afresymol," meddai'r llais o'r BMW, "ti'n gwbod hynny, yn dwyt, Melvin?"

"Sure do, Mr Lane."

"A dwi'n siŵr dy fod yn cofio pwy wnaeth dy helpu di pan oeddat ti mewn trwbwl efo'r cops yna yn Lerpwl, a dy roi di ar ben ffordd, yn dwyt?"

"Yes, Mr Lane. After the youth custody centre you helped me out and—"

"Ia, ia, sgen i ddim amsar i glywad hanas dy fywyd di rŵan, Melvin. Y cwbwl dwi isho glywad ydi dy fod ti ddim am anghofio helpu eto, fel wnes di neithiwr. Doedd y bos ddim yn hapus. A ti'n gwbod pa mor gas mae'r bos yn medru bod."

Mae Melvin Twenti Pens yn edrych yn boenus.

"You didn't tell him, Mr Lane? Please, Mr Lane! I promise you I—"

"A dwi ddim angen clywad esgusodion chwaith, Melvin. Ti'n dallt?"

"Yes, Mr Lane."

"Da iawn. Gwna'n siŵr dy fod ti yn y Grand nos Sadwrn a fedran ni osgoi y math yma o gamddealltwriaeth eto. Ocê?"

"Yes, Mr Lane."

"Da iawn. Mae yna lwyth newydd yn cyrraedd ac mae'n rhaid i ni symud lot o stwff i'r lle newydd oherwydd Wallinger a'i blania. Ti'n dallt?"

"Yes, Mr Lane."

Yn sydyn mae yna gath yn neidio allan o gefn y BMW a rholio ar ei gefn, gan godi ei bedair coes i'r awyr a mewian mewn pleser. Cath wen. Cath wen berffaith. Cath wen sy'n edrych yr un ffunud â—

"Saunders!" medda Mr Lane o gefn y BMW, yn swnio wedi ei gynhyrfu am y tro cynta. "Saunders, tyd yn ôl!"

Mae troed Mr Lane yn ymddangos. Troed mewn esgid ddu. Esgid ledar ddu. A sanau melyn llachar.

Mae Melvin Twenti Pens yn gafael yn Saunders a'i dywys at Mr Lane yn hynod o ofalus, yn union fel tasa fo'n gafael yn y Crown Jewels.

"Here you go, Mr Lane. I think he's okay."

"Saunders bach," medda Mr Lane, yr esgid ddu a'r sanau melyn yn diflannu yn ôl i gefn y BMW, "be dwi wedi ddeud wrtha ti am neidio allan o'r car fel'na? Ti'n hogyn drwg, Saunders. Nos da, Melvin."

"Goodnight, Mr Lane. See you Saturday at the Grand, yeah?"

"Mi fasa hynny'n braf iawn, Melvin."

Mae'r ddau ddyn yn camu i'r BMW, mae'r drysau'n cau ac mae'r car yn sibrwd i lawr y stryd a diflannu. Pan dwi'n troi'n ôl i weld os ydi Melvin Twenti Pens yn iawn, mae yntau wedi diflannu hefyd.

Dwi'n ochneidio. Waeth i mi wneud hyn rŵan ddim. Bydd yn ddewr, Leni Tiwdor.

Am unwaith yn dy fywyd.

Dwi'n agor y giât, gan wneud yn siŵr nad ydi hi'n disgyn yn ôl yn erbyn y gasgen fel y gwnaeth hi o'r blaen. Mae Fury yn gorwedd mewn cylch o flaen ei gwt. Ond tydi cŵn byth yn cysgu. Ddim go iawn. Mae ei glustiau fel radar, yn barod am unrhyw sŵn. Y llwybr sy'n arwain at ddrws cefn rhif 23 ydi ei deyrnas. Does neb yn pasio heb ganiatâd.

Does dim sŵn.

Wel, heblaw am ruo Sky Sports tu mewn i'r tŷ.

Dwi'n dychmygu'r dyn efo'r tatŵs a'i fab ar y soffa fel dau ddônyt – can o lager yr un yn eu dwylo, y mab yn tecstio un o'i ffrindiau yr un pryd. Beth bynnag, dwi'n falch o'r ffaith fod yna rywbeth yno i ddwyn eu sylw. Man Utd yn erbyn West Ham. Dwi'n clywed llais y tad:

"Ielo card, reff – ffor *ffyc's* sêc!"

Mae yna ias yn rhedeg i lawr fy nghefn fel neidr gantroed ddieflig wrth glywed ei lais a dychmygu pa mor flin fasa fo i fy ngweld yn ei ardd am yr eildro. Mae'r GF40 lai na deg llath o 'mlaen i erbyn hyn. Mae o mor agos dwi bron iawn yn medru ymestyn fy mraich a'i gyffwrdd.

Mae'r llwybr dan fy nhraed yn atseinio i chwyrnu dwfn Fury ond, cysgu neu beidio, mae'r clustiau'n dal i godi weithia wrth iddo glywed aderyn yn fflapio uwchben neu fabi'n crio dros y ffordd.

Ond mae Duw wrth fy ochor. Mae'r Bod Mawr wedi ordeinio heno fod traed Leni Tiwdor yn ysgafnach na rhai

Rudolf Nureyev felly, wrth i mi gymryd un cam gofalus ar ôl y llall, tydi radar sensitif Fury (y clustiau a'r trwyn) ddim yn fy synhwyro.

Pum llath rŵan. Dyna'r cyfan. Pum llath rhwngtha i a rent mis nesa.

Ond, fel stori dylwyth teg, cyn cyrraedd y trysor mae'n rhaid pontio'r bwystfil felly, yn hynod o araf, dwi'n camu dros y ci cysglyd.

Mae fy llaw ar un o handlebars oer y GF40.

Rŵan – os ydw i'n sydyn – dwi'n weddol bendant y medra i gipio'r beic a rhedeg i lawr y llwybr tuag at y Cadillac cyn i'r tad a'r mab ddŵad allan i weld pam mae'r ci yn cyfarth cymaint. Ar ôl tri felly.

Un…

Dau…

A dyna pryd mae'r ffôn yn fy mhoced yn deffro'r byd.

Vina

Mae'r ci'n deffro ac yn refio fel Kawasaki ar olau coch. Dwi'n clirio fy ngwddw.

"'Na gi neis."

Mae fy llais mor denau â rhifyn o'r *Cymro*.

"Hogyn da."

Dwi'n edrych i lawr ar ei wyneb Satanaidd a chynnig gwên.

"Fury yn gi da."

Yn fy mhen dwi'n dychmygu'r olygfa yn A&E wrth i'r paramedics fy rhuthro drwy'r coridor ar droli:

"Be ddigwyddodd?"

"Brathiad ci, Doctor."

"Yn lle?"

"Pen Rhiw."

"Naci'r ffŵl! Yn lle ar y corff?"

"Wel, be am ddeud fydd o'n canu soprano am weddill ei fywyd?"

Drwy hyn i gyd mae'r ffôn yn crynu a thrympedu'n daer yn fy mhoced. Mae fy mysedd yn crynu hefyd wrth i mi drio ffeindio'r botwm i'w ateb. A'i stopio. Lleisiau wedyn o'r tu mewn i rif 23:

"Wat ddy *ffyc's* ddat, syn?"

"Donno, Dad. Sawnds laic symwan's ffôn awtsaid."

Dwi'n gweld siâp y tad yn y ffenest. Mae fy mys yn ffeindio'r botwm o'r diwedd ac, mor ofalus ac araf ag y medra i, dwi'n codi'r ffôn i 'nghlust a chlywed sŵn tafarn.

"Hei, Leni! Stooge sydd yma. Pam ti'n cymyd mor hir i atab? Gwranda, dwi mewn trwbwl fan hyn a dwi angan help. Cwestiwn pump yn y cwis pop—"

"Stooge, dim rŵan, mêt, mae—"

Mae'r mab yn y ffenest erbyn hyn hefyd ac mae Fury fel tasa fo'n trio penderfynu pa ran yn union o fy ngwendid dynol sy'n mynd i gynnig y wledd fwya blasus. Un brathiad bach ac mi fydd raid i mi addasu'r disgrifiad o fy hun ar bob gwefan ddêtio yn y dyfodol o 'gwrywaidd' i 'ddim cweit yn siŵr'.

"Len, ti yna?"

"Yndw, Stooge, ond—"

Mae'r hwyl o'r Darian yn fyddarol yn fy nghlust.

"Gwranda, dyma'r cwestiwn, reit? Pwy nath ganu efo Massive Attack ar y gân 'Teardrop'?"

Dwi'n sibrwd yr ateb. "Liz Fraser. O'r band Cocteau Twins."

"A... ia, wrth gwrs. Diolch, Len. Dwi'n blydi hoples efo'r nawdega. A'r wythdega 'sai'n dŵad i hynny. Ond ddyla fi fod yn iawn efo'r rownd nesa – y chwedega. Diolch, mêt!"

"Croeso."

Dwi'n gwasgu'r botwm a llithro'r ffôn yn ôl i fy mhoced.

"Ut's ddat ffycin blôc agen, Dad."

"Ai nô, syn."

"Wat dys hi want?"

"*Ffyc* nôs, syn."

"And wai us hi standing ofyr Fury laic ddat?"

"No aidîa, syn. Let's go and asc ddy ffycyr."

Mae fy llaw ar handlan y GF40 a fy nghoesau'n pontio Alsatian â cheg fel trap sy'n barod i gau ar fy môls yr eiliad dwi'n meiddio symud. Ac os dwi'n aros yn llonydd mi fydda i'n bwyta drwy welltyn am chwe mis ar ôl cael fy nyrnu'n ddidostur gan Einstein Senior (a Junior) sydd, erbyn hyn, wrthi'n agor y drws cefn.

Rywsut neu'i gilydd mae'n anodd credu bod rhai o dditectifs disglair y gorffennol, fel Marlowe a Rockford, wedi gorfod wynebu'r fath ddewis. Bwyta drwy welltyn a gorwedd fel mymi yn yr ysbyty am ychydig fisoedd, ynteu cadw cynnwys eu tronsiau'n gyfan?

"Haw ddy ffyc dw iw opyn ddus ffycin bac dôr, Dad?"

"Ai donno. Ddat niw loc us a ffycin niwsyns!"

Wrth i mi gydio'n dynnach yn handlan y GF40 mae Fury'n refio'n fygythiol ac yn agor ei geg i frathu. Dwi'n cau fy llygaid ac yn paratoi i sgrechian ar hyd Pen Rhiw fel mwnci mewn mangl.

Ond yn sydyn dwi'n clywed llais tu ôl i mi.

"Grabia'i folycs o."

Dwi'n troi rownd a, hyd yn oed yn yr hwdi, dwi'n adnabod yr wyneb yn syth. Hon ydi'r ferch y sylwais i arni'n gynharach pan driais i gydio yn y GF40 am y tro cynta. Y ferch efo'r pram. Y ferch oedd yn syllu arna i'n syn wrth i mi eistedd yn y Cadillac.

"Sori?"

Tydi hi ddim yn ymhelaethu, dim ond troi ei llygaid a neidio dros y ffens fel neidwraig Olympaidd o Rwsia.

"Fel hyn," meddai, gan gydio yng ngheilliau'r Alsatian a'u gwasgu. Ar unwaith, mae Fury'n troi o fod yn anghenfil Baskervillaidd i fod yn gi bach diniwed o hysbyseb Andrex. Mae o'n udo'n ymostyngol a'i lygaid mawr brown yn pledio ar y ferch i *plis* beidio gwasgu'n dynnach.

"Dynion," meddai'r ferch, ag elfen eitha amlwg o ddiflastod. "Dach chi i gyd 'run peth. Licio gneud sŵn a dangos 'ych hun ond o dan bob dim dach chi fel babis bach yn crio."

Mae'r ferch yn rhoi tro bach sydyn ac mae Fury'n rholio ar ei gefn.

"Beth bynnag wyt ti'n neud, well ti frysio," medda hi. "Dwi ddim yn planio gafael ym molycs y ci 'ma trwy'r nos."

Mae'n rhaid i mi gyfadda 'mod i erioed wedi gweld merch yn gwasgu bolycs Alsatian o'r blaen. Ddim hyd yn oed ar fideo.

"Grabia'r beic," meddai'r ferch, gan gyfeirio at y GF40. "Unrhyw funud rŵan ma Tweedle Dumb a Tweedle ffycin Dumber yn mynd i weithio allan sut i agor y drws cefn!"

Dwi'n cydio yn y GF40. Ond wrth i mi wneud mae'r drws cefn yn gwichian.

"Dros y ffens!" meddai'r ferch, gan gyfeirio at y beic. "Tafla fo!"

Pwy ydw i i ddadlau efo merch mewn hwdi sy'n gwasgu bolycs Alsatian? Dwi'n taflu'r GF40 drudfawr dros y ffens.

"A ni hefyd," medda hi, "ar ôl tri – ti'n barod?"

"Ond ma'r ffens mor uchel! Dwi ddim yn meddwl fedra i—"

"*Tri*!"

Mae hi'n gollwng ei gafael ar folycs Fury ac mae'r ci yn ei heglu hi i'w gwt, gan udo'n hunandosturiol, tra bod Tweedle Dumb and Dumber yn llwyddo o'r diwedd i agor y drws.

"Dder's no wan hîyr, Dad."

"Ai can sî ddat, syn."

"Wat's yp with Ffiwri?"

"Wat dw iw mîn?"

"Hi's un hus hyt and won't cym awt… Hei! Ddy ffycin baic's gon!"

“Shit! Wi cwd haf got ffaif hyndryd ffor ddat! Cym on, syn – wîf got tw ffaind ut!”

Wrth i mi a’r ferch swatio’n erbyn y preniau ar yr ochor arall i’r ffens dwi’n clywed y tad a’r mab yn rhuthro i lawr yr ardd, gan adael i’r giât daro yn erbyn y gasgen. Ar ôl ychydig eiliadau, yr unig sŵn ydi llais gwichlyd sylwebydd Sky Sports 2 yn dweud bod Man Utd wedi cael cic gornel… ac udo poenus Fury o gysegr tywyll ei gwt.

“Ma nhw ’di mynd,” medda fi o’r diwedd.

“Ond mi fydda nhw’n ôl,” meddai’r ferch. “Well i ti ddisgwl am dipyn cyn mynd â’r beic ’na efo chdi.”

“Os ti’n deud.”

Mae’r ferch yn codi ar ei thraed ac yn gwthio’r hwd yn ôl. Mae hi’n reit ddel i ddweud y gwir. Mewn ffordd eitha grynji. Ma’i gwallt tywyll wedi ei siafio bron iawn i’r croen ar yr ochrau ond wedi tyfu’n ffrinj byrlymus yn y ffrynt. Mae ganddi fodrwy trwy ei thrwyn. Ac un arall trwy ei boch.

Dwi’n codi hefyd, a gwenu arni.

“Dwn i ddim be ’swn i wedi neud efo’r blydi ci ’na heb i chdi… wel… ti’n gwbod…”

“Tisho can o Red Stripe?”

“Pam lai?” Dwi’n gwenu. “Leni, gyda llaw. Leni Tiwdor.”

Mae’r ferch yn syllu arna i fel taswn i newydd ddisgrifio fy nghasgliad o rifau trenau o orsaf Casnewydd. Ar ôl eiliad neu ddwy mae hi’n gwneud wyneb ‘watefyr’.

“Diolch i ti am dy help… ym…”

“Vina,” medda hi.

"Sgin ti broblam?"

"Be?"

"Ia. Efo'r lle 'ma. Ti jyst yn edrach rownd fatha bod chdi mewn sioc neu rwbath."

"Na," medda fi, gan eistedd i lawr yn ofalus ar yr unig gornel o'r soffa sydd ar gael.

Mae Vina'n sbio arna i am eiliad. Wedyn mae hi'n rholio ei llygaid ac yn diflannu i'r gegin. Dwi'n ei chlywed hi'n agor drws y ffrij. Mae un can o Red Stripe yn cael ei glecio ar agor. Wedyn un arall. Mae hi'n ôl ac yn stwffio'r can iasoer i fy llaw.

"Too bad os ti isho glass. Sgin i'm un."

"Ma hyn yn iawn," medda fi, gan godi'r can i ddiolch iddi. "Cheers."

Mae ganddi bob math o grap ym mhobman – teganau, cadeiriau, dillad, clociau, hi-fi, bagiau plastig du'n llawn llestri, llyfrau, ryg, pentwr o ddarluniau wedi eu fframio, ffôns, beiros, toaster, ymbarél, eliffant pinc plastig, Scalextric, laptops, micsar bwyd, sychwr gwallt, tri peiriant DVD ar ben ei gilydd, peiriant Xbox, beic, sgŵter, pedwar teledu LCD, bag o weiars, ces o win coch, bocs ffrwythau'n llawn poteli sent, cloc cwcw, dillad merched ar hangyrs wedi eu taflu dros hen fwrdd, tecell, My Little Pony, bag Lego, popty ping, batri car, peil o CDs, geraniums mewn pot a llwynog llychlyd wedi ei stwffio. Yng nghanol y stafell mae'r pram welais i hi'n gwthio yn gynharach. Dwi'n cymryd swig o'r Red Stripe a sychu cornel fy ngheg efo fy llawes.

"Faint 'di oed o?" medda fi.

"Oed pwy?"

"Y babi."

"Pa fabi?"

"Y babi yn y pram… Hwnna!"

"O," medda Vina, "hwnna."

"'Nes i ddeud rwbath doniol?"

"Naddo, pam?"

"Gweld chdi'n gwenu fel'na. Fel tasa ti ar fin chwerthin."

"Do's 'na'm byd yn ddoniol," medda hi, "jyst fod—"

Yn sydyn mae yna sŵn o'r nenfwd. Sŵn cnocio trwm, ffon yn erbyn pren. Wedyn llais yn gweiddi. Llais hen ddynas.

"Vina! Chdi sy 'na? Lle ma nhw? Ges ti nhw?"

Wrth i'r llais chwalu'n bwl cras o besychu mae'r wên yn diflannu o wyneb Vina ac mae hi'n rhoi'r can o Red Stripe i lawr.

"Dwi'n dŵad rŵan!" meddai, gan hanner troi at y grisiau, ei llais yn codi.

Mae hi'n estyn am y pram, tynnu bocs 200 o Marlboro Lights o'i berfedd, ei rwygo'n agored a stwffio paced ugain i'w phoced. Wedyn, gan sylweddoli falla fod hyn yn edrych braidd yn od, mae'n troi i gynnig rhyw fath o eglurhad.

"Mam," medda hi â chryn embaras.

Mae'r ferch yn rhedeg i fyny'r grisiau a dwi'n clywed llais y fam eto. Mae waliau a lloriau'r hen dai cownsil ar stad Pen Rhiw mor denau â chardfwrdd a dwi'n clywed bob gair fel tasan nhw'n cael eu dweud ym mhen arall y stafell.

"Marlboro Lights? Be ffwc ydi hyn, Vina? Ti'n gwbod 'mod i ddim yn licio Marlboro Lights!"

"Sori, Mam, ond dyna'r cyfan oedd 'na heno."

"Rothmans dwi'n licio."

"Dwi'n gwbod. Wythnos nesa. Dyna be ddudon nhw."

"Rothmans neu Embassy."

"'Sa neb yn smocio Embassy heddiw, Mam."

"*Dwi* yn!"

Tra 'mod i'n gwrando dwi'n sbio rownd y stafell eto ac mae 'na ryw fath o chwilfrydedd naturiol yn cydio ynddа i ac yn fy nhywys draw at y pram. Dwi'n edrych i mewn. Mi oedd Vina'n iawn. Does 'na ddim babi. Mae'r pram yn llawn pacedi 200 o Marlboro Lights wedi eu stacio fel bariau aur a'u hanner cuddio gan flanced binc. Wrth godi un o'r pacedi dwi'n sylwi nad oes rhybudd iechyd ar yr ochor a bod yr ysgrifen i gyd (heblaw am 'Marlboro' a 'Lights') mewn Arabeg.

Mi ges i ddarlun yn fy meddwl o Siop Gron ymhen chwe mis i flwyddyn – Gron yn cloi'r siop ac yn edrych yn drist ar yr arwydd 'Ar Werth'. Hyn i gyd oherwydd fod masnachwyr y farchnad ddu wedi ennill y frwydr. Pwy sy'n mynd i dalu naw punt am baced o ffags pan maen nhw ar gael am lai na hanner pris ym Mhen Rhiw? Beth ydi'r ots gan y pyntars bod 'na ddim gair o Saesneg ar y pacedi a dim rhybudd iechyd? Falla fod y sigaréts anghyfreithlon yn fwy iachus rywsut oherwydd hynny!

Uwch fy mhen dwi'n clywed sŵn traed Vina yn cylchu'r gwely, wedyn gwich y sbrings wrth iddi landio ei hun ar y matras a phledio â'i mam i fod yn ofalus wrth smocio yn y gwely.

O gornel fy llygaid dwi'n sylwi ar un eitem bersonol ymhlith y rwtsh – ffotograff mewn ffrâm wedi ei hanner orchuddio gan liain bwrdd gwyrdd cae pêl-droed Subbuteo. Pam mae hwn wedi tynnu fy sylw? Anodd dweud. Falla mai'r ferch yn y bicini oedd y rheswm. Beth bynnag, dwi'n plygu'r cae Subbuteo yn ofalus a'i roi o'r neilltu, estyn y darlun a'i ddal i un ochor er mwyn lleihau effaith y golau. Mae yna lwch ar y gwydr a dwi'n ei rwbio'n ysgafn efo llawes fy siaced i greu cylch clir yn y canol.

Pryd gafodd y llun ei dynnu? Tua deg, pymtheg mlynedd yn ôl falla? Ac yn lle? Rhyl? Bermo? Neu Blackpool? Eto, doedd hi ddim yn hawdd dweud. Ond mi oedd un peth yn bendant – mi oedd y ddynas yn y bicini yn hynod o ddeniadol efo'i gwallt du trwchus a'i choesau hir. Dwi'n dychmygu'r criw o ddynion ifanc oedd siŵr o fod wedi ymgasglu tu ôl i'r sawl gymerodd y llun, jyst er mwyn syllu arni a breuddwydio mai nhw oedd yr un lwcus – yr un y basa hi'n sylwi arno… yr un y basa hi'n ei wahodd yn ôl i'r gwesty. Roedd hon yn un o'r merched 'na oedd yn cerdded mewn i stafell a throi pennau dynion yn syth. Hon oedd y math o ddynas roedd merched eraill yn ei chasáu.

Ond mi oedd yna ferch arall yn y llun hefyd. Merch fach tua dwy neu dair oed. Roedd ei llaw chwith yn gafael yn llaw y ddynas yn y bicini ac roedd hi'n edrych i'r camera gan hanner cau ei llygaid oherwydd disgleirdeb poenus yr haul, tra oedd ei llaw dde yn…

A dyna pryd dwi'n sylwi bod y llun wedi cael ei dorri'n ofalus efo siswrn.

Welais i mo'r toriad i ddechra ond rŵan mae'n hollol amlwg. Toriad main, cywir a phenderfynol. Ond pwy sydd wedi torri'r llun yn ei hanner? A phwy ydi'r person arall? Dyn falla? Tad y ferch? Pwy wnaeth dorri'r dyn o'r llun?

"Mam."

Dwi'n troi rownd ac mae 'nghalon yn syrthio fel carreg i'm stumog. Mae Vina wedi dod i lawr y grisiau heb i mi ei chlywed a rŵan mae'n syllu arna i'n ddrwgdybus.

"Sori?"

"Paid â smalio. Dwi'm yn stiwpid. Welish i chdi'n sbio arno fo."

"A. Reit."

"Mam a fi yn Aberystwyth erstalwm."

"Roedd hi'n dipyn o bishyn… dy fam."

"Oedd," medda Vina, gan godi'r can Red Stripe eto, cymryd llond ceg a'i lyncu. "Cyn iddi hitio'r botal. A cyn iddi gael cansar."

"O. Mae'n ddrwg gen i."

"Ti am ofyn ta beidio?"

"Gofyn? Sori, dwi dal ddim cweit yn—"

"Tisho gwbod pwy 'di'r person arall, yn dwyt? Yn y llun. Y person arall ar y traeth efo fi a Mam yn ôl yn 1993. Y person gafodd ei dorri allan efo siswrn."

Dwi'n llyncu fy mhoer. Doedd Vina yn amlwg ddim yn hoff o gonfensiynau arferol sgyrsiau parchus.

"Pwy oedd o felly?" gofynnaf.

"Dad."

"A be ydi hanas dy dad?"

Mae Vina'n taflu ei phen yn ôl, gwagio'r can Red Stripe, ei ysgwyd yn ei llaw i weld oes 'na ddiferyn ar ôl cyn ei wasgu a'i daflu i'r bin yn y gornel.

"Dim syniad," meddai. "Oedd o yna. Wedyn oedd o wedi mynd. Dyna be ddudodd Mam. Dipyn o foi, yn ôl pob sôn. Y peth dwytha oedd o angen oedd plentyn i'w ddal o'n ôl. Tipical." Mae hi'n nodio i gyfeiriad y llun yn fy llaw. "Hwnna oedd yr unig lun ohonan ni i gyd. Ar ôl iddo fo fynd mi nath Mam dorri fo o'r llun, cadw'r hannar ohonan ni a gyrru'r hannar arall iddo fo i le bynnag oedd o'n byw erbyn hynny. Chlywodd hi ddim byd ganddo fo wedyn."

Dwi'n rhoi'r llun yn ôl yn ofalus ar y silff.

"A ti erioed wedi trio'i ffeindio fo?"

Mae Vina'n sbio arna i fel taswn i wedi dweud y peth mwya hurt yn y byd.

"Pam faswn i isho ffeindio fo?"

"Dwn i ddim. Jyst i sortio petha falla. I ofyn cwestiyna."

"Cwestiyna fel 'Pam 'nes di adal Mam a fi yn y cach? Pam 'nes di droi Mam yn alci? Pam ti heb sgwennu na ffonio?' Cwestiyna fel'na ti'n feddwl?"

Dwi'n dechra difaru codi'r llun yn y lle cynta.

"Gwranda, diolch am y Red Stripe. A diolch hefyd am dy help heno. Efo'r ci a bob dim. Os oes 'na rwbath fedra i neud i chdi i dalu 'nôl, gad mi wbod."

Dwi'n troi at y GF40 ac yn cydio yn yr handlebars.

"Fasa job yn handi."

"Sut fath o job?"

"Athrawes," medda hi'n sarcastig. "Dysgu syms i blant bach. Neu bod yn judge ar *Strictly*."

Wedyn mae hi'n troi ata i, a dwi'n sylwi bod 'na grychau bach cas ar ei thalcen.

"Unrhyw job! Chdi 'di'r boi ditectif efo'r ad yn Siop Gron 'de?"

"'Dio mor amlwg â hynny?"

"Mae'n amlwg bod chdi angan help. Hebdda fi fasa ti'n A&E heno efo tri syrjyn yn trio gwahanu Alsatian o dy din."

"Digon gwir."

"Fedra i gerddad yn ddistaw."

"'Nes i sylwi ar hynny pan ddes ti lawr grisia rŵan."

"Dwi'n handi mewn ffeit – a dwi'n cwffio'n fudur!"

"'Nes i sylwi hynna hefyd. Fury druan."

Mae hi'n gwenu'n slei. Mae'r ddau ohonan ni'n gwenu. Unwaith eto, dwi'n sylwi ei bod hi'n reit ddel.

"So?"

"So be?"

"Ga i job?"

"Sori."

Dwi'n troi i fynd ond mae llaw Vina ar fy ysgwydd yn syth.

"Pam? Am fod fi'n hogan?"

"Na, am fod *gin* i ddim job! Pam ti'n meddwl 'mod i'n mynd rownd ardd gefn Dumb and Dumber drws nesa a bron iawn ca'l fy lladd gan Alsatian jyst i nôl beic? Am 'mod i'n sgint. Dyna pam. Am 'mod i angan talu rent!"

Mae hi'n ochneidio'n drist ac yn edrych i ffwrdd. Mae gen i biti drosti.

"Pam ti isho job beth bynnag? Ti'n gneud hi'n iawn fan hyn."

"Be? Mynd rownd tai pobol a dwyn stwff jyst i'w gwerthu nhw er mwyn ca'l ffags rhad i Mam gan Melvin a'i gang? Grêt!"

Mae ei mam yn cnocio'r nenfwd eto.

"Vina! Pwy sy 'na efo chdi? 'Di'r cops yna eto?"

"Na, Mam," medda hi, gan weiddi i fyny'r grisiau, "dim cops. Jyst ditectif preifat!"

"Dwisho panad."

"Dau funud, Mam."

Mae hi'n troi ata i ac, o drws nesa (trwy'r waliau tenau), dwi'n clywed Dumb and Dumber yn gweiddi ar y reff ar Sky Sports 2 unwaith eto.

"Dos," medda hi, gan fy ngwthio i a'r GF40 at y drws, "mae Dumb and Dumber yn ôl yn y tŷ. Fydd hi'n saff i chdi fynd rŵan. Wela i di o gwmpas, ocê?"

Wrth i mi agor y drws dwi'n digwydd sbio i lawr a gweld peil o hen recordiau mewn bagiau polythene. Dwi'n nabod y sticers bach melyn sydd wedi eu gosod yn ofalus yn y corneli de top a'r cylchoedd coch, glas a gwyrdd sy'n dynodi cyflwr y finyl tu mewn. Coch ydi'r gorau ('Perffaith' neu 'Da Iawn') a gwyrdd y gwaetha ('Boddhaol' neu 'Gwael'). Mae'r rhein wedi dŵad o siop Stooge.

"Gweld rwbath ti'n licio?"

Am eiliad dwi'n paratoi i droi ati'n gas a dweud bod Stooge yn ffrind ac felly 'mod i am gymryd y records a mynd â nhw yn ôl iddo. Mae yna araith angerddol ac Obamaidd yn byrlymu yn fy mhen – araith danbaid yn tynnu sylw Vina at y ffaith fod Stooge, fel fi, yn ddyn busnes sy'n ei ffeindio hi'n anodd cadw'i din o'r dŵr mewn amodau economaidd llym. Busnesau bach ydi asgwrn cefn y gymuned a trwy ddwyn o lefydd fel siop recordiau Stooge mae Vina yn—

A dyna pryd dwi'n sylwi arni.

Please Be My Baby gan Tiny Morton.

Dwi'n codi'r record 7" ddrudfawr yn ofalus ac yn llithro'r finyl o'r clawr. Mae'r rhigolau mor lân a pherffaith, fasa unrhyw un yn taeru bod hon yn record gafodd ei chynhyrchu bythefnos yn ôl ac erioed wedi cael ei chwarae o'r blaen. *Please Be My Baby* gan Tiny Morton o 1963. Gwerth, yn ôl y beibl (*Record Collector: Rare Record Price Guide*): hyd at £350 (yn ddibynnol ar ei chyflwr). Mi oeddwn i'n gwbod yn iawn fod cyflwr hon yn berffaith oherwydd roeddwn i wedi edrych arni sawl tro yn siop Stooge a dychmygu ei phrynu un diwrnod – ar ôl i mi ennill y loteri falla. Neu ar ôl i Lady Nolwen roi peil o bapurau ugain punt i mi am ddychwelyd Amadeus yn saff.

Roedd ennill y loteri yn bur annhebygol. Doedd gen i ddim arian i'w sbario am diced. A, diolch i Bryn, fasa Amadeus byth yn canu grwndi ar gwshin moethus ar lin Lady Nolwen eto.

"Faint tisho am hon?" medda fi, fy llais yn torri dan y

straen o drio ymddangos mor ddifater â phosib (er bod fy nwylo'n crynu wrth ddal y record).

"Wyt ti'n iawn?"

"Wrth gwrs 'mod i'n iawn. Pam?"

"Dy wynab di. Mae o'n od."

"Ma lot o bobol yn deud hynna."

Mae Vina'n sbio ar y record yn fy llaw am eiliad.

"Dwn i ddim." Mae hi'n codi ei hysgwyddau. "Ffiffti?"

"Hanner canpunt?"

"*Ceinioga*, y ffŵl!" meddai, gan chwerthin. "Pwy ar y ddaear fasa'n talu hanner canpunt am hen record?"

Mae euogrwydd yn gwrthdaro efo hapusrwydd yn fy mhen, gan greu ffrwydriad o lonyddwch ac ecstasi.

"Yli," medda fi, gan wthio'r darn punt cynnes i'w llaw, "cymera bunt, ocê?"

"Wo, diolch, Abramovich!"

Dwi'n cydio yn y record a'i gosod mor ofalus ag y medra i ym mhoced fewnol fy siaced ddenim. Wedyn, jyst cyn i mi dywys handlebars y GF40 drwy'r drws, dwi'n troi 'nôl at Vina.

"A dwi *yn* nabod rhywun sy'n chwilio am help, fel mae'n digwydd. Do's 'na'm lot o bres, cofia."

"Ti o ddifri?"

"Gad o efo fi. Fydda i mewn cysylltiad, ocê?"

Dwi'n gwthio'r GF40 i lawr y llwybr tuag at y Cadillac.

"Hei, Leni."

Dwi'n troi rownd.

"Be?"

Mae Vina'n gwenu. Dwi'n licio pan mae hi'n gwenu.

"Diolch."

Dwi'n gwenu 'nôl ac mae'r drws yn cau. Am eiliad dwi'n

sefyll ar waelod y llwybr. Mae fy nghalon yn pwmpio fel disgo.

A dwi'n weddol siŵr nad Tiny Morton yw'r *unig* reswm.

Crazy

Tydi enw Crazy Luke Dober ddim yn golygu lot fawr y dyddiau hyn, ond yn Alabama ar ddechra'r chwedegau mi oedd y gŵr yma'n eitha enwog. Yn anffodus, roedd o'n enwog am y rhesymau anghywir.

Am fod yn un o'r bobol mwya anlwcus yn y byd pop.

Mi oedd Crazy Luke Dober yn foi talentog, doedd neb yn dadlau efo hynny. Roedd o'n chwarae alto sax yng ngrŵp Little John and the Sweethearts (un o fandiau mwya addawol Alabama ar ddechra'r chwedegau) ond ar ôl dwy flynedd o gigio o gwmpas Efrog Newydd a Los Angeles, gan obeithio denu sylw un o'r cwmnïau recordiau mawr, heb unrhyw lwc o gwbwl, mi wnaeth Crazy Luke benderfynu rhoi'r alto sax yn y to a symud yn ôl i Alabama er mwyn ffeindio job a setlo lawr.

Fis ar ôl iddo fo ddechra yn Big Geoff's Oldsmobile and Used Car Bonanza yn Albertstown, cafodd y newyddion fod Little John and the Sweethearts wedi arwyddo dêl efo RCA Victor a'u bod nhw yn rhif 25 y siartiau â chân o'r enw 'Tell Me You Need (My Good Lovin)'. Ar ôl clywed hyn, mi ddringodd Crazy Luke i 1954 Buick Special ag injan Nailhead V8 ar yr iard, ei yrru'n wyllt i Dalton Bridge (gan ddenu sylw tri car heddlu), rhedeg allan o'r Buick gan adael y drws yn pendilio fel clust eliffant a, heb hyd yn oed edrych i lawr, mi gaeodd ei lygaid a neidio i'r afon i roi diwedd, am byth, ar bob dim.

Yn anffodus, roedd ei anlwc yn ymestyn i'w obaith o gyflawni hunanladdiad oherwydd mi oedd dŵr yr afon yn anarferol o isel y diwrnod hwnnw ac fe laniodd mewn pum troedfedd o fwd. Ar ôl cael ei lanhau â pheipen ddŵr oer gan ffarmwr lleol mi gafodd Crazy Luke ddirwy o $150 a'r sac o Big Geoff's Oldsmobile and Used Car Bonanza.

Roedd bywyd yn anodd. Bob dydd roedd o'n clywed pawb yn y bariau a'r siopau'n llawenhau yn llwyddiant y grŵp lleol, Little John and the Sweethearts. (Rhif 10 yn siart Billboard erbyn hyn ac yn barod i ymddangos coast-to-coast ar *The Ed Sullivan Show*.) Mi oedd Little John and the Sweethearts wedi llwyddo tra bod Crazy Luke – aelod mwya talentog y grŵp, o bosib – yn gorfod ciwio am gawl tu allan i'r Temperance Mission ar gyrion Albertstown. Weithia mi fasa criw o ddynion yn ei adnabod.

"Hei, nid ti oedd y boi oedd yn arfer chwarae'r alto sax efo Little John and the Sweethearts?"

"Na, nid fi."

"Paid â malu! Dwi'n dy gofio di! Hei, sbiwch bawb! Sbiwch ar y ffŵl yma! Y ffŵl wnaeth adael Little John and the Sweethearts jyst cyn iddyn nhw gael hit!"

Dim ots pa mor uchel oedd o'n tynnu coler ei gôt dros ei wyneb, roedd pawb yn adnabod Crazy Luke ac mi oedd pawb yn pwyntio bys ato a chwerthin am ei ben.

"Sbiwch arno fo! Y dyn mwya anlwcus yn y byd!"

'GRŴP LLEOL AR FRIG Y SIARTIAU.'

Dyna oedd y pennawd yn rhifyn yr wythnos ganlynol o'r *Albertstown and Meadowville Gazette*. Wrth weld y llun o aelodau Little John and the Sweethearts yn yfed siampên efo Elvis Presley yn Hollywood, dyma Crazy Luke yn penderfynu rhoi diwedd ar betha eto – ond y tro hwn fasa 'na ddim amheuaeth. Mi aeth o adra a mynd i'r garij i estyn y dryll oedd yn perthyn i'w daid: Winchester Model 1912. Roedd o'n drwm ac mi oedd Crazy Luke yn gwbod na fasa fo'n methu oherwydd roedd y gwn wastad yn llawn bwledi i gael gwared ar y coyotes oedd yn dod rownd i hel bwyd o'r biniau a chreu llanast.

Yn anffodus – neu'n ffodus (mae'n dibynnu sut dach chi'n edrych ar y peth) – wrth iddo gamu tuag at y Winchester Model 1912 ar y rac ar y wal mi safodd Crazy Luke Dober ar gribin oedd yn gorffwys yn ddiniwed yn erbyn un o'r cypyrddau. Y cwbwl gymerodd hi i droi'r cribin o fod yn offeryn garddio diniwed i fod yn arf peryglus a chlinigol oedd troed seis naw Crazy Luke Dober.

Wrth iddo sefyll arni roedd ymateb y gribin yn frwnt ac yn chwim. Mi waldiodd yr handlan bren Crazy Luke Dober ar ei drwyn a'i gnocio i'r llawr fel cadach. A dyna lle fuodd o'n anymwybodol am dair awr mewn sgarff biws o waed. Pan ddaeth o ato'i hun mi oedd 'na fachgen yn sefyll uwch ei ben.

"Be tisho?" gofynnodd Crazy Luke Dober.

"Mae hwn i chdi," meddai'r bachgen, gan estyn amlen.

"Be ydi o?"

"Teligram. Western Union. Hei, wyt ti'n gwbod fod dy drwyn di'n gwaedu?"

Cododd Crazy Luke Dober ar ei eistedd, rhoi doler i'r bachgen a'i yrru i ffwrdd.

"Blydi hel," medda fo, gan ddarllen y teligram. "Fedra i ddim coelio'r peth!" Dyma fo'n codi o'r llawr ac yn chwerthin. "Fedra i ddim... coelio'r peth!"

Wedyn – ar ôl sicrhau nad oedd y gribin o dan ei draed y tro yma – dyma fo'n dawnsio rownd y garij fel hilbili!

Tair brawddeg gwta oedd hyd y teligram ac roedd yn dweud wrth Crazy Luke Dober bod ei fodryb Sally o Spring Falls, Montana (modryb nad oedd o erioed wedi clywed amdani o'r blaen) wedi marw a gadael $20,000 iddo fo, Mr Luke Dober – ei hunig nai.

Y peth cynta wnaeth o efo'r arian oedd prynu tŷ - 23009 Meadowville – a throi'r selar yn stiwdio recordio. O'i chymharu â safonau heddiw, falla ei bod hi braidd yn gyntefig – un stafell yn y cefn efo tri meicroffon, piano, dryms a llwyth o deils corc a phacedi wyau ar y waliau er mwyn distewi'r sŵn – ond roedd o'n ddechra, o leia...Y ffordd roedd Crazy Luke Dober yn gweld petha, falla fod Little John and the Sweethearts wedi cyrraedd brig y siartiau ond, o hyn mlaen, Crazy Luke Dober fyddai'n recordio hits y dyfodol yn ei stiwdio fach ac ar ei label ei hun, sef Hit-State Records.

Stiwdio Hit-State Records oedd un o'r ychydig o'i bath yn Lee County ar ddiwedd 1963 ac, oherwydd hyn, roedd y lle'n llawn cantorion a cherddorion o fewn dim. Roedd gardd ffrynt 23009 Meadowville yn frith o Ford pick-ups, Oldsmobiles a Plymouths – pob un wedi ei bacio i'r ymylon â dryms, amps a gitârs, eiddo grwpiau oedd wedi eu hysbrydoli gan lwyddiant Little John and the Sweethearts ac oedd yn gobeithio cael rhif 1 eu hunain.

Y record gynta a ryddhawyd ar Hit-State Records oedd 'Good Lovin' gan grŵp lleol ifanc o'r enw The Cobras. Aeth hi ddim yn agos i siartiau Billboard ond mi gafodd ymateb cynnes yn lleol ac roedd i'w chlywed yn eitha amal ar orsaf radio WB-NBX yn Auburn. Gwerthwyd 238 o gopïau i gyd ac mi oedd Crazy Luke ar ei golled. Ond doedd dim ots am hynny, wrth gwrs. Roedd digon o arian Anti Sally o Spring Falls ar ôl yn y banc.

Am rŵan o leia.

Yr ail beth mawr i Crazy Luke ei brynu oedd car. Erbyn hyn roedd o wedi sylweddoli, os oedd o am efelychu llwyddiant rhywun fel Sam Phillips o Sun Records yn Memphis efo gyrrwr lori o'r enw Elvis Presley, doedd aros yn Meadowville ddim yn opsiwn. Mi fasa raid iddo fo deithio o gwmpas Lee County – ac ymhellach hyd yn oed. Efo hyn mewn golwg, felly, dyma Crazy

Luke yn gwario $500 ar Studebaker Commander coch ail-law, taflu ei ges i'r bŵt a hitio'r lôn i chwilio am dalent.

Mi aeth o i bob clwb nos a phob dawns yn Lee County ond, ar ôl tair wythnos o fyw mewn motels rhad a gwario ffortiwn ar betrol, dyma Crazy Luke Dober yn penderfynu mai breuddwyd ffŵl oedd hyn i gyd. Doedd o ddim am ddarganfod ei Elvis. Falla fod 'na dalent amrwd heb ei darganfod ym mhob sir a thalaith arall yn America, ond doedd 'na neb yn Alabama. Y cyfan oedd Crazy Luke Dober wedi'i glywed a'i weld yn ystod y daith oedd grwpiau di-nod yn canu allan o diwn a rhes o gantorion trist oedd mor debygol o efelychu Elvis ag oedd Yuri Gagarin o gael ei ethol yn arlywydd nesa'r Unol Daleithiau.

Un noson, felly, efo'r freuddwyd o fod yn big shot mor llipa â chynffon cath wlyb rhwng ei goesau (ac efo llai nag $800 o arian Anti Sally ar ôl), yn hytrach nag anelu'r Studebaker i'r chwith er mwyn mynd i lawr Highway 85 i weld os oedd yna well grwpiau a chantorion yn Tuskegee, Macon County, dyma Crazy Luke Dober yn troi i'r dde.

Ac am adra.

Wrth i'r glaw chwipio'r sgrin ac wrth i'r trefi a'r pentrefi a'r motels wibio heibio dyma Crazy Luke Dober yn sylweddoli nad oedd o byth am gael ei bum munud yn haul cynnes enwogrwydd fel ei hen ffrindiau, Little John and the Sweethearts, a doedd o ddim am ddarganfod yr Elvis Presley nesa yn Lee County – nac yn Macon County chwaith. I ddweud y gwir, y ffordd roedd Crazy Luke Dober yn teimlo rŵan, roedd o'n eitha siŵr na fasa fo'n darganfod yr Elvis nesa tasa fo'n landio ar fonat y Studebaker y funud honno.

Ond, yn rhyfedd iawn, dyna'n union be ddigwyddodd.

Wrth iddo yrru'n araf ar hyd prif stryd Marlonville (tre, neu bentre i fod yn fwy cywir, o 2,136 o bobol), dyma Crazy Luke Dober yn plygu lawr i newid yr orsaf ar ei radio ac, yn ystod yr eiliad honno – pan wnaeth o dynnu ei lygaid oddi ar y lôn – dyma fo'n taro rhywbeth. Rhywbeth swmpus. Rhywbeth digon swmpus i greu tolc sylweddol yn hwd y Studebaker Commander. Am eiliad, wrth iddo fo dynnu'r car i'r ochor a'i barcio'n frysiog â'i hanner ar y palmant, roedd Crazy Luke Dober yn meddwl falla'i fod o wedi taro ci, neu geffyl.

Ond wedyn, drwy'r glaw, dyma fo'n gweld siâp dyn. Dyn mawr. Deunaw stôn yn bendant. Neu fwy. Ugain? Beth bynnag, roedd swmp y gŵr yma'n amlwg wedi ei achub rhag unrhyw fath o niwed difrifol oherwydd rŵan roedd o'n codi ar ei draed ac yn twtio'i wallt fel tasa fo heb wneud dim byd gwaeth na baglu dros labrador.

"Hei," medda Crazy Luke Dober, gan redeg draw ato'n syth (y peth dwytha oedd o angen rŵan – ar ben bob dim arall – oedd hwn yn ei siwio), "wyt ti'n iawn, ffrind?"

"Yndw, dwi'n ocê."

"'Nes i ddim dy weld di."

"Ti'n jocio, wyt ti? Sut fedrat ti beidio fy ngweld? Y dyn mwya yn y dre – a'r unig un du!" Dyma fo'n ysgwyd ei ben mewn anghrediniaeth. "Mae'r rhan fwya o bobol o gwmpas y lle yma'n sylwi arna i'n syth!"

Am eiliad anghyfforddus roedd Crazy Luke Dober yn siŵr ei fod o mewn trwbwl go iawn. Doedd 'na neb arall o gwmpas. Neb i'w helpu tasa'r tarw o ddyn yma'n penderfynu troi arno a'i ladd. Roedd y glaw'n taro'r tarmac fel bwledi. Pwy fasa'n dewis mynd allan ar noson fel hon?

Efo'i galon fel pedal drwm bas dyma Crazy Luke Dober yn llyncu ei boer a thrio gwella'r sefyllfa. Roedd o wedi darllen am bobol yn cael eu lladd mewn trefi bach fel hyn. Trefi tawel. Efo jyst un car plisman.

"Hei, gwranda, ti'n siŵr dy fod ti'n ocê? Wyt ti isho i mi alw doctor neu rwbath?"

"Na, dwi'm angen doctor. A beth bynnag, ti'n meddwl fod gen ddyn fel fi insiwrans meddygol? Jyst pasia hwnna i mi, wnei di?"

Roedd y gŵr diarth yn cyfeirio at gas gitar. Dyma Crazy Luke yn ei basio iddo.

"Ti'n gerddor?"

"George Morton," meddai'r gŵr mawr, gan estyn ei law rydd a gwenu'n heintus. "Er, mae'r rhan fwya o bobol yn fy ngalw i'n 'Tiny'. Fel rhyw fath o jôc, ti'n gweld. Hei, pam na ddei di i 'ngweld i? Mae gen i gig heno. Dwi angen dipyn o gefnogaeth – wnes i golli'n job heddiw, wedyn dyma fi'n cael fy nharo i lawr gan foi dall mewn Studebaker. Ar ben hyn i gyd, mae hi'n piso bwrw ac mae pawb call adra o flaen y teledu. Weithia dwi'n meddwl fod Iesu Grist wedi creu anlwc jyst er fy mwyn i."

"Ia, wel," medda Crazy Luke Dober dan ei wynt. "Falla ddim jyst ti."

Roedd y Golden Bronco mor wahanol i'r Hollywood Bowl ag ydi Betws-y-coed i Tokyo ond o leia roedd o dan do. Erbyn hyn roedd crys Crazy Luke Dober yn socian ac mor dynn â haen arall o groen, a doedd George Tiny Morton ddim yn edrych fawr gwell. Roedd ei siwt fel tasa hi wedi crebachu rywsut – ac, wrth gwrs, mi oedd 'na res o rwygiadau arni a phatrymau Jackson Pollockaidd o fwd, baw a graean.

"Be uffar ddigwyddodd i chdi?" meddai'r perchennog. "Ti'n edrych fel shit!"

"Nath y boi yma fy nharo i efo'i gar."

Dyma'r perchennog yn edrych ar Crazy Luke Dober am eiliad cyn poeri mewn i bwced a throi'n ôl at Tiny.

"Wel, well i ti fynd i ganu. Mae dy gynulleidfa'n disgwl."

"Ia," medda Tiny wrth edrych o gwmpas y Golden Bronco gwag, "hawdd gweld hynny."

Wrth sbio ar Tiny yn plygio'i gitâr i'r amp â chlec amhroffesiynol, ac yna'n ymddiheuro, roedd disgwyliadau Crazy Luke Dober yn eitha isel. Y peth dwytha roedd o isho'i glywed oedd canwr gwael arall yn dinistrio rhai o glasuron R&B y dydd. Be oedd o isho go iawn rŵan oedd mynd adra, cael bath, wisgi a mynd i'w wely. Ond sut fedra fo wrthod gwahoddiad gan rywun roedd o newydd ei daro? Mi fasa gwrthod Tiny wedi bod yn anghwrtais – creulon, hyd yn oed. Na, y peth gorau i'w wneud oedd ordro Pepsi ac aros am ychydig – tair cân falla – cyn sleifio i ffwrdd heb i neb sylwi (er fod hynny'n mynd i fod yn anodd mewn lle mor wag). Felly, efo'r Pepsi yn ei law dyma Crazy Luke yn troi i wynebu'r llwyfan…

… a chael ei syfrdanu.

Roedd George Tiny Morton yn seren. Mi oedd hyn yn amlwg i Crazy Luke hyd yn oed os oedd y tri person arall yn y Golden Bronco ddim yn medru gwerthfawrogi'r ffaith. Doedd Crazy Luke Dober ddim yn medru credu'r peth! Pam nad oedd y Golden Bronco yn orlawn a phawb yn neidio i fyny ac i lawr ac yn dawnsio'n wyllt i lais anhygoel a rhythmig George Tiny Morton? Pam nad oedd neb yn clapio a neidio ar ben y bwrdd pŵl? Roedd ei ddawn mor naturiol. Ei lais mor ddwfn a chynoesol. Weithia, wrth iddo fo gyrraedd diwedd lein roedd 'na sŵn cras, cyntefig yn rhwygo o'i fron fel cri o galon dynoliaeth. Cri o galon America oedd hon. Cri oedd yn cynnig gobaith. Cri oedd yn dechra fel sbarc ond oedd yn cynyddu nes iddi losgi drwy lwyni sych a diffrwyth diffeithwch y wlad fel fflamau efengylaidd a gwaredol. Ai Crazy Luke Dober oedd yr unig berson i weld ac i sylweddoli hyn?

Ar ôl gorffen set tri chwarter awr aeth George Tiny Morton i'r bar, fel arfer, ac archebu gwydraid o root beer. Roedd ganddo fo ddeg munud cyn dechra'r ail set ond, yn ystod y deg munud hwnnw (a chyn iddo gael cyfle i yfed y root beer), mi arwyddodd gytundeb efo Hit-State Records (cytundeb gafodd ei baratoi'n frysiog ar gefn poster roedd Crazy Luke Dober wedi ei rwygo oddi ar wal y Golden Bronco). Wedyn, ymhen wythnos, roedd o'n gwrando'n ôl ar recordiad o 'Please Be My Baby' o'i soffa yn 29000 Meadowville ac yn gwenu'n foddhaus wrth i'r bas beri i'r seinyddion grynu.

"Mae hon yn hit!" medda Crazy Luke Dober, gan orfod gweiddi dros y gerddoriaeth. "Dwi'n deud 'tha chdi, George! Hit go iawn!"

"Wel, mae'n swnio'n dda, mae raid i mi gyfadda!"

Roedd ymateb cynnar WB-NBX yn Auburn yn hynod frwdfrydig a chalonogol hefyd. Yn y gorffennol cafodd Crazy Luke Dober y teimlad fod y DJs lleol wedi chwarae recordiau Hit-State mewn cydymdeimlad a phiti, ond yn achos 'Please Be My Baby' roedd yr ymateb yn hollol wahanol. Roedd y DJs i gyd yn heidio rownd y Dansette ac yn chwarae'r copi promo drosodd a throsodd, gan ddawnsio a chwerthin.

"Mae hon yn hit!" medda Hube Long, un o DJs mwya dylanwadol WB-NBX, gan daro Crazy Luke Dober ar ei gefn yn frawdgarol. "Pryd gawn ni chwarae hi ar y radio?"

"Unrhyw bryd liciwch chi. Mae hi allan mewn wythnos – ar y 23ain."

"Hei," medda Hube Long, ei ddannedd yn felyn a'i wynt yn drewi o Camels. "Hwnnw fydd dy ddiwrnod lwcus di. Mae hon yn mynd i fod yn rhif 1!"

Doedd y ffôn yn 23009 Meadowville erioed wedi canu gymaint efo DJs o orsafoedd pell yn Efrog Newydd a Chicago yn mynnu copïau promo o 'Please Be My Baby'. Erbyn hyn dim ond 200 o gopïau oedd ar ôl i'w gwerthu i'r siopau, felly dyma Crazy Luke Dober yn cysylltu â'r ffatri yn Albertstown i ddyblu'r ordor.

Jyst i fod yn saff, dyma fo'n cysylltu â ffatri arall – ffatri fwy – yn Los Angeles i weld os fasan nhw'n medru delio efo'r niferoedd fasa'u hangen tasa 'Please Be My Baby' yn torri mewn i siartiau Billboard, fel roedd pawb yn proffwydo.

Un pnawn roedd rhywun o RCA Victor wedi galw yn gofyn cwestiynau am Tiny Morton (roedd Crazy Luke Dober wedi perswadio ei ddarpar seren i ollwng y 'George' oherwydd ei fod o'n rhy henffasiwn) ond roedd perchennog Hit-State Records wedi mwynhau dweud wrth y big shot o LA fod Morton yn un o artistiaid y label o Meadowville a'i fod o ddim – ripît, ddim – ar gael!

Ar fore'r 22ain mi gysgodd Crazy Luke Dober yn hwyr. A phwy fedra feio'r boi? Bu'r misoedd ers iddo daro i mewn i Tiny Morton – yn llythrennol – yn rhai gwyllt! Recordio, ordro a goruchwylio cynhyrchiad y sengl, teithio o gwmpas gorsafoedd radio lleol, delio â'r galwadau ffôn a'r llythyrau, wedyn ailordro copïau o'r sengl, paratoi datganiadau i'r wasg ac ailddrafftio cytundeb Hit-State Records efo Tiny Morton, jyst rhag ofn i RCA Victor alw eto. Wrth gwrs, roedd Crazy Luke Dober yn berffaith fodlon gwerthu ei seren am ffortiwn i label mawr – yn union fel y gwnaeth Sam Phillips efo Elvis. Ond ddim eto. Ddim tan y byddai'r pris wedi codi rhywfaint. Ddim tan y byddai 'Please Be My Baby' yn 10 uchaf siart Billboard.

Y peth cynta wnaeth o y bore hwnnw oedd rhoi'r tecell mlaen er mwyn gwneud coffi a chlicio botwm y radio, gan ddisgwyl clywed Hube Long ar WB-NBX yn chwarae'r gân ac yn mynnu bod pawb yn ei phrynu y bore wedyn pan fyddai hi yn y siopau o'r diwedd.

Ond na.

Y cyfan glywodd Crazy Luke Dober ar ei radio y bore hwnnw oedd rhyw ŵr diarth yn siarad yn drist am rywbeth oedd wedi digwydd yn Texas.

Texas?

Be oedd a wnelo WB-NBX yn Auburn â Texas?

Mewn dig, dyma fo'n troi'r deial i WFFX yn Lanceton. Roedd y derbyniad braidd yn sâl ond yr un oedd y neges yma hefyd. Dau lais yn trafod Texas. Be goblyn oedd yn bod ar y byd? Pam nad oedd Tiny Morton i'w glywed yn bloeddio 'Please Be My Baby' i glustiau parod America? Pam nad oedd y DJs wedi cadw at eu gair? Mi oedd hon yn hit! Dyna be oedd pawb wedi'i ddweud!

Dyma'r ffôn yn canu.

"Hei," medda Tiny Morton, ei lais yn swnio'n drwm am unwaith. "Ti 'di clywed y newyddion?"

"Dwi heb glywed dy gân di, mae hynna'n saff."

"Mae rhyw foi wedi saethu Kennedy yn Dallas."

Mae'n debyg bod pawb yn America sydd dros eu 55 yn gwbod yn union lle oeddan nhw pan glywson nhw'r newyddion fod Kennedy wedi cael ei ladd. Mi oedd Crazy Luke Dober yn ei stafell yn ei byjamas.

O fewn awr mi oedd o yn yr ardd efo tri can gwag o Budweiser wrth ei draed. O fewn mis roedd y biliau am 'Please Be My Baby' wedi cyrraedd. O fewn tri mis roedd y Beatles wedi newid cerddoriaeth America am byth. O fewn pum mis roedd heddlu Lee County wedi tynnu corff gŵr yng nghanol ei dridegau o afon Chattahoochee. Ebrill 3ydd, 1964.

Prin fod neb yn cofio lle roeddan nhw pan fu farw Crazy Luke Dober.

Lleucu

"Leni, sut ti'n gwbod y shit 'ma i gyd?"

"Pa shit?"

Mae Lleucu'n gwenu ac yn llyfu ochor hir y joint.

"Hyn. Y stori 'na ti newydd ddeud. Am Tiny neu beth bynnag oedd ei enw fo. A'r record – be oedd hi eto?"

"*Please Be My Baby*."

"Ti rêl anorac, Leni. Sgin ti dân?"

Dwi'n estyn y leitar plastig cynnes o 'mhoced a'i glicio. Mae mwg y joint yn byrlymu o geg Lleucu.

"Damia!" medda fi, gan godi o'r llawr.

"Lle ti'n mynd?"

"Raid i fi agor y ffenast."

"Ti'n nyts? Mae'n rhewi yn y blydi fflat 'ma! Mae'n waeth na bod tu allan!"

"Ia, wel, dyna lle fydda i os neith Mr Patel ogleuo mwg y joint 'na."

"Mae o 'di mynd allan," medda Lleucu, gan chwerthin ac ysgwyd ei phen. "Welish i o. Efo Mrs Patel. I'r synagog."

"I'r deml ti'n feddwl."

Mae Lleucu'n codi ei hysgwyddau.

"Watefyr."

Unwaith eto, dwi'n eistedd i lawr wrth ei hochor ar y soffa. Mae Lleucu'n iawn. Mae'r fflat yn oer. Mae 'na fwy o fwg yn dŵad allan o 'ngheg i nag o geg Lleucu – a dwi ddim hyd yn oed yn smocio!

"Tisho?"

Mae hi'n cynnig y joint i mi.

"Diolch."

Mae Lleucu'n trosglwyddo'r joint yn ofalus ac wedyn mae hi'n eistedd 'nôl gan ochneidio'n fodlon a chau ei llygaid, fel tasa'r briwsion bach du o Lebanese wedi agor drysau nirfana a chynnig 'wan tw wan' iddi efo'r Bodhisattva ei hun.

Yn bersonol, dwi ddim yn rhy ffysd am ganabis. Falla 'mod i wedi bod yn dipyn bach o late starter oherwydd y tro cynta i mi drio fo oedd fel myfyriwr 'aeddfed' yn y Fresher's Ball. Saith ar hugain ac erioed wedi smocio dôp. Pwy fasa'n meddwl? Wel, neb, oherwydd o'n i'n benderfynol o gadw'r peth i fi fy hun!

O'n i tu allan i'r undeb a dyma Michael Bowes-Ryan (y boi aeth i Eton ac wedyn penderfynu astudio yma yng Nghaerdydd jyst i bisio'i rieni i ffwrdd) yn stwffio joint anferth i 'ngheg i. Ar ôl tri llond ceg roedd fy mhen yn troi fel ci bach yn hel ei gynffon ac mi deimlais ei effaith yn syth – mi 'nes i daflu fyny mewn bin.

Dwi'n dal y joint a sbio ar Lleucu, gan gymryd mantais o'r ffaith fod ei llygaid yn dal ar gau. Rhyfedd credu bod gan hon (a'i brwdfrydedd gwancus am ganabis) rywbeth yn gyffredin â Michael Bowes-Ryan. Fo o deulu bonheddig ac ariannog yn Hampshire (oedd yn nabod Michael Heseltine) a hon o deulu cymharol gyffredin o athrawon o ryw bentre anghysbell tu allan i Ben-y-groes. Ond eto, wrth feddwl, mi oedd Lleucu Cadwaladr yn aelod o'r elît hefyd mewn ffordd. Glywis i sôn fod ei thaid wedi ennill y Goron yn y Genedlaethol unwaith. Oes 'na wirionedd yn y stori fod hon a Michael Bowes-Ryan wedi cael ffymbl bach ym mharti Rhydian Owen bythefnos yn ôl? Eitha tebyg. Ond mae pawb isho Lleucu. Hi ydi 'Pishyn y Flwyddyn'. Gwaith caled, ydi. 'High maintenance' fel y dywed y Sais. Ond gorjys. Sydd, wrth gwrs, yn codi'r cwestiwn amlwg:

Pam ffwc mae hi efo fi? Myfyriwr 'aeddfed' sydd, faint – pum, chwe mlynedd yn hŷn na hi?

Mae hi'n agor ei llygaid yn freuddwydiol a chymryd y joint yn ôl.

"Felly 'dio'm yn wir? Y stori 'na ti newydd ddeud. Am Tiny..."

"Morton?"

"Watefyr."

"'Sa neb yn gwbod," medda fi (yn falch o fedru ymhelaethu ar bwnc ro'n i'n ymddiddori ynddo er mwyn cael cyfle i ennyn ei hedmygedd), "yr unig enwa ar label y record wreiddiol yn ôl pob sôn ydi Tiny Morton a Crazy Luke Dober – Tiny fel y canwr a Crazy Luke fel y cyfansoddwr a'r cynhyrchydd."

"Grêt," medda Lleucu, "felly bolycs oedd y stori i gyd! Diolch am hynna, Leni. Diolch yn ffycin fawr!"

"'Dio ddim yn tanio dy ddychymyg di, Lleucu? Yr enwa, yr amsar, y label bach yng nghanol Alabama ar ddechra'r chwedega? 'Dio'm yn gneud i chdi feddwl 'Sgwn i be oedd y stori tu ôl i'r gân yma?'"

"Ti'n weird, Leni. Ti'n gwbod hynna?"

Dwi'n trio peidio dangos y ffaith 'mod i wedi fy mrifo.

"Falla."

"Faint fasa copi o'r record werth heddiw?"

"Dau gant? Dau gant a hannar? Mae'n dibynnu ar y cyflwr. Ond dwi erioed wedi gweld un. Maen nhw mor brin dyddia yma."

"Rho hi mlaen eto."

Dwi'n eistedd i fyny a phwyso rewind ar y peiriant casét.

"Ydi'r tâp yna werth rwbath?"

Dwi'n chwerthin.

"Na. Fasa raid i ti gael y record wreiddiol."

"Biti. 'Sai'n braf ca'l un."

"Ti'n deud 'tha i!"

"Faswn i'n gwerthu hi'n syth. Fasa hogan yn medru prynu lot o byrffiwm am ddau gan punt."

Yn y fflat yn nhŷ Anti Maj ym Mhontelfyn mae'r sengl ddrudfawr yn dal i droi ar y bwrdd Technics, a'r nodwydd yn clician…

Ac yn clician… ac yn clician…

Tu allan mae'r gwynt mor wyllt a phenderfynol â Beatlemania. Mae o'n ratlo'r ffenestri Fictorianaidd ac yn bygwth pwyso'r gwydr nes iddo blygu dan yr ymosodiad. Fel plentyn wedi ei sboilio, dydi'r gwynt yma ddim wedi arfer efo unrhyw fath o gyfyngiadau. Ers iddo adael arfordir Iwerddon does neb na dim wedi meiddio ei herio ac felly mae o wedi rhuthro dros y tonnau llwyd gan greu hafoc ac anhrefn. Rŵan mae o wedi gorfod wynebu adeiladau. Mae o'n flin. Mae o am eu dinistrio.

Clic… clic… clic…

Dwi'n teimlo'n euog ac yn penderfynu mai'r peth cynta wna i ar ôl cael arian Lady Nolwen fydd smalio 'mod i wedi cael hyd i *Please Be My Baby* mewn sgip ar y prom a thalu'r pris llawn i Stooge amdani. Ar ôl talu hanner can ceiniog am record gwerth dros dri chan punt, dwi'n teimlo'n gymaint o leidr â Vina.

Clic… clic… clic…

Efo ochenaid dwi'n codi. Cerdded at y ffenest a sbecian allan. Mae'r gwynt yn troi ei ddicter at y biniau cyhoeddus ar y promenâd, gan droi papurau sglodion, crystiau pizza a chaniau Sprite yn gorwyntoedd swreal.

Dwi'n cau'r llenni ac yn mynd yn ôl at y Technics, codi'r

nodwydd yn ofalus a'i gosod ar flaen y record am y seithfed tro.

Craclo. Wedyn mae'r gitâr yn chwarae. Y bas yn dechra. Y drymiau.

A sgrech gyfarwydd Tiny Morton…

"Felly be ydi dy bwnc di?"

"Astudiaethau Ffilm."

"*Ffilm*? Be 'di'r pwynt astudio ffilm? Fedar unrhyw ffŵl sbio ar ffilm. Dwi'n sbio ar ffilms efo'n ffrindia drwy'r amsar. Does dim raid mynd i'r coleg i sbio ar ffilms! A pam disgwl tan rŵan? Faint ydi dy oed di eto?"

Roedd gan Lleucu bwynt, wrth gwrs. O'n i wedi gadael petha'n hwyr. Ond roeddwn i wedi bod yn ddiog yn yr ysgol ac wedi gwneud yn uffernol o wael yn fy Lefel 'A', felly'r unig opsiwn oedd ffeindio job mewn ffatri deiars tu allan i Fangor. Ond wedyn dyma fi'n sylweddoli 'mod i'n wastio fy mywyd ac ar ôl i Mam a Dad farw o fewn dwy flynedd i'w gilydd mi o'n i'n desbryt i adael adra. Y pentre diflas. Y ffatri ddiflas. Fy ffrindiau diflas. Dim siopau ar ôl yn y dre. Dim bysys. Dim car. Dim dihangfa. Heblaw am focsio. Neu fod yn seren roc. Neu fynd i'r coleg.

Unrhyw goleg.

(Ond ei fod o mor bell â phosib – heb fynd i'r Alban. Roedd hi lot rhy oer yn fanno.)

"Ia, wel, o'n i isho gneud Saesneg yn Manceinion ond doedd fy grades i ddim digon da, yn anffodus. Felly dyma fi. Yng Nghaerdydd."

"Efo'r rejects eraill fel fi?"

Dwi'n cochi. "Na… wrth gwrs. Be o'n i'n feddwl oedd—"

"Tisho coffi?"

"Ia. Grêt. Coffi. Ffantastig. Here's lookin at you, kid."

"Sori?"

"*Casablanca*," medda fi. "Lein Bogart. Ti'n gwbod? Yn y diwedd. Wrth ymyl yr eroplên lle mae Bogart yn—"

Wrth glywed y fath anwybodaeth, mae'n rhaid i mi gyfadda i fy nghalon suddo fel y model o'r *Titanic* yn *A Night to Remember* (Roy Ward Baker, 1958). O wel. Doedd neb yn berffaith. Dim hyd yn oed Lleucu Cadwaladr. Ac os nad oedd hi wedi clywed am *Casablanca*, o leia roedd hi'n brydferth. Mi oedd hi'n edrych fel angel. Fel Ingrid Bergman. Neu Audrey Hepburn. Neu Lillian Gish. Fasa mynnu angel oedd yn gwerthfawrogi fy nghyfeiriadau diwylliannol yn farus braidd – yn enwedig â finnau ymhell o fod yn Adonis, yn fy siaced ddenim flêr a phymps. Oeddwn, mi o'n i'n uffernol o lwcus o gael rhannu coffi fel hyn yn Starbucks efo Lleucu Cadwaladr. Pwy a ŵyr? Falla fasa 'na ddigon o amsar i'w haddysgu am ffilmiau Bogart ac Eisenstein a Frank Capra a Sam Peckinpah.

Dyna oedd dechra fy mherthynas dymhestlog, wyllt, danbaid, nwydus, dwp, hurt, wych, uffernol – a ffantastig – efo Lleucu Cadwaladr.

Pryd yn union wnes i syrthio mewn cariad â hi?

Pan wnaeth ffroth y cappuccino sticio i'w cheg a phan oeddwn i jyst â marw isho plygu drosodd a chusanu'r siocled o'i gwefusau melys?

Neu wedyn? Ar ôl y coffi, pan oeddan ni'n cerdded o Starbucks drwy'r glaw a phan wnaeth hi gydio yn fy llaw wrth i ni gysgodi yn nrws siop Laura Ashley ar Stryd y Frenhines? Yn sicr, mi wnes i deimlo blaen saeth Cupid yn crafu yn erbyn fy nghroen am y tro cynta erioed y pnawn hwnnw ac, o fewn dim, mi oedd fy mron mor llawn o saethau â milwr Ffrengig yn Agincourt.

"Be mae'r hen ddyn Leni Tiwdor isho neud?"

Pythefnos ar ôl ein coffi yn Starbucks. Bore Sul. Yn y gwely yn fy fflat yn ardal Glanrafon y ddinas. Plant yn chwarae criced yn erbyn y wal. Peiriant golchi'r fflat uwchben yn taranu'n achlysurol. Ci lawr grisiau'n udo yn y coridor.

"Sori?"

"Yn dy fywyd. Ar ôl i chdi orffen—" Mae hi'n creu dyfynodau dychmygol a gwawdlyd â'i bysedd "'stydio ffilms'."

Dwi'n codi ar fy eistedd yn y gwely.

"O, reit. Wel. Dwi'm yn gwbod. Bod yn gyfarwyddwr falla? Neu sgwennu sgripts. Neu actio."

"Chdi? Actio?"

"Pam?"

Mae Lleucu'n gwenu'n slei.

"Fedra i'm dy weld ti fel Brad Pitt rywsut, Leni."

Na finnau chwaith, i fod yn hollol onast. Ond eto, mi oedd 'na rywbeth yn y ffordd roedd Lleucu wedi dweud hyn yn fy mrifo.

"Paid â'i gymyd o'r ffordd rong, Leni..."

Dwi'n ei phromptio hi:

"Ond..."

"Ond... wel... i fod yn actor mae raid i ti gael rhyw fath o, dwn i ddim, rhyw fath o..."

"Rhyw fath o *be*?" Dwi'n flin rŵan.

"Ti'n flin?"

"Nadw."

"Wyt, mi wyt ti."

"Dwi *ddim* yn flin, ocê?"

"Ti'n goch."

"Dwi ddim yn goch."

"Dos at y drych."

"Anghofia'r drych a bod yn flin, iawn? Jyst deuda be sgin raid i actor gael sgen i ddim."

"'Di'r frawddeg yna ddim yn gneud sens."

"Ti'n gwbod be dwi'n feddwl. Dwyt ti ddim yn un o dy ddosbarthiada Cymraeg rŵan."

"Dwi erioed wedi dy weld ti'n flin o'r blaen, Leni."

Mae hi'n gwenu eto.

"Dydw i ddim yn flin!"

"Ocê... sori... Hei – lle ti'n mynd?"

"I neud coffi."

"Leni!"

Rhy hwyr. Dwi yn y gegin fach ac yn llenwi'r tecell. Mae'r coffi wedi sychu fel glud i waelod y jar Nescafé. Dwi'n agor y ffrij. Does 'na ddim llefrith chwaith. Wel, *mae* yna lefrith – ond mae o'n debycach i iogyrt. Iogyrt efo lympiau. Dwi'n teimlo braich gynnes rownd fy nghanol.

"Tyd yn ôl i'r gwely."

"Dwi'n gneud coffi."

"Sgen ti ddim coffi. 'Nes i checio gynna."

"Wel, te ta."

"Sgen ti'm te chwaith."

"Ym. Coco?"

Mae Lleucu'n ysgwyd ei phen a'm harwain yn ôl i'r stafell. Dwi'n fflopio i lawr wrth ei hymyl yn bwdlyd.

"Paid â sylcio."

"Pwy ddudodd 'mod i'n sylcio?"

"Smalia fod bob dim yn iawn a bod chdi ddim yn pisd off."

"Dydw i ddim yn pisd off!"

"Wel, gwena ta."

Dwi'n gwenu.

"Ti'n gweld? Mae hynna'n profi 'mhwynt i. Fedri di ddim actio. Fasa pawb yn medru gweld dy fod ti'n sylcio ac yn pisd off."

Weithia, yn ystod y pythefnos oedd wedi mynd heibio ers i ni gyfarfod (ac ers i ni fynd am y baned o goffi 'na yn Starbucks), mi oedd yna adegau pan oeddwn i'n teimlo fel y medrwn i grogi Lleucu Cadwaladr ar ganol brawddeg. Yr adegau pan oedd hi'n Tesco ac yn mynnu rhoi petha Finest yn y troli yn hytrach nag Everyday Value. A'r adegau pan oedd hi'n 'tacluso' fy records fel 'mod i byth yn medru eu ffeindio nhw eto. A'r adegau pan oedd hi'n cymryd oes i siarad efo'i ffrindiau ar y ffôn pan oedd hi allan efo fi. A rŵan. Yn y gwely. Pan oedd hi'n meddwl ei bod hi'n gwbod y cyfan. Am bob dim. Be oedd o? Rywbeth am ei llais? Ei hagwedd? Rhyw deimlad anochel fod hon yn chwerthin ar fy mhen. Oedd, ar *HMS Leni Tiwdor*, tra 'mod i ar y dec yn llnau ac yn sgrybio, roedd Lleucu Cadwaladr i fyny yn nyth y gigfran yn sbio i lawr ac yn piso chwerthin ar fy mhen.

Falla fod hynna ddim yn wir, wrth gwrs. Ond dyna sut oedd o'n teimlo weithia.

"Rho'r gân 'na mlaen. Honna sgen ti ar y casét."

"Tiny Morton?"

"Beth bynnag." Mae hi'n ysgwyd ei phen. "Casét. God, ti mor retro, Leni."

Wrth roi'r casét i mewn a'i weindio'n ôl i'r dechra dwi'n troi at Lleucu.

"A beth am Miss Cadwaladr? Seren yr Adran Gymraeg?" Dwi'n mabwysiadu fy llais Radio Cymru. "Beth, tybed, fydd yr arwres hardd yma yn ei wneud ymhen pum mlynedd pan fydd y genedl yn ei haddoli ac yn ei—"

Mae hi'n taflu clustog ata i. Mae o'n methu. Mae'r ddau ohonan ni'n chwerthin. Mae'r casét yn stopio weindio'n ôl a dwi'n pwyso 'Play'. Hiss. Wedyn mae'r gitâr yn chwarae. Y bas yn dechra. Y drymiau.

A sgrech gyfarwydd 'Tiny' Morton...

"Tyd yn ôl i'r gwely, Leni."

Anodd dweud 'na'. Hyd yn oed yn y bore, efo'i gwallt dros ei hwyneb a heb unrhyw fath o golur, mae Lleucu Cadwaladr mor berffaith â Cheryl Cole. Neu Nicole Kidman. Neu Keira Knightley. Sut dwi wedi landio hon? Dyna mae pawb yn y coleg yn ei ofyn.

A dyna be *dwi'n* ofyn hefyd!

"Dwi'n licio'r gân yma," medda hi, gan orwedd yn ôl a smalio chwarae'r drymiau yn yr awyr. "Mae hi fel ein cân fach ni mewn ffordd, dydi Leni? Yn enwedig am fod neb arall yn y byd wedi clywad amdani."

"Un diwrnod mi bryna i gopi o'r gwreiddiol i ti."

"Be? Pan fyddi di'n lordio hi efo Rhys Ifans yn Hollywood?"

Mae'n troi ata i. Gwenu. Ac mae'n rhaid i mi wenu hefyd. Fedra i'm helpu'r peth.

"Ti byth yn gwbod be sy'n mynd i ddigwydd i ni," medda fi.

"Digon gwir, Leni Tiwdor."

"Dwi am newid fy enw."

Mis yn ddiweddarach. 'Dan ni yn y fflat unwaith eto ac mae Lleucu Cadwaladr yn rhoi ei chan Budweiser i lawr ar y bwrdd o flaen y soffa.

"Newid dy enw? Ond pam? Be sydd o'i le efo 'Lleucu Cadwaladr'?"

Mae'n sbio arna i fel taswn i wedi dweud wrthi fod Dafydd Wigley newydd gael y brif ran mewn cynhyrchiad newydd o'r panto *Jack and the Beanstalk* yn y Plowright Theatre, Scunthorpe. Wedyn mae'n chwerthin ac yn ysgwyd ei phen nes i'w gwallt fyrlymu'n hyfryd fel ton dros ei hysgwyddau. Mae'r golau o'r ffenest yn gweu trwyddo gan greu ambell fflach euraidd.

"Bob dim, Leni. Bob ffycin dim!"

"Mae o'n enw neis."

"Neis?" Mae hi'n codi o'r soffa a stropio draw at y ffenest. "Sut fedra i fod yn enwog fel 'Lleucu Cadwaladr'? Faint o weithia ti'n meddwl dwi'n gorfod sillafu 'Lleucu' dros y ffôn? I'r banc, i siopa, i sinemâu? I bawb! 'Double L... yes... double l... e... u... c... u.' A paid â sôn am 'Cadwaladr'!" Mae hi'n eistedd ar y soffa eto. Mae'n gwenu, mwytho fy ngwallt ac ochneidio fel tasa hi'n egluro rhywbeth cymhleth i blentyn tair oed. "Dwi isho i bobol gofio'n enw i, Leni, ti'n dallt? A dwi ddim isho'r bywyd trist a phathetig yma am weddill fy oes, yn byw mewn llefydd fel hyn. No offence."

"Bob dim yn iawn."

"Dwi isho byw ar long yn Monaco. Neu prynu cwch. A gwisgo Chanel. A chael fy llun ar flaen *Vogue*. Tydi pobol efo enwa fel Lleucu Cadwaladr *byth* ar flaen *Vogue*!"

"Be ti am alw dy hun, felly?"

"Dwi'm yn gwbod. Rwbath sy'n hawdd i'w gofio. Ac i'w sillafu."

"Doris?"

Wrth iddi bwyso mlaen i weindio'r casét yn ôl i gychwyn 'Please Be My Baby' dwi'n sylwi ar y ffordd mae'r croen yn gorchuddio ei hasgwrn cefn fel haen denau o garamel dros res o gnau. Mae'r gân yn dechra ac mae Lleucu Cadwaladr yn clapio'i dwylo fel plentyn ysgol, yn sefyll a chychwyn dawnsio o gwmpas y fflat (gan ennyn cnoc ar y to gan ddynas y fflat lawr grisiau). Wrth edrych arni, ac wrth wrando arni'n trio canu (gan gymysgu'r geiriau), mae yna ias o banig a thristwch yn crynu trwy fy nghorff, o 'mhen i'm sawdl. Byw yn Ffrainc? Prynu cwch? Cael ei llun yn y papurau a gwisgo Chanel? Newid ei henw i hwyluso hyn i gyd?

Y bore hwnnw, wrth i gracl 'Please Be My Baby' ddod o'r peiriant casét, mi wnes i sylweddoli bod llwybr Lleucu Cadwaladr mewn bywyd wedi ei ragordeinio ac nad oedd o'n debygol o arwain at rywun fel Leni Tiwdor yn y pen draw.

Tasa colli Cariad fel colli papur ugain punt fasa petha ddim cweit mor ddrwg. Wrth gwrs, yn ystod fy nyddiau coleg, fel rŵan, doeddwn i ddim yn Rockerfeller ac mi fasa colli ugain punt yn peri gofid a phoen ar lefel eitha angerddol. Ond, mwy na thebyg, ar ôl hanner awr o chwysu a chwilota a rhegi, mi faswn i wedi ei ffeindio i lawr cefn y soffa neu ym mhoced fy nghôt (wedi ei sgrynshio mewn siâp pelen efo pedair derbynneb am lefrith a chwrw o Tesco Extra).

A tydi colli Cariad ddim fel colli ci neu gath chwaith. Efo'r rheini mae'n bosib rhoi llun a disgrifiad yn y siop leol neu'r swyddfa bost (neu hyd yn oed ar bolyn lamp) ac, ar ôl ychydig, mae rhywun yn siŵr dduw o gael hyd i'r anifail afradlon yn crynu mewn sied neu mewn bag du ar ochor y lôn.

Na, mae colli Cariad yn hollol wahanol.

Pan mae Cariad yn penderfynu gadael, tydi o ddim yn cynnig unrhyw fath o obaith i chi ei gael yn ôl. Mae Cariad yn diflannu'n ddigon chwim a swta un bore a chyn i chi sylweddoli ei fod o wedi mynd mae o mor bell i ffwrdd â'r lleuad. Does dim pwynt trio rhedeg ar ei ôl. Hyd yn oed tasach chi'n hynod o benderfynol, ac yn adeiladu roced a hedfan i'r lleuad ar ei ôl, fasa Cariad ddim yn edmygu eich ymdrechion nac yn teimlo unrhyw fath o biti drostach chi. Mwy na thebyg, mi fasa Cariad jyst yn chwerthin am eich pen ac yn gwibio i ffwrdd i Mars heb hyd yn oed ddweud 'hwyl fawr'.

Waeth i ni wynebu'r ffaith ddim. Mae Cariad yn dipyn o fasdad didrugaredd. O yndi, mae'r beirdd wedi bod wrthi am ganrifoedd yn traethu am dynerwch, prydferthwch a rhyfeddodau Cariad ac yn cynnig darlun o fyd perffaith lle mae bachgen a merch (neu ferch a merch, os dach chi'n digwydd darllen Sappho) yn prancio ar hyd y gweirgloddiau gan greu cadwyni blodau tra bod eu calonnau bach pinc yn pwmpio persawr dros y byd. Ond dyna'r darlun cyhoeddus o Gariad.

Dyna'r darlun mae adran PR Cariad yn awyddus i chi ei weld. Y Cariad mwyn. Y Cariad digyfnewid. Y Cariad ffyddlon. Ond y gwir amdani ydi fod Cariad mor ddychrynllyd â Joseph Stalin. Yndi, weithia, mae petha'n mynd yn rong efo Cariad ac mae petha'n troi'n hunlle. A'r gwaetha o hyn oll ydi hyn – weithia, ddim eich bai chi ydi o.

Yn fy achos i a Lleucu Cadwaladr, er enghraifft.

Wnes i ddim byd yn rong (wel, wnes i adael fy nhrôns yn y bath a fy sanau yn y ffrij ond, blydi hel, mae pawb wedi gwneud hynny, dybiwn i?). Chafon ni ddim ffrae ar y stryd. Doedd 'na ddim 'sîn' tu allan i'r llyfrgell a hithau'n taflu cyfrol o gerddi Waldo Williams ata i mewn ffit wallgo. Wnaeth hi ddim hyd yn oed codi ar ei heistedd yn y gwely un bore, fel yn y ffilmiau, a dweud rhywbeth fel 'Hei, Leni, ti'n gwbod be? Tydi'r berthynas yma ddim yn gweithio bellach. Ti'n meddwl fasa hi'n syniad i ni stopio gweld ein gilydd am sbel?'

Na, nid fel'na mae Cariad yn gweithredu. Mae Cariad yn gymeriad cysgodlyd a dan din. Y cwbwl ddigwyddodd efo Lleucu Cadwaladr oedd hyn:

Aeth hi allan o'r fflat un bore…

… a ddaeth hi byth yn ôl.

Wel, tydi hynny ddim yn berffaith gywir. Mi ddaeth hi'n ôl un bore Sul am ei jîns a'i nicyrs.

A'r paced miwsli o Waitrose.

A'i thraethawd ar Feirdd yr Uchelwyr.

A dyna ni. Dim cusan. Dim cwtsh bach i ddweud 'hwyl'. Jyst gwên anghyfforddus wrth y drws a hithau'n osgoi dal fy llygaid.

"Wela i di o gwmpas, Leni."

"Ia. Iawn."

A dyna ni. Roedd hi lawr y grisiau cyn i mi fedru dweud 'Ond ti yw'r ferch hardda dwi erioed wedi'i gweld.'

I ddweud y gwir, roedd hi allan o'r drws cyn i mi gyrraedd 'hardda'.

Roedd Gareth yn disgwyl amdani, wrth gwrs. Tu allan. Yn y Porsche. Mae'n rhaid i mi gyfadda 'mod i wedi sbecian drwy'r llenni.

Camgymeriad.

Peidiwch byth â sbecian drwy'r llenni pan dach chi'n meddwl bod Cariad ar fin torri eich calon, oherwydd dyna'n union ddigwyddith. Mi wnaeth Gareth blygu drosodd a'i chusanu. Wedyn dyma hithau'n ei gusanu'n ôl.

Deg eiliad.

Dyna faint wnaeth y gusan bara.

Deg eiliad oedd yn teimlo i mi fel deg awr efo'r deintydd. Deg eiliad fwya poenus fy mywyd. Ac ar ddiwedd y deg eiliad dyma Gareth yn rhuo injan y Porsche a, gan edrych i fyny arna i a wincio (dwi'n *siŵr* ei fod o wedi wincio), dyma fo'n gwibio i lawr y stryd fel James Dean.

Nid yn unig roedd Lleucu Cadwaladr wedi torri fy nghalon, roedd hi wedi ei rhwygo allan o 'mron, sathru arni ar y palmant efo'i stilettos, ei ffrio ar farbeciw, ei sleisio, ei haddurno â sbrigyn bach o salad a'i chyflwyno i mi ar blât efo saws tsili melys a hoisin.

Y peth cynta mae merched yn ei wneud ar ôl torri eich calon a'ch gadael ydi newid eu gwallt i steil eithafol. Pam? Pwy a ŵyr. Falla'i fod o'n symbol o ryw fath o adfywiad ac yn cynrychioli cyfeiriad newydd yn eu bywydau. Ond, yn naturiol, mi aeth Lleucu Cadwaladr un cam ymhellach. Do, mi wnaeth hi newid ei gwallt (wedi ei siafio i lawr i'r croen ar yr ochrau a rhyw fohican amryliw ar y top fel enfys echrydus) ond mi wnaeth hi hefyd fynnu bod pawb yn ei galw'n Monique.

Ia, Monique.

Yn ei meddwl hi, roedd Lleucu Cadwaladr wedi marw. Fel tasa

Monique a Gareth wedi mynd â hi am drip yn y Porsche i fyny'r A470 ac yna, mewn man anghysbell, cyntefig, roedden nhw wedi ei saethu a'i gadael mewn ffos cyn gyrru'n ôl a sylweddoli, drwy lwc, fod pawb arall wedi anghofio am fodolaeth Lleucu Cadwaladr hefyd, gan gynnwys ei rhieni, ei ffrindiau a'r heddlu. Pawb heblaw un cymeriad trist, unig a digalon.

Leni Tiwdor.

Yr un peth wnaeth hi ddim ei newid – yn rhyfedd iawn – oedd ei rhif ffôn.

"Haia."

"Pwy sy 'na?"

"Leni."

"Pwy?"

"Leni. Leni Tiwdor."

"O… reit. Haia…"

"Ti'n iawn?"

"Yndw, grêt. Gwranda, Leni, falla—"

"Lle wyt ti? Mae hi'n swnllyd yna."

"Mae Gareth wedi dod â fi i'r Ministry of Sound i ddathlu fy mhen blwydd."

"O. Neis."

"Ia, 'dan ni'n aros yn y Dorchester."

"Lyfli."

"Diolch am y blodau."

"Croeso. Lleucu—"

"Monique!"

"*Monique*, sori. Ym, meddwl o'n i falla 'sa ni'n medru mynd allan am ddrinc neu rwbath. Jyst fel catch-up bach. Dim byd trwm. Nos Fawrth falla neu—"

"Mae'n rhaid fi fynd, Leni. Mae ffrindia Gareth wedi cyrraedd."

Yn sydyn, mae'r cysylltiad yn cael ei ladd, yn effeithlon ac yn ddidrugaredd. Fel un o wystlon y Taliban.

"Reit," medda fi wrth fy llaw. "Dwi'n dallt."

Drwy golli Cariad, mae dyn hefyd yn colli aelwyd. Cyn i Lleucu - sori, Monique - fy ngadael doedd 'na ddim byd mwy naturiol na phicio i lawr i far yr Undeb neu i un o dafarndai'r ddinas lle roedd myfyrwyr yn ymgynnull, ond rŵan roedd hyn yn boenus ac yn rhywbeth oedd yn gofyn am ddewrder ac elfen o baratoi. Roedd yn rhaid i mi wneud yn siŵr fod fy nillad yn weddol smart, er enghraifft, a fy ngwallt yn dwt. Rhaid hefyd oedd checio bod y designer stubble yn edrych yn iawn a bod 'na ddigon o Lynx dan fy mreichiau. O'r blaen, wrth gwrs, pan oeddwn i'n torheulo'n hunanfodlon yng ngwres hudolus Lleucu - sori, Monique - roedd y seremonïau obsesiynol yma'n hollol ddiangen ond rŵan dyma oedd fy arfwisg, y petha fasa'n gwneud i mi edrych yn gymharol normal ac yn stopio fy ffrindiau rhag meddwl 'mod i'n greadur trist, pathetig, dryslyd, blin, chwerw, cenfigennus a hunanddinistriol.

(Yn anffodus, roedd gweld Leni Tiwdor - o bosib un o'r myfyrwyr mwya blêr ac anniben yn holl hanes Prifysgol Caerdydd - mewn crys glân, sgidiau lledar ac yn drewi o Lynx yn ddigon i gyhoeddi'n ddiflewyn-ar-dafod i'r byd fod y rhestr o ansoddeiriau uchod yn wir bob gair!)

Felly, os ydi merched yn ymateb i ddiwedd perthynas drwy newid eu gwallt (a'u henwau!), mae dynion yn tueddu i ymateb drwy yfed lot o lager, cael eu taflu allan o dafarndai, dadlau (ac wedyn cwffio) efo hogiau diarth y dre a deffro ar y soffa'r bore canlynol mewn pwll o chŵd ac efo dwy lygad ddu.

Ar ôl ychydig, cafodd y Lynx ei daflu i'r bin a phenderfynais aros mewn am sbel.

Cau'r cyrtens.

Rhoi'r gorau i ateb y ffôn a'r drws.

Dim ond mynd allan i nôl tun baked beans a bara o Tesco Extra a gwrando ar fiwsig drwy'r dydd.

Yn naturiol, mi oeddwn i'n gwrando'n amal iawn ar 'ein cân'. Y gân oedd wedi bod fel rhyw fath o drac sain i 'mherthynas i a Lleucu – sori, Monique. Yn rhyfedd iawn, er 'mod i wedi clywed y gân gannoedd o weithia erbyn hyn, ac er fod hon yn un o fy hoff ganeuon erioed, doeddwn i heb dalu lot o sylw i'r geiriau cyn hyn. Falla fod hogiau ddim. Mae genod wastad yn medru cofio bob pennill o bob cân sydd wedi bod yn y Top 40 ond, i mi, jyst 'sŵn' oedd geiriau cân. Rhyw fath o offeryn. Ond rŵan, wrth i mi wrando ar 'Please Be My Baby' gan Tiny Morton drosodd a throsodd yn y fflat mi wnaeth geiriau'r gân fy nharo am y tro cynta:

Baby, before you turn and face the other way
I got these things you gotta hear me say
I never felt the way I feel with you
Without your love, what am I supposed to do?

Please be my baby, baby
Please turn and stay
Please be my baby, baby
You're gonna burn me up this way.

I never saw an angel such as you
You're down from heaven, on earth just passing thru
I'm a lucky guy to have known you in this way
But I'm a broken man when you're leaving me today.

Love is a trick to play on fools like me
I should have known it would never set me free

You were so special, I'm just a normal guy
But you're an angel so I'll have to let you fly.

Please be my baby, baby
Please turn and—

"Monique?"

"Leni, mae'n rhaid i ti stopio ffonio fi fel hyn!"

"Sori, Monique, ond dwyt ti ddim wedi atab y tecsts na'r emails."

"Ia, wel, dwi wedi bod yn brysur."

"Do, o'n i'n gweld. Welish i'r llun yn *Grazia*. Neis. Falch o weld dy fod ti wedi ailfeddwl am y mohican. Ti am wneud mwy o shoots?"

"Dwi'm yn gwbod. Gwranda, Leni—"

"'Nes i ddeud ddylat ti wedi bod yn fodel, yn do?"

"Tydi un shoot ddim yn gneud rhywun yn fodel."

"Na, ond ti ar y ffordd. Lle wyt ti rŵan?"

"Kensington."

"Wo."

"Dwi'n sbio ar fflat efo Lucian."

"Pwy?"

"Ffotograffydd. Ffrind... math o beth. Gwranda, mae raid i mi—"

"Biti am Gareth."

"Ia, wel..."

"Mae o wedi bod rownd gwpwl o weithia."

"Gareth? Ata *ti*? Pam?"

"Mewn dipyn o stad, i ddeud y gwir. Crio a ballu. Trio sortio petha allan yn ei ben."

"Sortio sut fath o betha?"

"Sut oedd o wedi dy golli di."

"Leni, dwi'm isho trafod hyn, ocê? Dwi am roi'r ffôn lawr rŵan a—"

"Ond Monique!"

"*Hermione.*"

"Sori?"

"Oedd yr asiantaeth ddim yn licio 'Monique'."

"Hermione?"

"Dwi'n mynd rŵan. Mae Lucian isho fi."

"Ond—"

"Ciao, Leni."

Chwe mis yn ôl oedd hynna. Falla mwy, dwi ddim wedi cyfri'n fanwl. Beth bynnag, y peth pwysig yw 'mod i heb gysylltu ers i fi symud o Gaerdydd (efo gradd eilradd) a dianc i Bontelfyn at Anti Maj. Doedd neb yn fy nabod i yma – dim hyd yn oed Anti Maj (doeddwn i heb ei gweld ers 'mod i'n blentyn deg oed, pan fuo 'na glamp o ffrae efo Mam am arian gwyliau neu rywbeth) ac felly roedd y lle'n cynnig rhyw fath o ddechreuad newydd.

Ond fel be?

Wel, roedd rhywbeth yn siŵr o ymddangos. A rŵan, dyma fi. Ditectif.

Ditectif rhan-amsar o leia.

Mae'n rhaid i mi wenu i mi'n hun. Fi, Leni Tiwdor. Ond dyna fo, mae gen i ddau ges. Ocê, dydyn nhw ddim yn debygol o gyrraedd penawdau'r newyddion a dydyn nhw ddim y math o betha fasa rhywun yn debygol o'u darllen mewn nofel neu eu gwylio mewn ffilm... ond o leia mae o'n ddechra. Ac mae GF40 Mrs Hemmings yn y fflat. Mi fydd hi'n dod yma bore fory i'w nôl ac wedyn mi fydda i'n medru talu dipyn o arian rent i Anti Maj.

Mae Bryn yn rhwbio yn erbyn fy nghoesau, gan ganu grwndi fel strimmer. Dwi'n ei wthio i ffwrdd (dim fod hynny'n gwneud unrhyw fath o wahaniaeth i injan cwrci).

"Hei, Leni, be sy? Pam ti mor isel? Ti 'di gweld dy hun? Ti'n gneud i'r boi Datblygu 'na edrych fatha Ken Dodd."

"Gwranda, Bryn, dwi'n isel am dy fod ti wedi sboilio bob dim."

"Dwi'm yn dallt."

"Plis paid â rwbio dy hun yn erbyn fy nghoesa i fel'na."

"Dwi'n gath, man. Dyna be 'dan ni'n neud. Ac eniwe, dwi dal ddim yn dallt."

"Wel, mae'n rhaid i mi gyfadda 'mod i ddim yn cael y cyfla i egluro rwbath i gath yn amal iawn, felly gwranda – mae o'n eitha syml. Oedd Lady Nolwen am dalu ffortiwn i mi ffeindio ei chath, Amadeus. Wel, drwy ryw lwc – a coelia fi, tydw i ddim yn gymeriad lwcus fel arfar – mi ffeindis i o fwy neu lai yn yr ardd gefn. Gan fod Lady Nolwen wedi cynnig lot o arian i mi os down i o hyd i Amadeus – a'i bod hi hefyd am dalu ffortiwn i mi am bob dydd ro'n i ar y ces – y plan oedd cadw'r gath tan diwedd wythnos yma ac wedyn ei gyflwyno 'nôl i Lady Nolwen. Ker-ching. Arian yn y banc. Ond na. Oedd raid i ti gnoi pen Amadeus i ffwrdd, yn doedd?"

"Ia, wel, dim yn amal mae cath yn cael cyfla i egluro rwbath i bobol chwaith, felly dallta hyn – oedd yr Amadeus 'na yn rêl posh mogi, reit? Ti'n gwbod y teip, man. Trwyn i fyny, cynffon yn yr awyr. Oedd o'n meddwl fod o'n top cat, Leni. Oedd raid i mi egluro iddo fo."

"A dy ffordd di o egluro rwbath i gath arall ydi rhwygo ei

gyts o allan ac wedyn creu rhyw fath o gampwaith modernistig gan Pollock ar y carpad efo beth bynnag ti'n ffeindio tu mewn iddo fo?"

"Mwy Jasper Johns 'swn i'n ddeud. Ond dwi'n cydnabod fod gan y ddau arddull reit debyg."

"Ia, wel, tydw i ddim yn y mŵd i drafod celf fodern. Yn enwedig efo cath."

"Biti. Ond dyna fo. Mae o'n digwydd trwy'r amsar. Does neb yn ystyried ein barn ni am ddim byd. Dim hyd yn oed a oes well ganddon ni Whiskas Supermeat ta Felix Chunks."

"'Sori, Lady Nolwen, ond dwi wedi methu ffeindio Amadeus.' Dyna fydd raid i mi ddeud rŵan."

"Hei Leni, paid poeni. Falla gei di hyd i gath wen arall."

"Be?"

"Cath wen arall. A'i chyflwyno hi iddi. I Lady Wassername."

"Nolwen."

"Watefyr. Trystia fi, Leni. Tydi pobol ddim yn medru deud y gwahaniaeth rhwng un gath wen a chath wen arall. Tydi pobol ddim yn defnyddio eu trwyna ddigon."

"Felly ti'n awgrymu rhyw fath o… dwyll?"

"Pam ddim, man? Ti 'di bod yn ei thwyllo hi beth bynnag drwy gadw'r gath yn dy fflat a smalio'i bod hi'n dal ar goll! Fel hyn, mae pawb yn ennill. Mae Lady Beth Bynnag yn cael ei chath – neu be mae hi'n meddwl ydi ei chath – a ti'n cael dy arian!"

"A ti'n… *siŵr* fasa hi ddim yn medru deud y gwahaniaeth?"

"Trystia fi, dwi'n *gath*, man."

"Be dwi'n neud yn siarad efo cath?"

Mae canu grwndi Bryn bron mor uchel â sŵn y cracl wrth

i'r nodwydd fethu codi ar ôl chwarae 'Please Be My Baby'. Yr unig sŵn arall ydi tonnau'r môr yn disgyn fel mil o symbals ar y traeth a'r gwynt yn chwibanu wrth iddo wasgu ei hun drwy'r bylchau bach rhwng pren a gwydr y ffenestri.

Dwi'n codi o'r soffa ac yn rhoi *Please Be My Baby* yn ôl yn ofalus yn ei chlawr. Wedyn, ar ôl ei gosod ar flaen fy nghasgliad recordiau sengl 7", dwi'n camu draw at y ffenest ac yn edrych allan unwaith eto.

Does neb o gwmpas erbyn hyn. Mae'r gwynt yn fandaleiddio'r promenâd fel mods a rockers anweladwy tra bod y tonnau fel eliffantod mawr llwyd. Dwi ar fin cau'r llenni pan dwi'n gweld rhywbeth. Rhywbeth yn rhedeg yn gyflym ar hyd wal goncrit y prom.

Cath wen.

Dwi'n rhwbio fy llygaid ac yn trio eto. Mae hi'n dal yna.

Cath.

Wen.

Mae 'nghalon i'n dechra pwmpio. Beth os ydi Bryn yn iawn? Beth os *na* fasa Lady Nolwen yn medru dweud y gwahaniaeth? Beth os ydi un gath wen yn edrych yn union 'run fath â chath wen arall?

Mae'r syniad o fedru achub y sefyllfa yn un deniadol dros ben ac mi ydw i ar fin hel fy nghôt i fynd lawr i ddal y gath pan dwi'n sylweddoli nad cath wen ydi hi, jyst pelen o bapur sglodion yn rholio'n y gwynt. Dwi'n gwenu i mi fy hun cyn edrych ar Bryn.

"Ia," medda fi wrtho fo, "syniad da, Bryn."

Golau allan yn y gegin, cau'r llenni, tynnu'r pymps oddi ar fy nhraed a chysylltu'r charger ar fy ffôn. Mi fydd yn rhaid gosod y larwm am wyth os dwi am gwrdd Mrs Hemmings peth cynta. Ond yn lle dewis y larwm ar fy ffôn dwi'n gwneud camsyniad a phwyso'r botwm 'Contacts'. A dyna lle dwi'n gweld ei henw. Neu ei hen enw o leia… *Lleucu.*

Chwe mis. Mwy falla. Dyna faint sydd wedi pasio ers i ni siarad ddwytha. Fasa hi'n gwerthfawrogi galwad gan hen ffrind? Mae hi'n hwyr a Phontelfyn yn cysgu ond mae hi'n siŵr o fod yn dal ar ei thraed mewn rhyw barti yn rhywle ecsotig.

Dwi'n pwyso'r botwm.

Mae'r ffôn yn canu.

Beth os fydd yna lais diarth yn ateb? Erbyn hyn mi fydd hi'n siŵr o fod wedi newid ei rhif. Mae yna lais ar ochor arall y lein.

"Helo, Recs Watcyn…"

Dwi'n pwyso'r botwm i ladd yr alwad ar unwaith a thaflu'r ffôn ar y soffa fel tasa fo'n fom ar fin ffrwydro. Mae 'nghalon i'n wyllt.

Na. Dydi hi ddim wedi newid ei rhif.

Bertorelli's

"Dymp."

"Be?"

"Y lle 'ma. Yr unig bobol sy'n byw yn Pontelfyn ydi hen bobol a losers."

"Diolch."

Mae Vina'n stopio ac yn sbio ar y môr. Mae'r gwynt yn chwarae â'r tresi gwallt sy'n hongian i lawr o ffrynt ei het bêl-fas.

"Tasan ni mewn ffilm fasa 'na rwbath ffantastig yn digwydd," medda Vina.

"Aliens yn glanio? Tsunami'n malu'r bandstand?"

Mae hi'n hanner troi ata i gan gynnig wyneb sy'n dweud 'Ffyc off, Leni.' Wedyn mae hi'n sbio i'r môr unwaith eto ac, yn rhyfedd iawn, am ychydig eiliadau dwi'n teimlo *'mod* i mewn ffilm. Un o'r ffilms tramor du a gwyn 'na efo is-deitlau sy'n para am bedair awr a hanner a lle does 'na fawr o ddim byd yn digwydd, heblaw fod y prif gymeriadau'n syllu ac ochneidio'n dragwyddol (efo'r pwyslais ar y 'drag') cyn iddyn nhw farw yn y diwedd ar ôl neidio o ben pont.

Wrth edrych arni mae'n rhaid cyfadda y basa Vina'n gwneud seren ffilm eitha da. Nid Hollywood, wrth gwrs. Seren ffilm low-budget.

"Dim aliens," medda hi. "Ond falla fasa 'na rwbath yn cynnig ei hun. Rhyw fath o ffordd allan. Dwn i'm. Ella 'mod i'n malu cachu."

"Cappuccino yn Bertorelli's?"

Mae Vina'n edrych arna i'n syn.

"Blydi hel. Rhywun yn teimlo'n fflysh."

Dwi'n estyn papur ugain punt o 'mhoced a'i chwifio'n orfoleddus.

"Paid â deud wrtha i," medda Vina, "ges di scratch card lwcus yn Siop Gron?"

"GF40. Y beic 'na."

"Ti 'di werthu fo ar eBay?"

Mae Vina'n gwenu ac yn codi ei llaw er mwyn cynnig high five. Dwi'n cyflawni'r weithred (ond heb unrhyw fath o frwdfrydedd).

"Nid eBay," medda fi, "Mrs Hemmings. Mam Malcolm. Gwranda, y peth ydi, hwn oedd fy nghes llwyddiannus cynta. Ges i gant a hanner gan Mrs Hemmings heddiw am ffeindio'r beic a dwi 'di medru talu dipyn o back rent i Anti Maj, mynd i Tesco Extra, prynu Whiskas yn hytrach na Value Cat Food i Bryn a rŵan dwi am fynd â chdi am gappuccino i Bertorelli's er mwyn deud diolch."

"Am be? Dwi'm yn dallt."

Dwi'n ochneidio. Am rywun clyfar, mi oedd Vina yn medru bod yn eitha twp weithia.

"Os fasa ti heb helpu fi neithiwr fasa'r ci gwyllt 'na wedi ymosod arna i a troi fy nghorff i mewn i lobscows o fewn eiliadau. Fasa fo wedi crafu ei ddannedd ar fy mhenglog am y mis nesa a fasa Dumb and Dumber yn chwara fetch ar y traeth efo un o fy asennau. Ti'n dallt rŵan?"

Mae hi'n troi i ffwrdd gan godi ei hysgwyddau.

"Dwi 'di gweld cŵn gwaeth. Mae gan rif 36 Doberman nath ymosod ar gar unwaith."

"Ia, wel, mae cŵn yn gneud hynny reit amal."

"Ac achosi write-off?"

"Wel, ocê. Falla fod hynny'n eitha prin, mae'n rhaid i mi gyfadda. Ond beth bynnag, yli, y peth ydi, dwi am roi'r deg punt yma i chdi—"

"Jîsys! Diolch, Leni!"

"A dwi hefyd am brynu cappuccino i chdi yn Bertorelli's so tyd 'laen."

"Ond faint o'r gloch 'dan ni fod i weld dy ffrind am y job?"

"Digon o amsar. Tyd."

"Ond, Leni… gwranda…"

"Be rŵan?"

Mae Vina wedi cydio yn fy mraich ac mae hi'n llyncu poer. Mae yna olwg bryderus ar ei hwyneb. Dwi heb weld Vina'n edrych mor ofnus.

"Wneith nhw adael ni fewn?"

"Wrth gwrs!" medda fi, gan chwerthin. "Mae'n arian i cystal ag arian pawb arall. Pam na ddyla nhw adael ni mewn?"

"Achos 'nes i robio'r lle mis dwytha."

Yn ôl Anti Maj mi oedd Pontelfyn yn lle eitha posh tua hanner canrif yn ôl. Fel pentre glan môr (oedd bron iawn yn dre) tua pymtheg milltir i'r gogledd o Aberystwyth (ac yn lot glanach yn ôl Anti Maj), dyma lle oedd pobol yn dod am eu gwyliau, nid jyst o Gymru ond o dros y ffin hefyd – ac weithia o wledydd tramor. Americanwyr, Almaenwyr, Ffrancwyr. Roedd y Grand Hotel ar dop y clogwyn yn edrych i lawr ar y traeth fel rhyw fath o adeilad gogoneddus ac ysblennydd o ddyddiau clasurol Groeg. Pump cant o stafelloedd, ffôn ym mhob un, y staff i gyd mewn iwnifform ddu a gwyn smart, gerddi hardd â llwybr preifat yn arwain i lawr i'r traeth – oedd, mi oedd y Grand Hotel yn denu'r crème de la crème ac roedd y champagne yn llifo a'r caviar yn sgleinio o dan y chandeliers.

I'r llai cyfoethog, roedd y cryman o westai ar hyd y promenâd yn llai moethus falla ond yn bell o fod yn ddi-raen. Roedd Anti Maj yn cofio ceir a bysys crand yn stopio tu allan i Turner's Guest House gyferbyn â'r hen bier a'r Lemmington Hotel drws nesa i Bertorelli's.

Bertorelli's.

Dyna oedd y lle i fynd am goffi a hufen ia – hyd yn oed i lawer o westeion y Grand yn yr hen ddyddiau. Pam? Wel mi oedd Luigi Bertorelli a Dante, ei frawd, yn enwog am gynnig rhai o'r cappuccinos cynta ym Mhrydain. Roedd y cwpanau anferthol fel powlenni hudolus o ffroth wedi eu britho â llwch y siocled chwerwfelys roedd Dante wedi ei greu o rysáit gyfrinachol ei nain. Bisgedi wedyn. Amarettos bychain a chywrain ag almonau mân a'r awgrym ysgafna o fêl gwyllt a mafon. Dante oedd yn gyfrifol am y tiramisus a'r pandoros a'r pannettones a'r torta claudias ac, ar achlysuron arbennig, am y gacen ben blwydd draddodiadol a'r millefoglie (a pheidiwch â meiddio ei alw'n custard slice!). Luigi wedyn oedd yn gyfrifol am archebu ffa coffi arabica gorau Ethiopia, ac am greu'r hufen ia enwog. Yn ôl pob sôn, hen daid Luigi a Dante oedd un o'r cyffeithwyr gorau yn Naples ac roedd pobol yn heidio i'w siop fach o bob cornel o'r Eidal i flasu'r hufen ia tutti-frutti, siocled, mefus ond, yn benna, fanila. Fel yn achos y siocled, roedd rysáit yr hufen ia yn gyfrinach deuluol ac, erbyn hyn, Luigi oedd yn ei gwarchod. Sawl tro, erstalwm, y daeth ysbïwyr i Bontelfyn o sefydliadau eraill ym Mhrydain i drio darganfod cyfrinach yr hufen ia fanila? Sawl arbenigwr oedd wedi eistedd i lawr efo powlen o'r greadigaeth nefolaidd a cheisio dadansoddi'r cynnwys? Erbyn y pumdegau roedd Luigi a'i frawd wedi blino cyfri. Ond doedd neb eto wedi llwyddo i ddatrys y rysáit; falla fod sawl caffi a bwyty wedi llwyddo i greu 'fersiwn' o'r gwreiddiol ond roedd un llwyaid yn ddigon i brofi i bawb mai hufen ia Luigi Bertorelli oedd y gorau ym Mhrydain. Neu hyd yn oed yr Eidal (a'r byd, felly).

Wrth gwrs, roedd petha wedi newid erbyn hyn. Yn y chwedegau a'r saithdegau bu tyfiant economaidd. Fe grewyd dosbarth canol newydd ac roedd hyd yn oed yr hen ddosbarth gweithiol yn medru fforddio ceir a gwyliau. Dros nos mi dyfodd Pontelfyn yn gyrchfan wyliau ddeniadol i'r rheini oedd wedi blino ar Blackpool neu Scarborough ac roedd y promenâd yn llawn stondinau hot dogs, burgers, doughnuts a hufen ia artiffisial gwyn yn byrlymu'n ddiddiwedd fel diarrhoea dieflig o berfeddion rhyw fan felyn â'r geiriau 'Stop Children' mewn llythrennau mawr coch ar y cefn.

Yn naturiol, doedd cwsmeriaid mawreddog y Grand Hotel ddim yn hapus â'r trawsnewidiad yma ac felly, o fewn dim, roedd y ffôn yn dawelach, y stafelloedd yn fwy gwag, y bar yn ddistawach a'r llwybr i lawr i'r môr yn flêr ac yn llawn chwyn.

Chwe mis ac mi oedd y lle fel rhyw fath o amgueddfa i gyfnod euraidd a hanesyddol. Aeth y chef yn ôl i Paris. Aeth y prif arddwr i weithio mewn palas yn Sweden. Aeth y gweinyddion a'r glanhawyr a'r porthorion i westai eraill – rhai yng Nghymru, rhai dros y ffin. Yn araf ac yn ofalus daeth yr adar yn eu hôl – y drudwy, y colomennod, y frân a'r bioden. Pwy oedd yna i'w hel nhw i ffwrdd rŵan? A phwy oedd yna i stopio hogiau drwg Pontelfyn rhag taflu cerrig at y cannoedd o ffenestri a chreu tyllau bwledi yn y gwydr cywrain? Pwy oedd yna i atal y gwair a'r coed a'r llwyni wrth iddyn nhw dresmasu fel byddin fygythiol?

Neb.

O fewn blwyddyn roedd y lle ar werth ac, erbyn hyn, roedd y Grand Hotel fel castell y Rhiain Gwsg – y tyrrau a'r murfylchau yn sbecian dros y drain, y dail, y weiran bigog a'r arwydd mawr 'PRIVATE – KEEP OUT'.

Ac mi oedd y dirywiad yma yn ffawd y Grand Hotel yn cael ei adlewyrchu i lawr yn nhre (erbyn hyn!) Pontelfyn hefyd oherwydd, yn anochel, ar ôl gwylio Cliff Michelmore ac Alan Whicker ar y teledu roedd arian y dosbarth canol newydd yn ysu am rywle mwy dethol. Rhywle mwy ecsotig. Rhywle heb bobol goman. Y Swistir, Ffrainc, Torremolinos a Malaga – dyna'r llefydd roedd Mr a Mrs Seiriol Carneddi-Powell a'u tebyg yn awyddus i ymweld â nhw rŵan. Ac oherwydd fod hedfan mewn awyren mor rhad, roedd y fath leoliadau o fewn eu cyrraedd am y tro cynta. Pam trefnu pythefnos mewn canolfan ddigyfnewid fel Pontelfyn a cherdded ar hyd ei thraeth trist (yn y glaw, reit siŵr!) yng nghwmni plant sgrechlyd o gartrefi llai dymunol, mulod dwl a digalon yn udo a pheiriannau lladron unfraich yn cuddio rownd pob cornel yn barod i ddwyn eich pres? Pam gwneud hyn i gyd pan oedd Cliff Michelmore ar *Holiday* ac Alan Whicker ar *Whicker's World* yn cynnig breuddwyd hollol wahanol? Breuddwyd lle roedd hi'n bosib i chi droedio ar hyd traeth tawel yn Sbaen a bwyta paella ac yfed sangria wrth i'r haul (ia, yr *haul*!) suddo'n urddasol ar y gorwel.

O fewn dim mi oedd dirywiad y Grand Hotel fel rhyw ficrocosm o ddirywiad a dadfeiliad cyffredinol Pontelfyn.

Erbyn hyn roedd hyd yn oed y dosbarth gweithiol a theuluoedd ar Income Support yn medru fforddio pythefnos ar y Costa del Sol, felly pwy mewn difri calon oedd am ddod i Bontelfyn ar eu gwyliau rŵan fod y Grand Hotel wedi diflannu'n gyfan gwbwl o dan y drain a'r coed, rŵan fod y pier wedi disgyn i'r môr fel tomen o briciau tân, rŵan fod y mulod wedi hen gael eu bwyta o duniau Whiskas a Pal, rŵan fod y plastar ar waliau'r gwestai ar hyd y promenâd wedi cracio a disgyn i'r palmant, rŵan fod Pen Rhiw wedi newid o fod yn ardal gyntefig o fythynnod a ffermydd i fod yn fersiwn glan môr Gymreig o ardaloedd gwaetha Miami, fel Overtown neu Liberty City (lle doedd neb yn mentro ar ôl hanner nos – na hyd yn oed *cyn* hanner nos)?

Neb.

Wel, neb heblaw yr henoed.

A'r dryslyd.

A'r gwirioneddol dlawd.

Yr unig arwydd oedd ar ôl erbyn hyn o ddyddiau godidog, crand a mawreddog Pontelfyn oedd Bertorelli's.

"Fasa ti'n fy nabod i, Leni?"

"Be ti'n feddwl?"

"O'r llun."

"Pa lun? A pam 'dan ni'n sibrwd?"

"Sssshhh," medda Vina gan hanner edrych yn bryderus dros ei hysgwydd, "neith o glywad!"

Wrth ddilyn ei llygaid dwi'n sylwi ar ŵr yn eistedd ar y bwrdd nesa – gŵr canol oed, pump deg wyth falla? Pump deg saith? Tydw i ddim yn ddoctor ond, os faswn i, y peth cynta faswn i'n ddweud wrth y gŵr yma ydi y dylsa fo ymuno â'r gym agosa a cholli ychydig o bwysau oherwydd mae ei fol yn gorwedd fel morlo ar ei lin a'r chwys ar ei dalcen yn sgleinio fel diamwntiau o dan oleuadau'r chandeliers. Yr ail beth faswn i'n ddweud wrtho fasa i beidio â brathu'r sleisan anferthol yna o millefoglie sydd newydd gael ei gosod o'i flaen gan y gweinydd. Mae hi fel Tokyo y caloriau – miliynau ar filiynau ohonyn nhw wedi eu pacio i mewn i un lle bach.

Mae'r gŵr yn torri darn o'r melysbeth â chyllell a'i stwffio i gornel ei geg. Wedyn, wrth iddo fwynhau'r cyfuniad nefolaidd o hufen, siwgr a thoes, mae o'n sipian ei gappuccino, sychu ychydig o'r chwys o'i dalcen, estyn ei wats boced a'i checio yn erbyn y cloc mawr sy'n tician uwchben y miwsig piano ysgafn yng nghaffi a bwyty Bertorelli's. Mae ganddo lyfr o'i flaen. Cerddi R Williams Parry. Falla mai athro Cymraeg ydi o. Creadur. Pob lwc efo dysgu'r 'n ganolgoll' i blant bach Pen Rhiw, mêt!

Dwi'n sbio'n ôl ar Vina a phwyso mlaen. Mae'r busnas sibrwd 'ma'n heintus.

"Pwy 'di o?"

"Farrar," medda hi. "Detective Inspector Farrar."

"A, reit," medda fi. "Yr enwog Farrar."

Dwi'n sbio arno eto. Mae o hanner ffordd trwy'r millefoglie ac mae yna bowlen o hufen ia tutti-frutti newydd gyrraedd hefyd.

"Ydi o'n sbio arna i?"

Rŵan, mae Vina wedi cuddio'i hwyneb tu ôl i'r fwydlen.

"Yndi."

"*Shit*!"

"Mae o'n sbio ar y bowlen, Vina, ac ar ei gopi o gerddi R Williams Parry!" Dwi'n tynnu'r fwydlen o'i hwyneb a'i gosod yn ôl ar y bwrdd. "Ymlacia, ocê? O be dwi 'di glywad am DI Farrar, fasa fo ddim yn sylwi tasa Lord Lucan yn cerdded mewn efo megaffôn a chyhoeddi 'i fod o'n awyddus iawn i ffeindio'r toilet. Yr unig archwiliad mae DI Farrar yn debygol o'i gynnal ydi archwiliad i'w bwdin diweddara. Pam ti'n poeni, beth bynnag? Be 'di'r big deal?"

"Ddudish i, do? 'Nes i dorri mewn i'r lle 'ma fis yn ôl."

"Be? Go iawn? O'n i'n meddwl mai jôc oedd o."

"Falla fod o'n jôc i chdi, big shot, ond tria di fod allan o waith efo dim gobaith o gael job ac efo mam sy'n styc i fyny grisia efo habit Rothmans gwerth dau gan punt yr wythnos."

"Ti wedi trio gofyn iddi stopio?"

Mae hi'n edrych arna i fel taswn i'n dwp.

"Ti 'di gweld rhaglenni David Attenborough ar y teli, Leni?"

"Do… pam? Be sgin hynny i neud â dy fam?"

"Ti 'di gweld y llewod 'na'n lladd sebras ac yn rhwygo'r cyrff yn ddarnau?"

"Do… ond—"

"Meddylia cerddad i fyny at y llew 'na, tapio fo ar ei gefn a deud, 'Sgiws mi, Mr Llew, ond wyddoch chi fod yr holl gig coch 'na yn mynd i greu hafoc efo'ch iechyd chi? Tybed fasach chi'n hoffi ystyried y pishyn lyfli 'ma o quiche lorraine 'nes i baratoi neithiwr?' Cyn dim fasa dy freichia di fatha dwy lythyren 'L' yng ngheg dau wahanol lew sy'n mynd i ddau wahanol gyfeiriad. Fasa 'na rwbath tebyg yn digwydd i mi taswn i'n gofyn i Mam roi'r gora i'r Rothmans."

"Swreal," medda fi, gan ystyried y sefyllfa, "ond mae'n rhaid i mi gyfadda fod y gymhariaeth yn hynod o effeithiol."

"Sori?"

"Oeddat ti'n sôn am ryw lun?"

Mae hi'n pwyso mlaen. "Ar y wal. Tu ôl i fi. Wrth ymyl drws y gegin. Weli di o?"

"Poster?"

"Ia."

"Poster yn cynnig arian am wybodaeth. Mil o bunnoedd."

"Da iawn. Dwi'n falch o gyhoeddi nad ydach chi angen mynd i Specsavers, Mr Tiwdor. Weli di rwbath arall?"

"Llun."

"Ardderchog. Llun o be?"

Mae fy llygaid yn culhau er mwyn i fi ganolbwyntio.

"Anodd deud, mae o'n edrach fel llun hogyn, neu ferch falla. Merch dwi'n meddwl – tydi o ddim yn llun da iawn. CCTV 'swn i'n ddeud. Beth bynnag, o be wela i mae'r person yma tua dau ddeg tri, dau ddeg pump falla, tua pum troedfedd a hanner, yn pwyso tua wyth stôn, yn gwisgo het bêl-fas a—"

"*Ia*, Leni?"

Mae yna geiniog yn disgyn o dop fy mhen i lawr i fy sawdl. Dwi'n pwyso mlaen rŵan hefyd gan sibrwd, ac yn cadw hanner llygaid ar DI Farrar a'i bwdin ar y bwrdd nesa.

"'Nes di'r lle 'ma *o ddifri*, felly?"

"Sawl gwaith raid i mi ddeud 'tha chdi? Dyna be dwi'n neud. Dwi'n dda am dorri i mewn i lefydd a dŵad allan efo arian neu rwbath i'w werthu er mwyn ei droi o'n arian. Faswn i wrth fy modd peidio gorfod gneud ond ti wedi gweld sut dwi'n byw a lle dwi'n byw a be dwi'n gorfod neud jyst i aros yna." Mae hi'n eistedd yn ôl yn ei chadair ac ochneidio. "Paid â sbio arna i fel'na. Blydi hel, Leni, tydi pawb ddim yn mynd o gwmpas yn darllan y *Guardian* ac yn meddwl fod achub y rhino yn mynd i achub y byd."

"Na, dwi'n gwbod ond—"

"Be fedra i gael i chi, syr?"

Heb i mi sylwi, mae'r gweinydd wrth fy ysgwydd yn barod â'i lyfr bach du a'i bensel.

"O, ym…" Dwi'n trio estyn y fwydlen ond mae Vina wedi cuddio ei hwyneb tu ôl iddi ac yn gwrthod ei gollwng. "Ym… cappuccino, plis. A sleisan o millefoglie, os gwelwch yn dda."

"Da iawn, syr. A chithau, madam?"

"Ym, gymerith madam yr un peth."

"Wrth gwrs, syr."

Mae'r gweinydd yn ceisio estyn y fwydlen ond, unwaith eto, mae dwylo bach Vina o'i chwmpas fel crafangau rhyw fwystfil erchyll o lyfrau Tolkien. Mae'r gweinydd yn tynnu.

"Madam…"

"Fedran ni gadw'r fwydlen am rŵan?" gofynnaf. "Falla fydd madam angen hufen ia yn y man."

Efo hyn mae'r gweinydd yn ildio'i afael ar y fwydlen, pesychu i geisio ailsefydlu ei urddas, camu'n ôl, bowio'n drwsgl braidd ac wedyn yn diflannu i'r gegin, a heibio llun Vina ar y poster heb edrych arno.

"Nath o'n nabod i," medda hi, gan ymddangos o'r tu ôl i'r fwydlen. "Mae o'n mynd i ddeud wrth y bos ac maen nhw am ddŵad allan unrhyw funud a deud wrth Farrar 'mod i ar y bwrdd nesa. Tyd—"

"Paid â bod mor wirion! Stedda lawr!"

Mae hi'n syrthio'n ôl ar ei chadair fel glaslances bwdlyd. Mae hanner munud yn pasio. Falla mwy.

Mae'r cloc ym mhen arall Bertorelli's yn dal i dician dros y miwsig ysgafn.

Mae llwy DI Farrar yn crafu'r bowlen hufen ia.

Ac mae Vina'n ochneidio, edrych i ffwrdd, codi coler ei siaced, ochneidio eto, edrych arna i, edrych i ffwrdd, ochneidio eto, edrych arna i eto – ac ochneidio.

Eto.

"Be sy, Leni? Paid â rhoi hard time i fi, iawn? Ti fel un o'r athrawon 'na'n yr ysgol erstalwm. Yr athrawon" – mae hi'n creu dyfynodau â'i bysedd – "'right on'."

"Sori, Vina, ond mae'n rhaid i ti gyfadda dy fod ti'n paranoid. Gwranda, tasa'r boi Farrar 'na wedi dy nabod di fasa fo wedi dŵad draw yn syth a dwi'n siŵr fod y gweinydd heb—"

"Cappuccino, syr."

"O, reit. Diolch. 'Nes i'm sylwi arnoch chi."

"Ac i chi, madam."

"Nnnggŵl."

"Mae'n ddrwg gen i?"

"Cŵl!"

"Ymddiheuriadau, madam. Roedd hi'n anodd eich clywed â'ch ceg yn sownd i'ch coler fel'na. Mwynhewch."

"Diolch," medda fi.

Gynted iddo ddiflannu yn ôl i'r gegin, dwi'n gwenu. Fedra i ddim helpu'r peth. Mae fel tasa dau ddarn o elastig yn tynnu fy ngheg i siâp gwên. A fedra i ddim helpu piffian chwerthin fel plentyn ysgol chwaith. Yn amlwg, mae'r peth yn heintus oherwydd o fewn ychydig eiliadau mae Vina'n gwenu hefyd. Wedyn mae hi'n giglan. Mae'r ddau ohonan ni'n giglan.

"'Dio ddim yn ffyni!"

"Nadi," medda fi, "dwi'n gwbod."

"Hei," medda hi, gan gydio yn fy llaw a stopio giglan yn syth, "mae o'n mynd."

Ar y bwrdd nesa mae DI Farrar yn codi o'i sêt, plicio papur ugain punt o'i waled, ei osod yn ofalus o dan ei gwpan, rhoi'r copi o gerddi R Williams Parry yn ei boced ac edrych arnan ni. Wrth iddo fo wneud mae o'n aros yn llonydd am ychydig eiliadau a dwi'n dechra meddwl falla fod Vina'n iawn – falla fod o *wedi* ei hadnabod ar y poster ar y ffordd i'r gegin.

Dwi'n edrych ar y drws.

Y tro dwytha i mi wneud *runner* oedd pan oeddwn i wedi meddwi'n gachu yn ystod fy wythnos gynta'n y coleg. Y Madras Palace yn Canton. Fi, Talc a Mickey Bolton yn heglu hi i lawr Cowbridge Road â dau weinydd heini ar ein hôl. Tasan ni heb wahanu i fyny King's Road a Hamilton Street fasan nhw wedi ein dal ni, saff.

Oeddwn i'n barod i wneud runner eto? Oddi wrth blisman? Ac nid jyst unrhyw blisman ond... Detective Inspector?

Syrpréis yw'r arf gorau wrth weithredu unrhyw strategaeth. Yn ôl yr arbenigwyr, mae'r elfen o syrpréis yn ddigon i brynu deg llath i chi, felly dwi ar fin gweiddi ar Vina i REDEG...

... pan mae DI Farrar yn edrych yn syth i'n llygaid i ac yn gwenu.

"Bora da," medda fo.

"Bora da," medda fi yn ôl, gan godi fy nghwpan a thollti llwyth o ewyn ar y bwrdd.

"Braf bora 'ma."

"Yndi wir," medda fi.

Dwi'n sipian yr ewyn ond mae'r coffi oddi tano'n codi'n slei at fy ngwefus fel lafa. Mewn fflach mae yna ddau Leni Tiwdor yn Bertorelli's, ac mae un ohonyn nhw yn codi o'r bwrdd gan weiddi 'Ffyc, ffyc, ffyc, ffyc!' a stampio ei draed fel plentyn dwy oed a chrio wrth ddychmygu ei wefus yn toddi o'i wyneb fel darn o siocled. Diolch byth mai dim ond un Leni Tiwdor mae'r byd go iawn a DI Farrar yn medru ei weld, sef y Leni Tiwdor sy'n gwenu'n boléit ac yn dweud "Jyst gobeithio rŵan neith petha aros fel hyn."

"O, yn ôl Radio Cymru mae'r rhagolygon yn gymedrol," medda DI Farrar. "Neis siarad â chi."

"A chi."

Ar ôl iddi wneud yn berffaith siŵr ei fod o wedi gadael, mae Vina'n ymlacio ac yn pwyso mlaen i sipian ei choffi.

"'Nes di losgi dy geg?"

"Do."

"Rhaid i ti fod yn ofalus efo cappuccino, Leni. Fedri di'm 'i drystio fo."

"Os ti'n deud."

Mae'r ewyn o gwmpas ceg Vina'n gwneud iddi edrych fel Al Jolson. Ond wedyn mae hi'n ei sychu efo llawes ei siaced.

"O, grêt," medda fi. "Fasa ti'n gneud hynna adra?"

"Gneud be?"

"Anghofia fo."

Dwi'n sbio allan drwy'r ffenest at y môr. Mae'r gwylanod fel darnau o bapur. Yn y pellter, ar ben y clogwyn mawr, mae to yr hen Grand Hotel i'w weld yn achlysurol wrth i'r coed siglo i rhythm y gwynt fel criw o go-go girls o'r chwedegau. O gornel fy llygaid dwi'n gweld Vina'n chwerthin.

"Be sy mor ddigri?"

"Chdi, Leni. Ti mor henffasiwn."

"Be? Am bo fi ddim yn licio gweld rhywun yn sychu ei cheg efo llawes ei siaced mewn caffi posh fel Bertorelli's? Blydi hel, Vina, nath dy fam a dy dad ddim dysgu chdi sut i fihafio erioed?"

"Naddo, yn rhyfedd iawn," medda hi, gan eistedd mlaen mor sydyn â chwip. Mae ei hwyneb yn bictiwr o surni a sarugrwydd. "Oedd Mam rhy brysur yn gneud ymchwil i boteli Smirnoff ac roedd Dad… wel…" Mae hi'n oedi ac yn eistedd 'nôl eto cyn dweud o dan ei gwynt, "Ti'n cofio be ddudis i amdano fo."

Mae hi'n sipian ei choffi. Mae'r gwylanod tu allan yn

chwerthin fel ffyliaid (ar fy mhen i, dwi'n tybio). Ym mhen draw'r stafell mae'r cloc yn tician.

"Ti ddim yn cofio dim byd am dy dad, felly?"

"Dim rili. Dwi'n cofio'r diwrnod yna ar lan môr – un diwrnod hapus, ac wedyn oedd o wedi mynd. Ond ti'n dŵad i arfar. Ddes i i arfar efo edrach ar ôl Mam – hyd yn oed pan oedd hi'n mynd trw botal a hanner o vodka y dydd. Ddes i arfar efo gorfod llnau y sheets a'r dillad ar ôl iddi fod yn sâl. Neu ar ôl iddi drio lladd ei hun efo siswrn un bora. Ddes i arfar efo gorfod gwrando arni'n crio bob bora – ac wedyn bob nos. A ddes i i arfar efo gorfod mynd allan i weithio mewn caffi. A pan oedd hynny ddim yn ddigon i gadw Mam mewn vodka a ffags, mi ddes i arfar efo ffordd arall o neud pres." Mae hi'n edrych i fyw fy llygaid. "Ti'n dŵad i arfar efo lot o betha pan ti'n byw fel'na, Leni. Ond un o'r petha 'nes i ddim llwyddo dŵad i arfar efo fo, mae'n amlwg, ydi sut i fihafio mewn ffycin caffi posh!"

"Millefoglie?" gofynna'r gweinydd.

"O, ia. Diolch," medda fi.

Mae gweinyddion Bertorelli's yn amlwg yn mynd trwy ryw fath o seremoni debyg i Kwai Chang Caine yn y gyfres deledu *Kung Fu* erstalwm lle mae'n rhaid iddyn nhw gerdded dros garpad o bapur reis heb ei dorri er mwyn profi pa mor ysgafn droed maen nhw'n medru bod.

"A hefyd i chi, madam?"

"Nnnggŵl."

Mae'r gweinydd yn diflannu fel *genie*.

"Madam!" medda Vina, gan edrych arna i a gwenu'n slei. "'Sa neb wedi galw fi'n 'madam' o'r blaen!"

Dwi'n gwenu'n ôl. Am ychydig eiliadau, mae'r ddau ohonan ni'n bwyta'r millefoglie. Millefoglie gwych, gyda llaw.

“So,” medda Vina, gan sychu’r briwsion o gornel ei cheg (efo’i llawes… yn naturiol), “pam dydi DI Farrar ddim yn dy nabod di chwaith?”

“Fi? Pam ddyla fo nabod fi?”

“Am dy fod ti’n dditectif. ’Sa ti’n meddwl y basa DI Farrar yn nabod bob un private dic o gwmpas Pontelfyn. Yn enwedig gan mai dim ond un sy ’na.”

“Ia, wel, dwi’n newydd.”

Mae yna olwg ddireidus ar ei hwyneb. Mae hi’n anelu ei fforc tuag ata i yn gyhuddgar ac yn culhau ei llygaid.

“Ti’n siŵr mai ditectif wyt ti, Leni Tiwdor? Be os wyt ti’n rhyw fath o berv sy’n mynd ar ôl genod ifanc del a diniwed?”

“Wel, os felly, fyddi *di’n* berffaith saff.”

“Doniol.”

“I chdi gael gwbod, y rheswm nath DI Farrar mo’n nabod i oedd am mai dim ond mis yn ôl ’nes i gychwyn fel ditectif. A ces y GF40—”

“Y be?”

“Y beic.”

“O. Reit.” Mae hi’n rholio ei llygaid yn sinicaidd. “Y *beic*.”

“Ces y GF40 oedd yr un cynta i mi ’i gael. A rŵan, dyma ni… mae’r ces wedi ei ddatrys!”

“Dwi’n siŵr fod y crims i gyd yn crynu’n eu sgidia.”

“Wel, mae’n rhaid dechra’n rwla, rhaid?”

Mae Vina’n rhoi ei fforc i lawr. Mae hi’n edrych trwy’r ffenest. Wedyn mae hi’n edrych arna i.

“Be ti angen i fod yn dditectif preifat, ta? Oes ’na arholiada ti’n gorfod gymyd? Neu oes raid ti gael lot o GCSEs neu stwff fel’na?”

“Y cwbwl ti angen ydi trwyn.”

“Y?”

"I synhwyro petha. I sylwi os oes 'na rywbeth o'i le. I sysio petha allan."

"Felly fedar rywun fod yn dditectif preifat?"

Dwi'n eistedd mlaen a gollwng fy llais fel jôc.

"Sssh! Dim mor uchel, neu fydd pawb isho gneud!"

"Ond pam 'nes ti ddewis dŵad yma, i ddymp fatha Pontelfyn, i chwilio am feics pobol?"

"Stori hir."

"Es ti i coleg, do?"

"Prifysgol Caerdydd."

"Felly ti'n glyfar."

"Astudiaethau Ffilm."

"Wel, *eitha* clyfar."

Mae Vina'n codi cwpan y cappuccino a'i glincio yn erbyn fy un i fel tasa hi'n cynnig llwncdestun eironig.

"Leni Tiwdor a Vina Parfitt," meddai, "un efo gradd o Brifysgol Caerdydd a'r llall efo gradd o Brifysgol Bywyd."

"Parfitt?"

"Ia. Fatha'r boi 'na yn Status Quo."

"Ti'n perthyn?"

"Tydi Yncl Rick byth off y ffôn. Hei, tyd Leni, neu fyddan ni'n hwyr i weld y boi 'ma sydd am gynnig job i fi."

Mae hi'n gwthio'r millefoglie oddi wrthi (ar ei hanner) ac yn sefyll i fyny i adael ond wrth i mi estyn fy waled dwi'n digwydd troi i edrych trwy'r ffenest ac yn gweld Bentley mawr du yn stopio tu allan. Wrth i'r chauffeur ddod allan i agor y drws mae cymeriad adnabyddus yn camu ar y palmant a cherddded drwy ddrws ffrynt Bertorelli's.

"Shit!"

"Be sy?"

"Shit! *Shit*!"

"Leni? Be ti'n neud dan y bwr? Leni… mae'r waiter yn sbio! *Leni*!"

"Ti'm 'di gweld fi, iawn?"

O dan y bwrdd dwi'n sylwi ar y sgidiau crand (Chanel? Yves Saint Laurent? Paul Smith?) yn clip-clopian ar hyd teils du a gwyn Bertorelli's. Mae yna gynffon hir o ffwr hefyd, o ryw sgarff anacondaidd. Wedyn, mae Mr Andreas Bertorelli (etifedd Luigi Bertorelli) yn ymddangos o'r gegin fel milgi eiddgar.

"Ah, Signora Nolwen, mae hi'n gymaint o bleeeser eich gweeeld unwaiiith eto!"

Mae ei sgidiau disglair du'n dawnsio tap fel Sammy Davis Jnr o gwmpas sgidiau llonydd Lady Nolwen.

"Diolch, Mr Bertorelli."

"Maaae eiiich bwwwrdd yn barod fel arfeeer, Signora. Plis…"

Triongl Bermuda, yr ETs yn Roswell, Bigfoot, Nessie a beth, mewn gwirionedd, wnaeth ladd y deinosoriaid. Ydyn, mae'r rhain i gyd yn ddirgelion bythol a pharhaus. Ond i drigolion Pontelfyn mae yna un ffenomen sy'n unigryw i'r dre ac yn achosi penbleth ddyddiol iddyn nhw. Sut ar y ddaear mae hi'n bosib i hogyn gael ei eni ym Mhontelfyn, ei fagu ym Mhontelfyn, ei addysgu yn ysgolion Pontelfyn…

… ac eto tyfu'n ddyn sy'n siarad fel Gianfranco Zola?

O dan y bwrdd mae sgidiau Lady Nolwen yn cerdded i ffwrdd i ben draw'r stafell. Unrhyw eiliad rŵan mi fydd hi wedi diflannu tu ôl i un o'r pileri a'r planhigion ac mi fedra i godi, talu'r bil a mynd. Ond…

"Popeth yn iawn, syr?"

Mae llais y gweinydd yn fy nychryn. Dwi'n taro fy mhen yn erbyn to'r bwrdd, yn hanner codi… ac yn achosi i'r cappuccinos, y llestri a gweddillion y ddwy millefoglie lithro'n deilchion i'r llawr fel eitemau ar y *Titanic*.

"O, grêt!" medda Vina, gan sefyll yn ôl o'r lladdfa a chuddio ei hwyneb wrth i fyddin fach o weinyddion ruthro o'r gegin fel morgrug i dacluso ac i lanhau. Yng nghanol yr anhrefn dwi'n sylwi ar Vina'n rhwygo'r poster â'r llun CCTV o'r wal a'i stwffio i mewn i'w siaced. Does neb arall wedi sylwi ar hyn ac mae'n gwenu'n ddiniwed ar un o'r gweinyddion.

Wedyn… y foment anochel…

"Mr Tiwdor."

"Lady Nolwen."

"Sut mae'r ymholiadau? Dwi'n mawr obeithio eich bod chi heb anghofio am Amadeus druan?"

"Naddo, wrth gwrs 'mod i ddim wedi anghofio, Lady Nolwen. Dwi'n gweithio'n galad ar y ces."

"Felly dwi'n gweld."

"Achlysur arbennig, Lady Nolwen. Fydda i ddim yn dod yma'n amal o gwbwl."

"Feeedra i eiiich sicrhaaau chi o hynnyyy, Lady Nolwen. Dwi eriiioed wedi gweld y gŵŵŵr o'r blaeeen. Na'i ffriiind chwaiiith. Ac miii fedra i eich siiicrhau chi fydda nhw byyyth yn dod yma eeeto a chreu y faaath—"

"Ffrind?"

"Vina, Lady Nolwen. Fy… wel… fy mhartner. Mewn busnes, hynny yw, Lady Nolwen. Nid fel… dach chi'n gwbod…"

"Braf eich cyfarfod chi, Vina."

"A chitha, Lady."

"Enw anarferol. Vina…?"

"Parfitt, Lady. A na, cyn i chi ofyn, dydw i ddim yn perthyn."

"Gwyyyliwch eiiich traeeed gyda'r holl wyyydr a lleeestri, Lady Nol—"

"Dwi'n iawn, Mr Bertorelli. Rŵan, Mr Tiwdor, dydach chi heb anghofio ein bargen, ydach chi? Falla fod rhaid i mi egluro i'ch... partner." Mae hi'n troi at Vina â gwên. "Fel hyn mae petha, cariad. Fis yn ôl mi wnes i addo talu ffi ddyddiol eitha hael i Mr Tiwdor er mwyn iddo fy helpu i gael hyd i fy nghath annwyl, Amadeus. Y rheswm i mi ei alw'n Amadeus, gyda llaw, ydi am ei fod o mor hoff o Mozart – yn enwedig yr operâu. Fyddwch chi'n hoff o fynychu'r opera, Miss Parfitt?"

"Wel..."

"Ta waeth. Mi wnes i daro bargen efo'ch partner, os basa fo'n ffeindio Amadeus cyn diwedd y mis y baswn i'n talu swm ychwanegol iddo, fel rhyw fath o wobr, os liciwch chi."

"Faint o wobr, Lady?"

"Mil o bunnoedd, Miss Parfitt."

"Ffy— Ym, cŵl."

"Ond, yn anffodus, diwedd yr wythnos yma yw diwedd y mis. Ac yn fwy anffodus byth, mae Amadeus druan yn dal ar goll. Mae amser yn prysur ddiflannu, Mr Tiwdor."

"Yndi, Lady Nolwen. Dwi ar y ces. Tyd, Vina, well i ni fynd. Do's 'na'm eiliad i'w cholli."

"Ond tydiii o ddiiim wedi talu y biiil!"

"Rhowch o ar fy nghyfrif i, Mr Bertorelli, a plis peidiwch â ffysian gymaint. Rŵan, y bwrdd os gwelwch yn dda."

"Wrth gwwwrs, Signora Nolwen. Dilyyynwch fi..."

"Vina, ti'n hit efo Lady Nolwen."

"Big deal."

’Dan ni’n cerdded ar hyd y prom ac mae’r gwynt yn troi’r tywod yn shrapnel. Weithia mae yna bapurau a bagiau bin du yn rholio heibio fel ffoaduriaid.

“Wel, mae gen Lady Nolwen ddylanwad,” medda fi. “Ti byth yn gwbod pryd fasa rhywun fel hi’n handi.”

“’Na i drio cofio hynna, Leni. Tro nesa ma Mam yn hitio’r to am ei bod hi wedi rhedag allan o Rothmans a Carlsberg Special Brew, a pan ’di’r Income Support heb gyrraedd am fy mod i wedi bod yn hwyr yn seinio mlaen, mi ’na i ffonio Lady Nolwen a dwi’n siŵr fasa hi’n dŵad rownd i Pen Rhiw fel shot yn ei Bentley!”

“Sdim angen bod mor ffiaidd, nago’s?”

Mae Vina’n tynhau coler ei siaced ac yn edrych arna i efo cryn ddiflastod.

“Ti’n gwbod be wyt ti, Leni? Creep.”

“O?”

Mae hi’n tynnu stumiau ac yn rhoi llais crafwr tin mlaen.

“‘*Ia*, Lady Nolwen, *naci*, Lady Nolwen, *sori*, Lady Nolwen, *three bags full*, Lady Nolwen!’”

’Dan ni’n troi o’r promenâd i lawr Stryd y Farchnad. Mae’r farchnad wedi hen ddiflannu erbyn hyn, wrth gwrs, a’r cwbwl sydd ar ôl ydi rhes o hen siopau trist ag arwyddion ‘Ar Werth’ yn pydru yn yr awyr hallt. Yr unig siop sy’n agored ydi siop Cancer Research. Wrth ei phasio dwi’n sylwi bod Ivy a June yn sortio bag newydd o ddillad. Maen nhw’n fy ngweld ac yn codi pâr o drainers i’w dangos i mi. Dwi’n troi fy nhrwyn a phwyntio at fy wats (dim fod gen i wats) i gyfleu ’mod i’n hwyr ar gyfer cyfarfod. Tydi’r nwyddau yn y ffenest heb newid ers 1975 – llyfr *Blue Peter*, dol, côt goch i ferched, chwe pâr o sgidiau, bocs Subbuteo, ornament o ddyn yn pysgota, myg yn dathlu arwisgiad y Tywysog Siarl yng Nghaernarfon yn 1969, tebot, tedi a phwrs.

Mae Vina'n stopio'n sydyn.

"Felly gad i mi weld os dwi wedi dallt yn iawn – 'nes di ffeindio Amadeus yn syth?"

"Oedd o yn yr ardd yn gwrando ar Classic FM."

"Yn naturiol. Ac mi oeddat ti am ddisgwl tan ddiwedd wythnos yma cyn mynd â fo yn ôl er mwyn cael y mil o bunnoedd?"

"A chael fy nhâl dyddiol hefyd."

"Ond wedyn nath dy gath di… *fyta*… Amadeus?"

"Wel, 'swn i'm yn deud fod o wedi *byta* Amadeus yn union."

"Be fasa ti'n ddeud ta?"

"'I flasu fo, falla?"

"Trwy rwygo ei ben o i ffwrdd a spredio'i gyts o allan ar hyd y gegin?"

"Mae o reit ffysi efo'i fwyd."

"Y peth ydi, dwi wedi bod yn meddwl am hyn, Leni, a… wel… be sy'n stopio ni rhag ffeindio cath wen arall, mynd â hi at Lady Whassername a deud wrthi mai Amadeus ydi o? Mae un gath wen yn edrach yn union fel cath wen arall 'swn i'n ddeud."

"Rhyfadd i ti sôn. Dyna'n union be ddudodd Bryn wrtha i neithiwr."

"Bryn?"

"Fy nghath. O, dam. Mae hynna'n swnio'n nyts braidd, dydi?"

"Braidd."

'Dan ni'n troi i lawr llwybr bach sy'n rhedeg rhwng hen siop chips Salt 'n' Battery a hen siop deganau J W Walters. Mae'r llwybr yn flêr a mwdlyd ac mae ein traed yn slwtsian drwy'r pyllau. O'n blaenau ni mae yna sied, ac ar dop drws y sied mae arwydd – 'Recordiau Stooge'. Wrth weld hyn mae Vina'n stopio ac yn cydio yn fy mraich fel tasa hi newydd weld blaidd.

"Shit, Leni!"

"Be sy?"

"Fedra i ddim mynd i mewn i fanna! Nes i robio'r lle tua mis yn ôl! Dyna lle ges i'r record 'na 'nes di brynu neithiwr!"

"Ia, wel, o'n i wedi dallt hynna."

"Welodd o fi'n rhedag i ffwrdd wrth iddo fo ddŵad allan o'r dafarn 'na! Neith o'n nabod i!"

Dwi'n ysgwyd fy mhen ac yn chwerthin.

"Stooge? Paid â bod yn stiwpid, Vina. Os oedd Stooge yn dŵad allan o'r Darian oedd o bownd o fod wedi cael saith peint o seidar a, coelia fi, ar ôl saith peint o seidar a Jack Daniels chaser fasa Stooge wedi ffeindio hi'n anodd nabod ei hun yn y drych, heb sôn am hogan chwim mewn hwdi'n diflannu i'r tywyllwch efo bocs o records a pocad yn llawn cash. Tyd, fyddi di'n berffaith saff. Trystia fi. Mae o'n chwilio am help a, fel 'nes i sôn, ma arna i ffafr i chdi."

Job

Mae Stooge yn estyn y ffôn.

"Dwi'n ffonio'r cops."

"Na, Stooge!"

Mae ganddo fo un o'r ffôns henffasiwn 'na (typical!) felly dwi'n lladd yr alwad drwy bwyso fy mys ar y darn bach plastig sy'n sticio i fyny o'r crud.

"Be ti'n neud?"

"Gwranda, Stooge," medda fi, gan edrych dros fy ysgwydd at Vina cyn denu Stooge yn agosach a siarad yn isel yn ei glust. "Ti'n siŵr mai hon oedd hi?"

"Welish i hi! O'n i'n dŵad allan o'r Darian ac roedd hi'n dŵad lawr y llwybr efo bocs o records!"

"A faint ges ti?"

"Y?"

"I yfad."

Mae Stooge yn symud i ffwrdd ac yn anelu ei fys ata i.

"Paid â chwara'r gêm yna, Leni. O'n i ddim yn pisd, iawn? Dim ond chwech peint o'n i wedi ga'l!"

"Ia, ond Stooge, gwranda, fasa rheithgor yn meddwl fod chwe peint o'r seidar lleol wedi cymylu dy farn di rwsut."

"Cymylu fy marn i? Ffyc's sêc, Leni. *Hon oedd hi*! Faswn i'n nabod y coesa 'na a'r jîns a'r trainers a'r het bêl-fas 'na yn rwla! Felly gad i mi ffonio'r cops a fedra nhw ddŵad rownd a mynd â'r bitch fach i Holloway neu—"

"Dwi'n mynd," medda Vina.

"Na!" medda fi, yn gynta wrth Vina, gan gydio yn ei braich a'i rhwystro rhag camu at y drws, ac yn ail wrth Stooge, gan bwyso'r darn bach plastig ar grud y ffôn henffasiwn eto. Dros y seinyddion mae'r Who'n ffrwydro canu (mewn mono, wrth gwrs):

People try to put us down (Talkin 'bout my generation)
Just because we get around (Talkin 'bout my generation)

"Ti'n gwbod faint gymodd hi, Leni?"

Things they do look awful cold (Talking 'bout my generation)
I hope I die before I get old…

"Be 'di'r crap yma?"

"*Crap*?" gofynna Stooge â chymysgedd o anghrediniaeth a ffyrnigrwydd. Mae o'n taranu o'r tu ôl i'r cownter fel tarw â'i sgidiau cowboi'n cnocio fel morthwylion ar y llawr pren. "The Who? *Crap*?"

"O na!" medda fi, gan rolio fy llygaid. Ym myd Stooge – lle mae bandiau fel The Who yn dduwiau – roedd clywed rhywun yn eu galw'n 'crap' mor boenus iddo â phe bai Pabydd yn clywed rhywun yn camu i'r Fatican a galw'r Pab yn lembo.

"Wyt ti'n gwbod *rwbath* am roc a rôl, hogan?"

Erbyn hyn mae corff boliog Stooge yn pwyso dros ben Vina druan, ac mae ei hwyneb mewn cysgod. Ond, chwara teg iddi, tydi hi ddim fel tasa hi'n ofnus. A pham ddyla hi fod? Wrth feddwl am y peth, roeddwn i'n eitha siŵr fod Vina wedi wynebu petha lot gwaeth na dicter rocar blewog canol oed mewn crys-t Guinness tri seis rhy fach.

"Wel, dwi'n gwbod un peth, ffatso. Dwi'n gwbod fod y record yma'n crap."

Mae Stooge yn chwerthin yn sarcastig ac yn hanner troi ata i.

"Ti'n clywad hyn, Leni?" medda fo. "Yn amlwg, oeddan ni'n *rong*. Dyna lle oeddan ni'n meddwl fod The Who yn un o'r grwpiau mwya dylanwadol, trawiadol a chreadigol yn hanas roc efo caneuon sy'n trin themâu fel perthynas dyn a chymdeithas, dieithrio, trais, cariad a gwaredigaeth, ond rŵan, yn ôl Lester Bangs Pontelfyn fan hyn, mi oedd The Who – a dwi'n ei dyfynnu hi – yn 'crap'."

"I hope I die before I get old?" medda Vina, gyda chryn ddirmyg. "Hy, reit. Nath hynna ddim digwydd, naddo? Welish i nhw ar y teli unwaith. Maen nhw'n ffycin ancient!"

O diar. Mae wyneb Stooge yn troi'n biws. Mae dwyn o'i siop yn un peth, ond mae awgrymu bod ei hoff grŵp yn 'crap' ac yn 'ffycin ancient' yn rhywbeth lot, *lot* gwaeth.

"Reit," medda fo, gan anelu bys crynedig at Vina, "dwi wedi dy rybuddio di, ond rŵan dwi'n *bendant* yn mynd i ffonio'r cops!"

Mae Stooge yn cipio'r ffôn ac yn deialu.

"Stooge!" medda fi.

"Rhy hwyr, Leni."

Mae o'n deialu 9 ac mae olwyn y ffôn henffasiwn yn rholio'n ei hôl.

"Ond fedri di ddim bod yn siŵr mai hi nath dorri mewn i'r siop!"

"O, *dwi'n* siŵr!"

Mae o'n deialu 9 arall.

"Stooge... *NA*!"

Dwi erioed wedi rhwygo ffôn o'r wal o'r blaen. Yn naturiol, mi oeddwn i wedi gweld pobol yn gwneud hyn ar y teli ac mewn ffilms – ond nid mewn bywyd go iawn. Mae'r ffôn fel asgwrn difywyd yn llaw dde Stooge.

"Ti 'di torri'r ffôn."

"Sori."

"Fedra i ddim coelio hyn."

"Sori, Stooge."

"Ffôn Seven Hundred Series gwreiddiol o 1967!"

"Sori."

"Diolch byth fod o ddim yn un newydd," medda Vina.

Mae wyneb Stooge yn biws o hyd.

"Ddim yn un newydd? *Ddim yn un ffycin newydd*?"

Mae o'n gollwng y ffôn, yn rhedeg at Vina a'i chrogi. Neu, o leia, mi fasa fo wedi taswn i heb ei rwystro.

"Stooge," medda fi, "gwranda, reit? Ti'n cofio i chdi sôn ddoe dy fod ti angan rhywun i helpu efo'r disgo ac i edrach ar ôl y siop am ychydig oria?"

"Paid â deud bod chdi'n mynd i ofyn i mi gysidro Ronnie ffycin Biggs fan hyn?"

"Pam lai? Mae hi'n frwdfrydig."

"Fedra i ddim amau ei brwdfrydedd hi wrth dorri i mewn i'r siop a helpu ei hun i'r stoc. Gan gynnwys sengl Tiny Morton, er enghraifft – oeddat ti wedi anghofio hynny?"

Dwi'n cochi.

"Stooge, yli." Dwi'n gostwng fy llais eto, er bod Vina erbyn hyn yn ein hanwybyddu ac yn busnesu drwy focs o recordiau sengl 12" â labeli gwyn. "Fedri di ddim bod yn siŵr mai hon oedd yma. O ddifri rŵan. Tydi'r camerâu 'na sgen ti yn y siop heb weithio ers oes – ti wedi cyfadda hynny dy hun – a, fel dwi'n deud, pa reithgor yn y byd sy'n mynd i goelio tystiolaeth boi oedd wedi cael saith peint—"

"*Chwech.*"

"Beth bynnag. Fedra i dy sicrhau di, Stooge, fod cyfreithiwr da – neu hyd yn oed gyfreithiwr *gwael* – yn mynd i biso dros yr erlyniad o uchder anferthol. Meddylia am y peth – roedd hi'n dywyll, doedd 'na ddim camerâu… ac roedd gen ti chwe peint o seidar Mornant Farm, 7.5% prŵff, yn llifo drwy dy system fel rollercoaster gwallgo yn Alton Towers."

Efo ochenaid mae Stooge yn pwyso yn erbyn y cownter.

"Mm," medda fo. "Falla bod chdi'n iawn."

Mae ochor gynta albym cynta The Who (mewn mono) yn gorffen ac mae'r nodwydd yn clicio ac yn clicio. Mae Stooge yn fy mhwnio ac mae 'na wên slei ar ei wyneb.

"Be 'di'r deal efo trio cael job i hon, ta?" medda fo, gan gyfeirio at Vina wrth iddi fynd trwy'r bocsys o senglau dawns 12". "Ydi Leni wedi cael crysh bach?"

"Paid â malu."

"Hei, dydi hi ddim yn bad. Braidd yn flêr falla."

"Hy, gwrandwch ar Stooge! Dyn y Flwyddyn *GQ*!"

"Na, o ddifri, Len. Mae 'na rwbath reit ciwt amdani does, chwara teg?"

"Dwi'm 'di sylwi."

Mae Stooge yn fy mhwnio yn fy mron a chwerthin yn fudr fel Keith Richards.

"'Dwi'm 'di sylwi,'" medda fo'n bryfoclyd, "naddo reit siŵr." Mae o'n troi ei sylw at Vina a chodi ei lais. "Hei, gofalus efo rheina, lyf. Mae'r bocs yna newydd gyrraedd o Wlad Belg ddoe. Lot o white labels a ballu. Dwi'm yn siŵr be sy 'na i fod yn onast."

"Dubstep," medda Vina, gan astudio un o'r recordiau.

"Sori, lyf?"

"Rhein," medda Vina, gan gyfeirio at y recordiau yn y bocs o Wlad Belg. "Ac mae 'na ddipyn o trance a garage yna hefyd.

Ma hon yn wicked." Mae hi'n rhoi'r record i Stooge. "DJ Waxxer a'r Silent Groove Crew, 'Let's Mix It'."

"DJ *pwy*?"

"Waxxer," medda Vina. "Oedd o'n massive yn y nawdega."

"Oedd Stooge yn massive yn y nawdega hefyd," medda fi, "neu yn extra large beth bynnag."

Dwi'n troi at Stooge â gwên ond mae Stooge yn fy anwybyddu i a'r jôc ac yn camu allan o'r tu ôl i'r cownter fel dyn mewn breuddwyd – neu 'trance'.

"Felly mae'r rhein… *werth* rwbath, ta?"

"Ambell un," medda Vina'n ddifater, gan fflicio drwy fwy o'r recordiau yn y bocs. "Ma hon fan hyn yn glasur hefyd. White label Doctor Slam a 'Floordance'. Dwi'n cofio honna mewn all-nighter tu allan i Aberystwyth. Dim ond un copi oedd yn y wlad adag hynny. Oedd gen i ffrind oedd yn DJ ac roedd o wedi talu trwy'i drwyn – dau gant – amdan un."

"Gad mi weld."

Mae Vina'n pasio'r record i ddwylo eiddgar Stooge. Mae o'n astudio'r rhigolau yn erbyn y golau fel gemydd yn checio diamwnt.

"Perffaith," medda fo. "Does 'na ddim hyd yn oed marc arni."

"Do's 'na neb wedi chwara rhein," medda Vina, gan estyn record arall a'i phasio at Stooge. "Casgliad anorak neu geek 'swn i'n ddeud. 'Sa 'na hoel sgratchio ar gopis DJ."

"Pasia'r bagia polythene 'na i mi, Len, geith rhein fynd ar y wal tu ôl i'r cownter. Ac ar y wefan a Facebook hefyd. Efo *Astral Weeks* a'r copi 'na o *Please Please Me* ar y label du ac aur yn stereo."

Wrth i Stooge lithro'r recordiau drudfawr i'r bagiau polythene mae o'n troi at Vina'n wylaidd.

"Felly, ym, Vina. Ym, y nawdega ydi dy gyfnod di, ia?"

"Be ti'n feddwl?"

"Efo miwsig. A records, neu downloads neu beth bynnag."

"Mae'r nawdega yn eitha cŵl. Ond dwi'n licio'r noughties hefyd."

"Y naughties?" medda Stooge, gan edrych mor ddryslyd ag arth mewn archfarchnad. Mae Vina'n stopio sbio ar y recordiau yn y bocs ac yn troi ato fel tasa hi'n gorfod egluro rhywbeth i'w thaid.

"O'r flwyddyn 2000 i 2010. Y noughties."

"O," medda Stooge, gan gochi. "Y *noughties*. Ia siŵr. Dwi'n dallt."

"Mae Stooge yn cofio'r grwpia dinosor o'r chwedega a'r saithdega," medda fi. "I ddeud y gwir, dwi'n weddol siŵr fod Stooge yn cofio'r dinosors!"

"Doniol iawn," medda Stooge.

Mae Vina'n rhannu gwên sydyn â mi ac, am ryw reswm, mae fy nghalon yn neidio fel llyffant i ryw bwll tywyll dirgel efo plop pendant a phleserus.

"Gwranda," medda Stooge wrth Vina, "be ti'n neud nos Wenar nesa?"

"Be 'di hyn? Dêt, ffatso?"

"Naci! Wel... ia, mewn ffordd. Ti'n gweld, mae'r Darian yn cynnal pop quiz a... wel—"

"Be mae Mr Stooge yn drio ddeud, Vina," medda fi, gan bwyso ar draws y cownter i godi braich y Technics i fyny o'r copi mono o albym cynta The Who (rhag ofn i'r nodwydd Ortofon 2M blue rwygo rhych ychwanegol a'i niweidio), "ydi fod o dy angen di ar ei dîm yn y cwis pop er mwyn iddo ennill y jacpot sydd, ar hyn o bryd, yn... be ydi o, Stooge?"

"Naw can punt."

"Ac, wrth gwrs, falla fod ein Yncl Stooge annwyl yn arbenigwr ar The Who a'r Pretty Things a Hendrix a'r Stones… ond, yn anffodus iddo fo, gynted ti allan o'r saithdega mae Stooge druan ar goll yn y jyngl bop."

"Wel, dim cweit *ar goll*, Len, achos mae—"

"Mae o'n meddwl mai rhyw fath o aftershave ydi Nirvana, pafin ydi dubstep tra bod Orchestral Manoeuvres in the Dark yn gynllun dieflig gan NASA i dwyllo'r Kremlin fod 'na gerddorfa fygythiol mewn orbit rownd y ddaear yn barod i bledu Moscow efo concertos."

"Ti 'di bod yn practisio honna, yn do?" medda Stooge. Mae o'n troi at Vina eto. "Be o'n i am ddeud," medda Stooge, gan daflu clawr sengl 7" Y Pelydrau ata i fel ffrisbi, "oedd fod croeso i ti ymuno â'r tîm un noson i weld os fedran ni ennill y jacpot."

"Er 'mod i wedi dwyn o'r siop?" medda Vina â gwên eironig.

"Wel," medda Stooge, "ti'n gwbod. Falla 'mod i wedi gneud camgymeriad. Fel oedd Len yn deud, oedd hi'n dywyll, doedd 'na ddim CCTV… ac i fod yn berffaith onast, o'n i wedi cael cwpwl o beints o seidar Mornant Farm."

"Chwech, i fod yn fanwl gywir," medda fi.

"Wel, *wyth*, i fod yn *fwy* manwl gywir," medda Stooge.

Mae Vina'n gwenu. Gwên go iawn tro yma.

"Iawn," medda hi. "Ond mi oedd Leni'n sôn rwbath am… *job* hefyd?"

Mae Stooge yn edrych arna i'n amheus. Wedyn ar Vina. Wedyn arna i. Wedyn yn ôl ar Vina. Wedyn ar y bocs o senglau label gwyn sydd newydd gyrraedd.

Dubstep. Trance. Garage.

Geiriau sy'n iaith estron i Stooge. Mae o'n clirio ei wddw.

"Pnawnia Llun a Mercher? Un tan chwech? Thirty quid y dydd?"

"Sixty quid?" medda Vina, gan droi ei thrwyn. "O'n i wedi gobeithio ca'l mwy i fod yn onast."

"Take it or leave it, lyf," medda Stooge. "Fel ti'n gweld, tydi'r siop ddim cweit dan ei sang efo cwsmeriaid."

"Ia, ond, Stooge," medda fi, "ti angen rhywun sy'n gwbod ei stwff efo records fel rhein, yn dwyt? Records newydd. A be am y disgo?"

"Disgo?" medda Vina. "Be ydi 'disgo'?"

"Jîsys," medda Stooge dan ei wynt wrth y to, "yn sydyn dwi'n teimlo'n uffernol o hen."

"Mae disgo fel rave," medda fi. "Ond efo gwell cyfarwyddiada a chydig llai o blismyn."

"Ti'n dda efo desg sain a turntables?" gofynna Stooge i Vina.

"Yndw," medda hi, gan godi ei gwar a mabwysiadu acen Americanaidd. "Sure thing, bro!"

"Grêt," medda Stooge, "mi biga i chi fyny yn y fan heno am chwech."

"*Ni*?" gofynnaf.

"Pam?" medda Stooge. "Sgen ti rwbath gwell i'w neud?"

"Wel… na. Ond—"

"Ffantastic. Felly gei di ddangos y rôps i Vina."

Am y tro cynta mae yna olwg bryderus ar wyneb y ferch.

"Ond fydd raid i mi gael rywun i edrach ar ôl Mam a ma hyn braidd yn fyr rybudd a—"

"Chwech," medda Stooge yn bendant. "A dwi am fynd â cwpwl o'r records 'ma o Wlad Belg efo fi. Fydd Dixieland ddim yn gwbod be fydd wedi hitio nhw."

Southfork

Mae hyn yn beth twp i'w wneud. Dwi'n ymwybodol o hynny. Twp, twp, twp. Twp dros ben. Falla un o'r petha mwya twp i mi ei wneud erioed. Pam ei wneud o felly?

Cariad.

Neu, yn hytrach, Cariad obsesiynol. Y math o Gariad obsesiynol sy'n troi person normal, cymedrol, call a phwyllog yn rhyw fath o Godzilla echrydus sy'n dinistrio bob dim o'i gwmpas gan sgrechian a bloeddio a bwyta Datsuns.

Peth stiwpid ydi ffonio.

Ddyla 'mod i wedi dysgu fy ngwers erbyn hyn.

"Hermione?"

"Pwy sy 'na?"

"Ti'n iawn?"

"O, ffor God's sêc, Leni!"

"Sori, Hermione, dwi'n gwbod bod chdi wedi—"

"*Tania.*"

"Tania?"

"Ia. Doedd Recs ddim yn licio'r enw Hermione. Dyna oedd enw ei drydedd wraig. Ti wedi bod yn yfad, Leni? Mae dy lais di yn... wel... yn *od.*"

"Cwpwl o beints."

"O be? Smirnoff? Lle wyt ti?"

"Gesha."

"Dwi'm yn y mŵd am gêms, Leni. Mae'n ben blwydd Recs heno a 'dan ni'n cael parti yn y tŷ."

"Felly dwi'n gweld."

"Be ti'n feddwl 'felly ti'n gweld'? Lle wyt ti?"

"Yn cuddiad tu ôl i'r rhododendrons wrth ymyl y giât."

"O, ffor ffyc's sêc!"

"Ti'n gneud uffar o gamgymeriad yn priodi'r boi Recs Watcyn 'na, Lleucu."

"*Tania*!"

"Beth bynnag. Y pwynt ydi, dwi wedi gneud dipyn o waith ymchwil a dwi wedi clywad fod gynno fo lot o ddyledion ers i'r hits stopio ac mae o wedi gneud sawl gelyn allan yn America – dyna pam mae 'na gymaint o security o gwmpas y giât reit siŵr – ond, heblaw hyn, wyt ti a fi yn—"

"Ddim byd, Leni! Wyt ti a fi yn *ddim byd*! Pryd ti'n mynd i ddallt hynna? Pryd ti'n mynd i ddrymio hynna i mewn i dy ben mawr twp? Leni… ti'n gwrando?"

"Yndw."

Ochenaid ar ochor arall y ffôn.

"Dos adra, Leni. 'Dan ni wedi gorffen yn y coleg rŵan. Mae'n amsar i fi, *a* chdi, symud mlaen. Ac mae pawb yn spredio bob math o storis am Recs ond maen nhw i gyd yn crap, ti'n dallt? Mae o'n ddyn da, Leni. Dyn caredig. A dwi'n 'i *garu* fo ac yn mynd i'w briodi fo, ocê? Felly *dos*. Os ffendith Recs chdi'n hongian o gwmpas y giât ffrynt eith o'n balistig! Mae gynno fo Dobermans. Ti'm yn licio cŵn, nagw't?"

"Nadw."

"*Felly dos adra*!"

"Ond be amdanan *ni*?"

"Sawl gwaith sy raid i mi ddeud?"

"Felly do's 'na ddim hyd yn oed sbarc o obaith?"

Mae Tania'n lladd yr alwad fel gwraig tŷ'n lladd pry a dwi'n slipio'r ffôn i boced ucha fy siaced ddenim.

Dwi'n gwahanu'r rhododendrons fel llenni ac yn sylwi ar y ceir swanc yn siffrwd ar hyd y cerrig mân sy'n arwain at giât otomatig cartre Recs Watcyn yng ngogledd Caerdydd. Daimlers, Rolls-Royces, Bentleys, BMWs a Range Rovers. Mae yna ddau ŵr mewn siwts a shades yn gwarchod y fynedfa ac mae eu hwynebau mor galed a difynegiant â Chadair Idris. Pam y diogelwch llym? Falla fod y storis 'na o America'n wir. Wedi i'r hits ddod i ben dros nos, roedd bywyd yn medru bod yn anodd i gynhyrchydd eitha adnabyddus fel Recs Watcyn. Ffrwyth fy ymchwil (colofnau byr yn y *Sun* a'r *Mirror*) oedd ei fod o wedi menthyg lot o arian gan bobol ddigon anghynnes yn LA ac wedyn wedi hedfan i Gymru heb dalu'r cyfan yn ôl. Wrth gwrs, doeddwn i ddim yn coelio bob dim roeddwn i'n ddarllen yn y tabloids, ond eto, mi *oedd* yr hits wedi stopio. Ac mi *oedd* yna lot o ddiogelwch am barti pen blwydd...

Roedd yn rhaid i mi achub Lleucu. Sori – *Tania*. Roedd yn rhaid i mi siarad sens â hi. Pum munud. Dyna'r cyfan oeddwn i angen. Pum munud i ddangos iddi mor wirion a swreal a bisâr – a pheryglus – oedd y sefyllfa.

Mae'r wal sy'n amgylchynu'r Southfork Cymreig yma'n uchel ond mae yna ambell dwll fan hyn a fan draw ac, i rywun cymharol denau a heini fel fi, ddylai ei dringo hi ddim bod yn rhy anodd. Y cyfan oedd raid i mi wneud oedd bod yn ofalus rhag ofn i'r ddau ŵr yn y siwts a'r shades fy ngweld. Felly, efo'r vodka yn fy ngwroli, dwi'n disgwyl tan mae'r ddau foi yn checio o dan Range Rover (am be? *Bom*?) cyn sleifio dros y wal mor sydyn ac mor slei â mwnci.

Twp.

Fedra i weld hynny rŵan, wrth gwrs.

Ond be fedrwch chi ddweud wrth ffŵl mewn cariad?

Mae'r ardd mor fawr â Wyoming. Unrhyw eiliad dwi'n hanner disgwyl gweld rhes o geffylau gwyllt yn rhedeg heibio.

Neu fyffalo.

Mae yna gerfluniau o gymeriadau o fytholeg Groeg yn rhythu arna i wrth i mi wibio'n anosgeiddig o un llwyn perffaith i'r llall ond – diolch byth – tydyn nhw ddim yn fy mradychu. Ymhen ychydig dwi'n gorffwys tu ôl i ffynhonnau addurnedig sy'n tasgu archau o ddŵr arian tuag at y sêr cyn iddyn nhw ddymchwel yn siomedig i bwll sydd – o be wela i, beth bynnag – yn llawn pysgod aur a phres.

Mae sŵn cyfarth rywle tu ôl i mi a dwi'n gweld siâp gŵr efo dau gi. Dau gi sy'n refio fel Lamborghinis o flaen golau coch. Dau gi sydd ddim yn fach a fasa ddim wedi mynd i'r coed efo esgid newydd am bob troed. Fasa rhein yn mynd i'r coed efo'ch braich neu'ch pen yn hongian rhwng eu dannedd.

Ydyn nhw wedi fy ngweld – neu fy synhwyro? Anodd dweud efo cŵn. Maen nhw fel creaduriaid hollwybodus o blaned arall ac mae yna lais cadarn yn nyfnderoedd fy ymennydd yn erfyn arna i beidio aros yn yr ardd yn rhy hir. Efo fy mhen i lawr, felly, dwi'n rhedeg fel commando ar hyd y gwair a thuag at y goron ddisglair o dŷ sydd yng nghanol yr ardd.

Dwi'n sylwi bod yna ddau weinydd ifanc mewn siwtiau pengwin allan ar y feranda ond, gan fod un yn rhuthro o gwmpas yn casglu gwydrau gwag o'r byrddau a'r llall yn tanio canhwyllau, dwi'n tybio eu bod nhw'n rhy brysur i sylwi ar fy nghysgod yn gwibio heibio fel ystlum ac yn setlo ar un o'r drysau Ffrengig ar ochor dywylla'r tŷ. Yn y pellter dwi'n clywed y giât otomatig yn agor a chau a sŵn y Dobermans yn cyfarth. Mae fy llaw ar handlen y drysau Ffrengig.

Dwi'n pwyso arni. Mae'n symud.

A dwi mewn.

Dwi'n ochneidio a chymryd swig o vodka o'r fflasg ym mhoced fy siaced ddenim. Mae fy nwylo'n crynu ac ychydig o'r vodka yn disgyn ar y carpad. Mae rhoi'r cap yn ôl mlaen yn anoddach nag arfer. Rhyfedd sut mae adrenalin yn lleihau effaith alcohol ar yr ymennydd. Erbyn hyn fel arfer, ar ôl hanner fflasg o Smirnoff, faswn i wedi bod fel pwdin reis ar y llawr yn chwdu ac yn desbryt am ddau Solpadeine Max yn siffrwd mewn dŵr. Ond heno dwi'n siarp. Dwi'n teimlo fel y baswn i'n medru yfed llond fflasg arall heb unrhyw effaith andwyol o gwbwl. Mae hyd yn oed fy ngolwg yn berffaith ac mewn ffocws. Fedra i weld 'mod i wedi cerdded i'r stafell snwcer, er enghraifft. A bod y lle'n wag. Diolch byth.

Mae yna fwrdd mawr efo'r peli wedi eu trefnu yn barod am gêm ac yn sgleinio o dan y goleuadau, yn union fel tasan ni yn y Crucible. Mae yna res o recordiau aur ar y wal (ond dim un diweddar) a lluniau o Recs Watcyn efo Leo Sayer, Neil Sedaka, Elton John a Linda Ronstadt. Nesa iddyn nhw mae yna gasgliad o giws snwcer wedi eu gosod ar y wal fel rhes o Winchester 73s.

Fedra i glywed sŵn parti yn y pellter – pedwarawd llinynnol (yn naturiol!) a chwerthin a siarad. Ar waelod y drws mae yna neidr denau o olau sy'n cael ei chwalu'n achlysurol gan gysgod traed wrth i rai o'r gwesteion neu'r gweinyddion basio ar hyd y coridor ar yr ochor arall.

Fedra i ddim helpu'r peth. Dwi'n camu draw at y bwrdd snwcer ac, efo'n llaw, dwi'n rholio'r bêl wen i ganol y clwstwr coch. Wrth iddyn nhw wasgaru â chyfres foddhaol o glics caled eifori yn erbyn eifori mae un yn rholio'n berffaith i'r boced yn y gornel dde uchaf.

"Yessssss!" Dwi'n codi fy nwrn fel Andy Murray.

Ond wedyn... sŵn traed – a tydi rhein ddim yn swnio fel traed gwesteion na gweinyddion rywsut. Mae'r traed yma'n swnio'n drwm a phwrpasol.

Ac maen nhw'n agosáu.

Dwi'n deifio o dan y bwrdd snwcer wrth i'r drws agor a gwelaf griw o ddynion yn dod i mewn.

Dwi'n cyfri chwech o sgidiau duon lledar, drud. Mae un pâr yn awyddus i fynd yn ôl at y drws ond mae'r ddau bâr arall yn ei rwystro.

"O na ti ddim, sunshine."

"Ond... hogia... Reg, Mick, plis, fedra i esbonio am y—"

"Dim i ni sy raid esbonio, Harri. Ond i Mr Watcyn. Mae o ar ei ffordd."

Mae'r traed nerfus yn bacio tuag at y drws eto ond mae'r ddau bâr arall yn eu tynnu'n ôl fel ci styfnig.

Mae'r drws yn agor ac mae yna bâr arall o sgidiau duon smart yn cerdded i mewn. Yn syth, mae'r chwe esgid arall yn sythu rywsut – fel sgidiau milwyr yn y fyddin pan mae'r Cyrnol yn dod i'r mess.

"Wel, wel, wel, Harri," meddai'r llais newydd, ei sgidiau'n cerdded rownd mewn cylchoedd bygythiol. "Dwi'n dallt fod 'na ryw broblam fach wedi bod?"

"Camddealltwriaeth, Mr Watcyn. Fedra i egluro bob dim, dach chi'n gweld—"

"Ti'n gwbod pa mor bwysig ydi'r fenter newydd yma i mi, yn dwyt, Harri?"

"Wrth gwrs, Mr Watcyn."

"O'n i'n dy drystio di."

"Ond gwrandwch, Mr Watcyn, y peth ydi—"

"Dwi mewn cadwyn, Harri. Ti'n dallt hynny? Mae'n rhaid i mi neud arian neu dydi'r person uwch fy mhen yn y gadwyn ddim yn cael ei arian. A coelia fi, Harri, tydi'r bobol uwch fy mhen ddim yn mynd i'r capal nac yn glên efo'u mamau. Mae yna bobol gas a chreulon yn y byd yma, Harri. A fel dwi'n deud, o'n i'n dy drystio di i helpu fi. Ond yn ddiweddar dwi wedi bod yn sylwi ar rywbeth anffodus iawn am dy ran di o'r fenter newydd yma, Harri. A ti'n gwbod be 'di hynny?"

"Nadw, Mr Watcyn."

"Dwi wedi sylwi fod dy ran di o'r fenter yn gwneud colled."

"Mae amsar yn galad, Mr Watcyn. Y wasgfa ariannol. Tydi pobol ddim yn medru fforddio petha."

"Ond eto, mae *rhai* pobol yn gwneud yn dda iawn, yn tydyn Harri?"

Mae sgidiau Harri'n trio bacio tuag at y drws eto.

"Dwi'm yn dallt, Mr Watcyn."

"Wel, gad i mi egluro. Mae *rhai* pobol wedi llwyddo i brynu ceir newydd. Be ydi o, Harri? Sylwais i arnat ti'n cyrraedd ynddo heno. BMW?"

"Ail-law, Mr Watcyn."

"Ac wedyn dwi'n sylwi fod *rhai* pobol yn medru fforddio adeiladu extension i'w tai."

Mae Harri'n trio chwerthin ond tydi o ddim yn taro deuddeg rywffordd.

"Y wraig, Mr Watcyn. Dach chi'n gweld, mi wnaeth ewythr iddi farw—"

"Trist iawn."

"Doeddan nhw ddim yn agos, Mr Watcyn."

"Ond, serch hynny, wnei di plis estyn fy nghydymdeimlad a 'nymuniadau gorau iddi ar yr adeg anodd yma? Mick, fedri di drefnu blodau a cherdyn fory?"

"Wrth gwrs, Mr Watcyn."

"Diolch, Mr Watcyn. Fydd Lowri'n siŵr o werthfawrogi hynna."

"Croeso, Harri. Wnaeth hi fwynhau ei gwyliau, gyda llaw? Y Bahamas, o be dwi'n ddallt."

Mae Harri'n trio chwerthin eto. Mae hyn fel gwylio fersiwn o *Goodfellas* wedi ei noddi gan gwmni Burberry. (O dan y bwrdd.)

"Wythnos mewn B&B rhad, Mr Watcyn. A' i byth yna eto."

"*Tair* wythnos glywis i, Harri. *Tair* wythnos yn y Beachside Plaza yn Nassau. Pump seren. Yr Executive Suite. Neis iawn. Dwi'n cofio mynd yna fy hun efo Lenny Kravitz unwaith. Mi faswn i'n licio medru fforddio mynd yn ôl un diwrnod, baswn wir. A ches i ddim hyd yn oed gerdyn post. Trist iawn."

"Y loteri, Mr Watcyn. Scratch card. Dyna ddigwyddodd. Fydda i ddim yn eu prynu nhw'n amal ond, wel, o'n i yn y garij a dyma fi'n prynu un a... wel... 'nes i ennill, Mr Watcyn."

"Lwcus. I ddeud y gwir, rwyt ti wedi bod yn lwcus iawn yn ddiweddar, yn do? Yr arian 'na gan ewythr Lowri, wedyn y scratch card. Ond ti'n gwbod be, Harri? Mae dy lwc di newydd ddod i ben."

"Sori, Mr Watcyn, ond—"

Mae traed Recs Watcyn yn agosáu at Harri a dwi'n dyfalu ei fod wedi cydio yng ngholer ei grys a'i dynnu tuag ato.

"Ti'n meddwl 'mod i'n ffŵl, Harri?"

"Nadw, Mr Watcyn," medda Harri, ei lais yn denau ac yn wan.

Dwi'n dychmygu dwylo Recs Watcyn yn cau am ei wddw fel crafangau aderyn dieflig.

"Ti'n meddwl mai gêm ydi hyn? Ti'n gwbod yn iawn fod raid i'r fenter yma weithio neu fyddan ni i gyd i lawr shit ffycin creek! Nid jyst fi, Harri, ond chdi, Reg, Mick... pawb! Ti'n dallt? Mis, Harri. Dyna faint sgen i i dalu'r arian yn ôl, a dyma chdi yn *cymyd y ffycin piss*!"

"Tydw i ddim yn cymyd y piss, Mr Watcyn."

"Mick," medda Recs Watcyn.

Mae sgidiau Mick yn camu mlaen.

"Ia, Mr Watcyn?"

"Cer i nôl y Magnum o'r ddesg."

"Mr Watcyn," medda Harri, yn haws i'w ddeall rŵan bod

Recs Watcyn wedi gollwng ei afael ar ei wddw. "Plis! Peidiwch â'n saethu i! Dwi'n wirioneddol sori am be sydd wedi digwydd a—"

"Dy *saethu* di?" medda Recs Watcyn, gan smalio ei fod o wedi synnu clywed y fath syniad. "Braidd yn felodramatig, Harri! Wrth gwrs 'mod i ddim am dy saethu di."

"Diolch, Mr Watcyn—"

"Sgen ti unrhyw syniad pa mor ddrud ydi bwledi ar gyfer y .44 Magnum Colt Anaconda? Dau gant o ddoleri gan fy nghontact yn New Jersey. Ddim yn rhad, Harri – er, ar ôl deud hynny, efo dy lwc di ar y scratch cards yn ddiweddar dwi'n siŵr fasa ti'n medru fforddio saethu Magnums drwy'r dydd!"

Mae Mick a Reg yn chwerthin. Ac mae Harri'n trio ymuno yn yr hwyl hefyd. Wedyn mae o'n pesychu a cheisio swnio'n ddifrifol.

"Wneith hyn ddim digwydd eto, Mr Watcyn," medda fo. "Dwi'n gaddo. Ar fy marw."

"Diar o diar," medda Recs Watcyn, "yr holl sôn yma am farw. Ti mor angladdol, Harri." Dwi'n clywed sŵn siambr y Magnum yn cael ei rholio'n fygythiol. "Na, tydw i ddim am dy saethu di efo'r Magnum. Y cyfan dwi am neud ydi rhannu gwers 'nes i orfod ei dysgu fy hun yn LA ychydig cyn i mi adael. A dyma hi—"

Mae yna glec afiach wrth i'r Magnum daro talcen Harri. Mae o'n disgyn i'r llawr ac, am y tro cynta, dwi'n gweld ei wyneb. Dyn yn ei dridegau cynnar, fawr o wallt ar ôl, trwyn bocsiwr a – rŵan – briw newydd sbon ar ei dalcen a'r gwaed yn pistyllio allan ar hyd y carpad. Mae Harri'n agor ei lygaid a 'ngweld i'n cuddio o dan y bwrdd snwcer. Mae o'n agor ei geg i siarad. Mae o'n anelu ei fys tuag ata i.

Ond wedyn mae dwylo mawr Reg, neu Mick (mae'n amhosib dweud), yn ei godi a'i lusgo fel sach ar draws y llawr.

"O dan y bwrdd..." medda Harri.

"Be mae o'n ddeud, Reg?"

"*O dan y bwrdd*, Mr Watcyn. Dwi'n meddwl fod o wedi drysu."

"Ti'n gwbod be i wneud efo fo. Dos â fo i'r llawr isa a... wel... dysga'r wers eitha iddo am deyrngarwch, parch a chyfrifoldeb."

"Â phleser, Mr Watcyn."

"O, a Reg?"

"Ia, Mr Watcyn?"

"Well i ti fynd ag un o'r ciws snwcer yma efo ti. Er mwyn pwysleisio ambell... *bwynt*."

Dwi'n clywed un o'r ciws yn cael ei dynnu oddi ar y wal a'i daflu at Reg.

"Wrth gwrs, Mr Watcyn. Tyd, Harri—"

"Na, na, plis, Mr Watcyn... *Na, na, na*—"

Mae traed Harri druan yn cicio ac yn strancio wrth iddyn nhw gael eu llusgo tuag at y drws. Ond wedyn mae llais Recs Watcyn i'w glywed.

"Reg, be ti'n neud? Nid trwy'r tŷ! Y parti! Mae gen i westeion, y ffŵl! Tydw i ddim isho cynhyrfu neb. Dos â fo drwy'r ardd."

Mae Recs Watcyn yn agor y drysau Ffrengig ac mae traed Harri'n cael eu llusgo tuag atyn nhw.

"Dan y bwrdd," medda fo, dan brotest, "dan y bwrdd!"

"Be mae o'n ddeud?"

"Dan y bwrdd, Mr Watcyn," medda Mick. "Falla fod y Magnum 'na wedi gneud rwbath i'w frên o."

"*Pa* frên?"

Mae Recs Watcyn a Mick yn chwerthin wrth i'r drysau Ffrengig gau. Dwi'n clywed sgidiau Harri'n cicio'r cerrig mân tu allan...

... ac wedyn yn diflannu.

"Well i ni fynd yn ôl, Mick," medda Recs Watcyn ar ôl ychydig eiliadau, "neu fydd Tania a phawb arall yn siŵr o ddechra chwilio amdanan ni."

Mae dau bâr o sgidiau'n cerdded tuag at y drws. Ond wedyn mae un pâr – pâr Mick, dwi'n meddwl – yn stopio.

"Be sy?"

"Y peli, Mr Watcyn. Ar y bwrdd snwcer. Mae rhywun wedi'u distyrbio nhw."

"Un o'r gwesteion falla?"

"Na, Mr Watcyn. Wnaethoch chi ofyn i mi a Reg gloi'r drws i'r stafell snwcer oherwydd y busnas 'ma efo Harri."

"Ond pwy fasa wedi chwalu'r peli ta?"

Dan y bwrdd mae fy nghalon yn pwmpio'n wyllt. Mae un rhan o fy ymennydd yn erfyn arna i i ruthro allan oddi tan y bwrdd, at y drysau Ffrengig a rhedeg ar draws yr ardd, neidio dros y wal ac allan i ryddid gogledd Caerdydd. Ond mae'r rhan arall o fy ymennydd yn erfyn arna i i aros yn llonydd. Mae sgidiau Recs Watcyn yn cerdded rownd mewn cylch. Wedyn maen nhw'n stopio.

"Mick?"

"Ia, Mr Watcyn?"

"Wyt ti'n cofio beth ddudodd Harri cyn iddo fo ein gadael ni?"

"Yndw, Mr Watcyn," medda Mick gan besychu ac adrodd y llinellau fel plisman mewn llys, "'Na, na, plis, Mr Watcyn... *Na, na, na*—' Neu rwbath fel'na."

"*Cyn* hynny, y ffŵl."

"O. Ym..."

"*Dan y bwrdd,*" medda Recs Watcyn.

A dyna pryd dwi'n gweld wynebau Recs Watcyn a Mick am y tro cynta. Maen nhw wedi plygu i lawr i weld beth sydd 'dan y bwrdd'. A'r ateb ydi, wrth gwrs...

... fi.

Mae dwylo Mick yn cydio yn fy ngwallt, fy llusgo allan a 'nghodi ar fy nhraed.

"Wel, wel, wel," medda Recs Watcyn, gan redeg ei fys ar hyd fy siaced ddenim mewn diflastod. "Mae'n amlwg fod rhai ohonon ni wedi anwybyddu'r dress code. Tei ddu a siwt. Dyna oedd ar y gwahoddiadau, yn de Mick? Nid hen siaced denim, jîns a… be ydi rheina ar dy draed?"

"Converses," medda fi.

Mae Recs Watcyn yn tynnu gwyneb fel tasa rhywun newydd basio plât o sardîns pythefnos oed o dan ei drwyn.

"A be sydd ar dy restr?" medda Recs Watcyn wrth iddo fo ddechra cerdded rownd y bwrdd snwcer.

"Pa restr?"

Mae Recs Watcyn yn codi'r bêl wen a'i dal yn fygythiol yn ei law.

"Pa restr?" medda fo. "Wel, gad i mi egluro. Y tro dwytha i ni ddarganfod llipryn blêr fatha chdi yn y tŷ yma mi oedd o wedi cael ei yrru yr holl ffordd o LA ac mi wnaethon ni ddarganfod rhestr yn ei boced. Rhestr oedd yn cynnwys fy Rembrandt, fy Hockney, fy Ferrari coch, fy nghasgliad o fodrwyon diamwnt, manylion fy mhrif gyfrif banc yn Geneva, fy siwt o Meyer & Mortimer yn Sackville Street a… be arall, Mick?"

"Y *tâp*, Mr Watcyn."

"O ia. Diolch am fy atgoffa, Mick. Tâp chwarter modfedd gwreiddiol o ddechra'r chwedega wnaeth gostio ffortiwn i mi ei ffeindio. Ond, o'r diwedd, diolch i un o fy hen gontacts yn Motown, ges i hyd iddo mewn warws yn Detroit. Y master copy o un o hoff recordia Tania – 'Please Be My Baby' gan ryw ŵr o'r enw Tiny Morton."

Mae fy ngheg yn disgyn at fy mhengliniau.

"'Please Be My Baby'?" medda fi, fel taswn i mewn breuddwyd.

"Ia," medda Recs Watcyn. "Dim byd sbesial. Ryw foi o Alabama, yn ôl pob sôn. Sgin i ddim cliw be ddigwyddodd iddo, ond ta waeth, mae'n debyg fod hon yn un o ffefrynnau Tania ers iddi ei chlywed ar gasét tra oedd hi yn y coleg felly, fel anrheg ben blwydd, mi wnes i benderfynu cael hyd i'r tâp gwreiddiol."

"Tydw i ddim o LA a does gen i ddim rhestr."

"Ia, wel, dyna ddudodd y boi arall hefyd, ym...?"

"Leni."

"Wel, gwranda, *Leni*, ti'n ŵr ifanc. Wel, cymharol ifanc, beth bynnag. Mae gen ti dy fywyd cyfan o dy flaen. Deuda wrthyn nhw yn LA fod yr arian ar y ffordd a bod y fenter newydd yn gweithio ac os neith petha gario mlaen mae'r bos yn Sardinia wedi gaddo fydd 'na fenter fwy llewyrchus ar y ffordd o fewn mis ac wedyn fydd dy fosys yn LA yn cael eu harian 'nôl. Ti'n dallt?"

Dwi'n ysgwyd fy mhen fel plentyn pedair oed.

"Nadw. Wir i chi, Mr Watcyn. Does gen i ddim rhestr a dwi erioed wedi bod yn America."

Yn sydyn mae'r drws yn agor ac mae Tania'n sefyll yno. Efo'r golau tu ôl iddi mae'n edrych fel angel.

"Cariad!" medda Recs Watcyn, gan wenu'n ffals a rhuthro tuag ati a cheisio ei harwain allan i'r coridor. "Be sy'n bod? Ydi'r gwesteion yn iawn?"

Ond mae Tania'n osgoi ei fraich a throi tuag ata i.

"Leni? Be ti'n da yma?"

Mae'r wên yn diflannu o wyneb Recs Watcyn. Mae ei fraich yn disgyn yn ôl i'w ochor.

"Ti'n ei *nabod* o?"

"Yndw. Leni. Leni Tiwdor. Oedd o yn y coleg efo fi. Oeddan ni'n arfer byw efo'n gilydd."

Mae Recs Watcyn yn edrych arna i â chryn anghrediniaeth.

"Ti? A... *fo?*"

"Ia. Mae Leni'n arbenigwr ar ffilm. A miwsig. Dyna lle glywis i Tiny Morton am y tro cynta. Yn de, Leni?"

"Ia," medda fi. Mae hi mor brydferth ag erioed. Mwy prydferth, os ydi hynny'n bosib.

"Felly," medda Recs Watcyn, "tydi o *ddim* wedi cael ei yrru o LA gan Morgenstern, a tydi o *ddim* wedi dod yma efo rhestr?"

"Ond pam mae o yma ta?" medda Mick.

"Cwestiwn da," medda Recs Watcyn, gan ddod ata i a phrocio ei fys yn fy mron. "Pam *wyt* ti yma?"

"Wel… ym—"

"*Gad o*, Recs," medda Tania'n sydyn, gan ddod rhyngtho ni a fy arwain i ffwrdd i ben arall y stafell. "Mae'n siŵr fod 'na eglurhad hollol gall." Mae hi'n chwerthin fel actores. "Os dwi'n cofio Leni, falla fod o wedi cael gormod i yfed neu rwbath. Gad i mi gael gair efo fo."

Mae Tania'n fy ngwthio i'r gornel ac i ymyl arth wedi stwffio. Mae ei gwên arwynebol yn diflannu mewn fflach ac mae'n sibrwd yn ddifrifol.

"Be ffwc ti'n neud, Leni?"

"Sori. O'n i jyst isho dy weld ti a—"

"*Anghofia* fi, Leni. Ti'n dallt?"

"Felly dyma be ti isho, ia? Tŷ crand. Ceir. Rembrandts? Rembrandts fedar o ddim eu fforddio bellach!"

"'Dio ddim o dy fusnas di be dwi isho, ocê? Y peth pwysig rŵan ydi dy fod ti'n mynd o 'ma cyn i—"

"Cyn i dy gariad drefnu i mi dreulio pythefnos yn intensive care?"

"Mae'n rhaid i ti *adael*, Leni," medda Tania rhwng ei dannedd.

Dwi'n ocheneidio a throi i fynd.

"Iawn, ocê. Mi a' i rŵan."

Ond mae Tania'n cydio yndda i a 'nhroi tuag ati. Mae ei llais yn fwy difrifol byth.

"Na, ti ddim yn dallt. Mae'n rhaid i ti adael Caerdydd."

"Be?"

"Dyna'r peth gora, Leni. Os na wnei di, fyddi di'n gneud hyn eto, fy haslo i efo tecsts a gneud petha gwirion fatha dringo dros y wal a – dyna be wnes di, ia? Dringo dros y wal?"

"Ia."

"Ffendia rwla i fynd. Rwla newydd. Rwla lle fedri di ddechra eto. Dyna be mae Recs wedi gorfod neud. Oedd gen ti ryw anti yn byw yn rwla, yn doedd? Ryw dre fach glan môr yn ymyl Aber?"

"Anti Maj. Ym Mhontelfyn."

"Perffaith."

"Ond mae o fwy fel pentra na thre! Do's 'na ddim byd yno."

"A does 'na ddim byd *yma* i ti chwaith, Leni. Dos. Er mwyn y ddau ohonan ni."

Mae Recs Watcyn yn dod aton ni.

"Problem, cariad?"

"Na," medda Tania, gan gynnig ei gwên actores eto, "bob dim yn iawn. Mae Leni'n gadael rŵan." Mae Tania'n cerdded at y drws. "Fyddi di'n hir, Recs? Mae'r gwesteion isho gweld y gacen."

"Fydda i yna rŵan, cariad."

Mae Tania'n gwenu arno. Mae'n troi i edrych arna i cyn agor y drws. Daw sŵn cerddoriaeth o bell am eiliad neu ddwy ond wedyn mae Tania'n camu i'r coridor a chau'r drws tu ôl iddi.

"Dwi ddim isho dy weld di eto, Leni. Ti'n dallt?"

"Yndw, Mr Watcyn."

"Mae Caerdydd yn lle bach. Dwi fel CCTV. Dwi'n gweld bob dim. Felly g'na ffafr â ti dy hun, Leni – diflanna. 'Dan ni'n dallt ein gilydd?"

Dwi'n llyncu poer a nodio fy mhen.

Mae Recs Watcyn yn nodio 'nôl.

"O'n i'n licio rhei o'ch records chi," medda fi.

"O? Pa rei?"

"Y rhei cynnar. 'Wish Bomb' gan y Supremes. A'r trac 'na naethoch chi efo Prince."

"'I Could Be Your Lover'?"

Dwi'n nodio eto.

Mae Recs yn nodio eto hefyd. Mae golwg eitha trist yn taro ei wyneb fel cysgod fwltur.

"Dyddia da. Pump rhif 1 ar Billboard. Ond maen nhw drosodd rŵan." Wedyn mae o'n camu 'nôl ac yn hanner troi. "Reit, gwranda, Leni, dwi am neud ffafr â chdi, ocê? Dwi'n mynd i agor y drysau Ffrengig a ti'n mynd i gerdded allan a mynd at y giât. Wneith rhywun dy gyfarfod di yna a dy dywys di allan. Ar ôl hynny, dwi byth isho dy weld di eto. Iawn?"

"Iawn."

Mae o'n agor y drysau Ffrengig a dwi'n cerdded allan i'r ardd. Mae persawr y blodau'n fy nharo. Yn y pellter dwi'n clywed y gerddoriaeth eto a sisial y peiriannau dyfrio wrth iddyn nhw daflu bwâu arian ar draws y lawntydd. Mae Recs Watcyn yn edrych arna i am eiliad cyn cau'r drysau.

Dwi'n dechra cerdded i gyfeiriad y giât. Mae hi tua dau gan llath o 'mlaen i ac mi fedra i weld gŵr mewn siwt yn derbyn galwad ar ei walkie-talkie. Yn amlwg, mae Recs Watcyn – neu Mick, reit siŵr – wedi ei rybuddio fy mod i ar y ffordd er mwyn iddo gadw golwg arna i.

Mae geiriau Tania a Recs Watcyn yn dechra suddo i fy ymennydd. Mae'n rhaid i mi adael Caerdydd. Ond i le a' i? Pontelfyn? Dydw i heb weld Anti Maj ers i mi aros efo hi pan o'n i'n ddeg oed pan aeth Mam a Dad am wyliau i Florida (i drio achub eu priodas). Fasa hi'n fy nghofio? Faswn i'n ei hadnabod? Oedd hi'n dal yn *fyw*?

Erbyn hyn mae'r Converses yn crensian ar draws y cerrig mân. I'r dde mae yna Lamborghini melyn. I'r chwith, Bentley du.

Ac yn syth o 'mlaen, Ferrari coch efo plât â'r rhif RECS 1.

Felly dyma ni. Dyma sut mae Cariad yn gorffen. Nid efo ffanffêr nac unrhyw fath o seremoni urddasol. Mae Cariad yn gorffen efo un person yn aros mewn Cariad – ac yn cerdded ar ei ben ei hun ar draws y cerrig mân yng nghanol nos i gyfeiriad y giât sy'n arwain at…

… Pont-ffycin-elfyn?

O bellter daw sŵn y gwesteion yn canu 'Pen blwydd hapus i ti, pen blwydd hapus i ti. Pen blwydd hapus, Recs Watcyn. Pen blwydd hapus i ti.' Mae yna floedd orfoleddus yn llongyfarch Recs Watcyn ar lwyddo i chwythu'r canhwyllau i gyd ac wedyn mae'r gerddoriaeth yn ailddechra wrth i rywun chwarae 'Wish Bomb' ar y peiriant CD. O fy mlaen i mae'r gŵr wrth ymyl y giât yn cael neges arall ar y walkie-talkie.

Erbyn hyn dwi tua canllath i ffwrdd. Dwi'n edrych dros fy ysgwydd.

Does neb tu ôl i mi.

Does 'na ddim camerâu diogelwch.

Dwi'n estyn goriad fy fflat a'i ddal yn dynn rhwng fy mys a 'mawd. Wedyn dwi'n gwthio'r min i baent coch y Ferrari a'i wasgu ar hyd ochor y car, gan adael llinell hir, hyll a chwbwl weladwy. Mae o'n teimlo'n dda.

Fel llusgo pen ffelt du ar hyd Rembrandt.

Dixieland

"Wel?" medda Stooge, gan wthio drysau'r hen neuadd ar agor a cherdded i mewn fel brenin. "Dyma ni yn y Dixieland. Be ti'n feddwl, Vina? A bydda'n onast."

Mae Vina'n edrych o'i chwmpas. Ar y ffenestri â phlanciau pren wedi'u hoelio ar eu traws. Ar y to sy'n debyg i Bafiliwn yr Eisteddfod (nes i chi sylwi mai gwe pryfaid cop sy'n hongian i lawr fel cynfas).

"Pa mor onast wyt ti isho i mi fod, Stooge?"

Ond mae Stooge yn ei fyd bach ei hun. Mae o'n cerdded draw at y llwyfan ym mhen pella'r stafell a sgrialu i fyny'n ddiurddas (does 'na'm grisiau bellach).

"Erstalwm," medda fo, gan wichian dipyn, rwbio ei gefn a symud y cadeiriau i gefn y llwyfan er mwyn rhoi un ar ben y llall, "hwn oedd *y* lle ym Mhontelfyn."

"Tydi hynna ddim yn deud lot," medda Vina o dan ei gwynt. Mae hi'n edrych arna i oddi tan y cap pêl-fas ac yn gwenu'n slei.

"Y *Dixieland*!" medda Stooge yn ddramatig. Mae o'n estyn ei freichiau a thaflu'i ben yn ôl fel Judy Garland ar lwyfan y Palladium. "Cartre'r sêr!"

Wedyn mae o'n cael pwl o besychu.

"Ti'n siriys, Stooge?" gofynna Vina. "Yr unig sêr fan hyn ydi'r rheini ti'n weld drwy'r twll 'na'n y to!"

Mae Stooge yn edrych ar y twll.

"Damia! 'Dan nhw dal heb drwsio hwnna? Atgoffa fi i ffonio Mr Wallinger o'r cownsil peth cynta bora Llun."

Mae Stooge yn troi ata i.

"Hei, Leni, ti'n cofio i mi sôn am y tro nath Steve Marriott chwara yma?"

"Sawl tro," medda fi.

Mae Vina'n gwenu eto wrth fy ngweld yn troi fy llygaid.

"Dwi'n 'i gofio fo fel tasa fo'n ddoe," medda Stooge, mewn breuddwyd eto. "Roedd Marriott a'r bois ar y ffordd yn ôl o daith fach o gwmpas Iwerddon ac yn awyddus i ffeindio gig er mwyn gneud dipyn bach o bres cyn mynd 'nôl i Lundain. O'n i'n helpu allan yn y lle 'ma efo sain a ballu a dyma fi'n cael galwad gan y bos. Wel, wnes i gyfarfod Steve a'i fand o'r fferi, eu rhoid nhw mewn stafall yn y Grand drws nesa – oedd o dal yn gorad pryd hynny – a rhoi'r gair ar led fod Steve Marriott, gynt o'r Small Faces ac un o sêr mwya'r wlad, yn chwarae am un noson yn unig yn y Dixieland ym Mhontelfyn! Oedd y lle'n *orlawn*! Pedwar cant o bobol yma. Mwy, reit siŵr – oedd 'na neb yn cyfri. Doedd 'na'm blydi health and safety i boeni amdan dyddia hynny – oedd bob dim yn fwy rhydd. Ar ddiwedd y noson ges i beint efo Steve Marriott a nath o arwyddo fy nghopi mono i o *Ogdens' Nut Gone Flake*. Mae hi'n dal gen i heddiw – werth tua pum can punt. Ond tydi hi ddim ar werth, wrth gwrs."

"Wrth gwrs," medda Vina'n sarcastig. Mae'n amlwg i mi fod hi erioed wedi clywed am Steve Marriott na'r Small Faces. "Felly pwy arall ddoth yma ta, Stooge?"

"Man."

"Pwy?"

"Amen Corner."

"Amen be?"

"Budgie, Osibisa, Druid, Kippington Lodge, Skip Bifferty, Egg, The Syn a Hergest efo Disgo Dei Tomos."

"Waw," medda Vina'n wawdlyd, "dwi'n synnu fod y National Trust heb osod plac ar y lle."

"A finna hefyd," medda Stooge, wedi ei blesio gan ymateb Vina a heb synhwyro unrhyw fath o eironi. "Dwi wedi sôn wrth Mr Wallinger am y peth sawl tro ond tydi o byth yn gwrando. I ddeud y gwir, mae o isho tynnu'r hen le 'ma i lawr."

"Felly be ddigwyddodd, Stooge?" gofynna Vina, yn ymwybodol falla fod Stooge yn caru'r lle ac yn teimlo'n euog am gymryd y piss. "Be ddigwyddodd i'r Dixieland?"

"Y byd," medda Stooge fel actor Shakespearaidd o'r llwyfan. "Dyna be ddigwyddodd. Y byd sy'n troi ac yn newid! Y byd sy'n cicio'r hen ffyrdd yn y bôls! Y byd sydd fel tanc yn fflatnio 'nhre i! Y byd sy'n fud ac yn fyddar! Y byd sydd fel yr ifanc, ddim ond yn poeni am heddiw a rŵan! Y byd! Dyna be ffycin ddigwyddodd!"

Mae yna seibiant. Mae 'ffycin ddigwyddodd' yn adleisio ar hyd y waliau fel pêl dennis.

Yn y pellter, sŵn y môr.

"Reit," medda Vina ar ôl ychydig eiliadau. Mae hi'n edrych arna i a chodi ei haeliau.

"Wel," medda fi o dan fy ngwynt. "Mi *'nes* di ofyn."

Oedd, mi oedd Steve Marriott wedi chwarae y Dixieland. Un noson yn 1975, pan oedd Stooge yn 16 a'i fryd ar fod yn impresario mawr yn y byd roc, fel Bill Graham neu Peter Grant. Y tro cynta i mi helpu Stooge efo'i Ddisgo Finyl yn y Dixieland mi aeth â fi'n syth i'r stafell wisgo yn y cefn lle roedd Steve Marriott wedi crafu ei enw yn y plastar efo sgriwdreifar ar ôl ei noson lwyddiannus yn y clwb. Mi oedd yna lot o enwau eraill wedi eu hychwanegu yn ystod oes euraidd y Dixieland ond, tra bod enwau'r 'sêr' eraill (chwaraewr bas Osibisa, er enghraifft, neu ddrymiwr Skip Bifferty) wedi toddi i'w gilydd fel rhyw fath o furlun chweched dosbarth, roedd Stooge wedi sicrhau bod ffrâm fach yn cael ei chreu o gwmpas crafiad sanctaidd ei arwr, Steve Marriott.

Mae'n siŵr fod y crafiad hanesyddol yn dal yna ond, y dyddiau hyn, doedd hi ddim yn bosib i ni checio oherwydd roedd Mr Wallinger o'r cownsil wedi dweud bod llawr y stafell honno wedi pydru. Felly, am fod arian yn brin a phetha lot pwysicach i'w gwarchod a'u hachub, am y tro roedd y stafell wisgo wedi ei chloi y tu ôl i ddrws dur efo 'DANGER KEEP OUT / PERYGL CADWCH ALLAN' wedi ei sgwennu arno mewn llythrennau mawr duon.

Erbyn hyn roedd y Dixieland fel rhyw fath o forfil diymadferth oedd wedi neidio o'r môr a chael ei adael ar ben y clogwyn drws nesa i sgerbwd yr hen Grand Hotel. Roedd gwylanod y cownsil – o dan arweiniad Mr Wallinger – yn cylchdroi a glanio'n nerfus bob hyn a hyn i weld os oedd o'n dal yn fyw. Ond mi fasa ambell ddigwyddiad yn peri iddo chwifio ei asgell yn herfeiddiol, gan wasgaru'r gwylanod a chadw'r lle'n fyw am ychydig bach mwy.

A beth oedd y digwyddiadau yma? Wel, yn ôl Anti Maj, digwyddiadau fel sesiwn chwist a bingo'r WI bob nos Fercher a chyfarfodydd misol Clwb yr Henoed o dan arweiniad y Parch. Elis Carneddi-Jones.

Ac wedyn roedd Disgo Finyl Stooge, wrth gwrs.

Mi oedd Disgo Stooge (yn hwyrach y daeth yr ychwanegiad 'finyl'– fel protest yn erbyn tuedd troellwyr i ddefnyddio cryno-ddisgiau ac, yn waeth byth, yr iPod) wedi bod yn weddol llewyrchus i ddechra. Mi fasa minibysys a cheir yn teithio o'r Bermo ac Aberystwyth yn llawn myfyrwyr, loners a geeks (er nad oedd y term 'geeks' wedi cael ei ddyfeisio pryd hynny). Ar ddiwedd y saithdegau a dechra'r wythdegau – pan oedd Disgo Stooge ar ei anterth – doedd 'na ddim sôn am Sky Plus, yr internet, Spotify, radio digidol nac iTunes, a'r unig ffordd o glywed miwsig da ac, yn bwysicach byth, i gyfarfod bechgyn a merched â diddordab tebyg mewn clywed miwsig da oedd i fynd i un o'r disgos bach oedd yn cael eu cynnal yn neuaddau ac ysgolion y fro. Hon oedd oes euraidd y disgo symudol ac, adeg hynny, roedd yna gannoedd o ddisgos teithiol Saesneg yn cyflwyno recordiau o'r siartiau gan Boney M a Shakatak (yn niwl y goleuadau a'r peiriannau mwg diweddara) a disgos Cymraeg mwy cyntefig yn chwarae recordiau bandiau fel Edward H a Shwn (ac, os oeddach chi'n lwcus, band byw semi-pro oedd wedi ymddangos ar *Twndish* neu *Sêr*).

Bod yn wahanol i weddill y praidd. Dyna oedd y sialens i unrhyw droellwr. Tra oedd rhai'n canolbwyntio ar y dechnoleg, gan fuddsoddi cannoedd o bunnoedd mewn goleuadau neu seinyddion pwerus, roedd eraill – fel Stooge er enghraifft – yn canolbwyntio ar y gerddoriaeth. Doedd ganddo ddim diddordab mewn gwthio ei hun fel 'DJ' – doedd o erioed wedi breuddwydio am fod ar Radio 1 a chael mwydro a malu cachu ar yr awyr efo Simon Bates a Peter Powell.

Roc. Dyna oedd Stooge yn ei garu. A fawr ddim byd arall.

Roedd o mewn cariad â'r gerddoriaeth yma ers iddo glywed Eddie Cochran yn canu 'Summertime Blues' pan oedd o'n chwech. Felly, rŵan, dyna oedd y math o gerddoriaeth roedd o'n chwarae yn y disgo. Anghofiwch Boney M, Black Lace a Racey. Yn Disgo Stooge roeddach chi'n fwy tebygol o glywed Black Sabbath, Led Zeppelin, Yes, Grateful Dead a Pink Floyd. Beth oedd ots os oedd 'Free Bird' gan Lynyrd Skynyrd yn para dros ddeg munud? Mi oedd Stooge yn chwarae'r gân yn ei chyfanrwydd. A rhan gynta 'Thick as a Brick' gan Jethro Tull (ugain munud). Ac ochor un *Tubular Bells* (pum munud ar hugain). Doedd Stooge ddim yn cysylltu'r gair 'disgo' â 'dawnsio'. Ychydig iawn o ddawnsio oedd yn digwydd yn Disgo Stooge. Na, roedd pawb yn hapus yn eistedd ar y llawr yn yfed caniau o Bass a Guinness, a smocio joints, wrth wrando ar ochor tri *Tales from Topographic Oceans* (deunaw munud) yn toddi'n esmwyth i ochor pedwar (un funud ar hugain). Dyma nefoedd Stooge. Cael rhannu ei hoff recordiau efo tua chant o bobol (weithia cant a *hanner*), pobol oedd yn rhannu ei egwyddorion cerddorol.

Ond, wrth gwrs, mae pob oes aur yn dod i ben. Be ddigwyddodd? Punk? Cryno-ddisgiau? Y cownsil yn poeni am ganabis? Ia, hyn i gyd. Ond y prif beth oedd y ffaith fod pobol yn priodi. Yn cael plant. Yn cael swyddi. Yn gwylio'r teledu bob nos. Yn gwerthu hen recordiau. Yn colli diddordab yn y bandiau newydd. Yn prynu slipars. Yn gwylio *Strictly*. Yn troi dros nos i fod yn deidiau a neiniau.

Dyna ddigwyddodd. Rŵan, Stooge oedd yr unig geek a loner ar ôl.

Wel, bron.

Awr yn ddiweddarach ac mae Vina a fi'n helpu gwagio'r fan efo Stooge pan mae yna lais main yn dod o'r tywyllwch.

"Hei, Stooge, tisho pâr arall o ddwylo?"

Mae Stooge yn troi yng nghefn y fan. Mae o wedi adnabod y llais yn syth, wrth gwrs, ac wrth weld Hecs, ei ffan mwya, yn ymddangos o'r tywyllwch mewn parka a sbectols pot jam mae o'n gwenu ac yn gollwng bocs o weiars yr uchelseinyddion.

"Hei, Hecs, man," medda fo, gan ei gofleidio fel brawd colledig. "Neis dy weld di, man. Ti 'di dŵad â'r criw efo chdi heno?"

Mae o'n taro Hecs ar ei gefn cyn ei ryddhau.

Mae Hecs yn edrych braidd yn anghyfforddus – un ai o ganlyniad i gael ei wasgu mor galed gan Stooge neu, fel dwi'n ofni, oherwydd rhyw fath o amharodrwydd i dorri newyddion drwg.

"Wel… y peth ydi, Stooge…"

"Paid â sôn," medda Stooge yn flin. Mae o'n estyn ei law i'w dawelu cyn codi'r bocs o weiars a'i basio i mi. "Fedra i ddychmygu. Rwbath ar y teli. Y plant adra o'r brifysgol. Y gath yn sâl. Y car yn y garij am service."

"Rwbath fel'na," medda Hecs.

"Felly faint o'r criw sydd efo chdi heno?"

"Wel… dim lot."

"*Faint*, Hecs?"

Mae Hecs yn sbio arna i. Mae o'n llyncu ei boer. Mae o'n sbio ar Stooge eto.

"Neb."

"Neb?"

"Sori, Stooge, 'nes i drio ond—"

"Ia, dwi'n gwbod. Dwi wedi clywad yr esgusodion i gyd o'r blaen. Ffycin hel, Hecs, dwi'n dallt na nid dy fai di ydi o, ond os fydd petha'n cario mlaen fel hyn fydd Wallinger yn rwbio'i ddwylo. Ti'n gwbod fod o wedi bod yn trio cau'r blydi lle 'ma ers oes a dyma'r union beth sy'n mynd i helpu ei achos yn y cyfarfod cownsil nesa. Os na 'di'r lle'n cael ei ddefnyddio ac yn…" Mae o'n troi ata i. "Be ddudodd o tro blaen, Leni? Ti'n cofio?"

"Gwasanaethu'r gymuned," medda fi.

"Ia," medda Stooge, gan ailgydio yn ei araith wrth droi yn ôl at Hecs, "os na fydd y Dixieland yn cael ei ddefnyddio, ac os na 'di'r lle'n *gwasanaethu'r gymuned* ddylai o gael ei gau a'i ddymchwel. Ti'n gwbod be mae o isho neud efo'r lle 'ma, yn dwyt? Dweda 'tha fo, Leni."

"Adeiladu gwersyll," medda fi.

"Gwersyll," medda Stooge, gan droi yn ôl at Hecs a phoeri fel tasa fo'n air anweddus. "Chalets a pyllau nofio a McDonalds a KFC! Dwi wedi gweld y cynlluniau i lawr yn dre. Mae Wallinger isho chwalu'r hen Grand drws nesa hefyd er mwyn dod â Pontelfyn i'r unfed ganrif ar hugain, neu rhyw rwtsh tebyg!"

"'Sai'n biti colli'r lle 'ma," medda Hecs yn drist. "Yn basa, Meg?"

"Basa," meddai'r ferch sydd newydd ymddangos wrth ochor Hecs. Mae hi'n gwisgo parka hefyd – a phâr o sbectols pot jam. (Pwy ar y ddaear fasa'n trystio'r ddau yma i yrru mini-bys?)

"Haia Meg," medda Stooge yn chwithig.

"Haia Stooge," medda Meg.

Y rheswm dros chwithdod Stooge oedd iddo fo a Meg gael snog hir a thanbaid yn y coridor llychlyd tu allan i'r hen stafell wisgo yn y Disgo Finyl dwytha… heb i Hecs wbod. Ar y pryd (fel y cyffesodd Stooge yn dawel i mi dros beint cyn cwis pop y Darian) mi gafodd ei ddrysu'n lân gan angerdd annisgwyl Meg. Doedd hi erioed wedi dangos unrhyw fath o gariad tuag ato'n y gorffennol. Roedd o isho clywed fy marn gan fy mod i, ym marn Stooge o leia, yn debygol o ddallt mwy am ferched a'u ffyrdd dirgel. Ar y pryd, mae'n rhaid i mi gyfadda 'mod innau hefyd wedi cael fy synnu gan ymddygiad Meg. Doeddwn i ddim yn ei hadnabod yn dda. I ddweud y gwir, dim ond yn ystod pum ymweliad â'r Dixieland yng nghwmni Stooge roeddwn i wedi ei chyfarfod (a hyd yn oed wedyn doedd hi ddim wedi fy nharo fel merch sy'n debygol o danio unrhyw sefyllfa efo grym ei phersonoliaeth).

"Ond pam fasa rhywun yn bihafio fel'na?" medda Stooge, gan astudio'i beint o seidar yn y Darian fel tasa 'na ryw fath o arbrawf gwyddonol diddorol – ond cwbwl ddiniwed – yn digwydd ynddo. "Un funud o'n i'n fflicio trw'r bocs recordiau i drio ffeindio dipyn bach o King Crimson, a'r peth nesa oedd wyneb Meg yn fy snogio fel rhyw fath o gi defaid cynhyrfus! Wna i byth ddallt merched, Leni. Maen nhw fel cemeg neu algebra mor belled â dwi'n y cwestiwn. A be os fasa Hecs yn ffeindio allan? Heb y criw 'dan ni'n ffycd!"

Wrth i Stooge sipian ei seidar a cheisio datrys rhyfeddodau tragwyddol y psyche benywaidd, dwi'n cael ysbrydoliaeth.

"Pa record oedd yn chwarae gen ti ar y pryd, Stooge?"

"Record? 'And You and I' gan Yes. Y fersiwn byw o *Yessongs*. Un o'r caneuon serch gora erioed a—"

"Ia, dwi'n gwbod, Stooge," medda fi, gan geisio osgoi darlith arall ar Ardderchogrwydd Cerddoriaeth 'Prog' Brydeinig 1971–1974. "Ti'n chwara hi jyst cyn diwedd y noson bob tro. A be sy'n digwydd bob tro yn ystod y gân yma?"

"Be ti'n feddwl?"

"Mae Hecs yn mynd i lawr y coridor ac mae Meg yn ei

ddilyn. Wedyn maen nhw'n cael snog fach breifat heb i neb weld – er fod 'na fawr neb o gwmpas i'w gweld beth bynnag."

"Ia," medda Stooge, "ond dwi'n dal ddim yn dallt."

"Yr wythnos pan wnaeth hyn ddigwydd," medda fi, "wyt ti'n cofio rwbath od am Meg?"

"Dim mwy nag arfer."

"Ti'n siŵr?"

"Wnaeth hi faglu dros y micsar."

"A cerdded i mewn i'r wal a brifo'i thrwyn."

"Do, a wedyn gafodd hi sgwrs efo'r drych yn y foyer am hannar munud gan feddwl mai Hecs oedd o."

"Ydi petha'n dechra gneud mwy o sens i chdi rŵan?"

"*Sbectol*!" medda Stooge yn sydyn, ei wyneb mor llawn o eureka ag un Einstein ar ôl darganfod $E=mc^2$. "Roedd hi wedi bod at yr optegydd y pnawn hwnnw i gael pâr newydd o sbectols ond oedd hi wedi cael y rhai anghywir."

"Bingo!"

"*Dyna* pam wnaeth hi fy snogio i! Oedd hi'n meddwl mai Hecs o'n i!"

"Yn hollol."

"Diolch byth am hynna," medda Stooge, gan lyncu ei seidar mewn un, taro'r gwydr ar y bwrdd a thorri gwynt. "O'n i'n meddwl am funud 'mod i mewn trwbwl."

Tu allan i'r Dixieland, mae Vina'n dod yn ôl i'r fan am fwy o gêr.

"O," medda Stooge, yn falch o gael esgus i rwygo'r tensiwn mae o'n ei deimlo yng nghwmni Meg, "dwi heb gyflwyno aelod diweddara'r tîm, yn naddo? Hecs a Meg, dyma Vina. Vina?"

Ond mae Vina'n ei anwybyddu. Mae hi'n canu rhywbeth

o dan ei gwynt – rhywbeth sydd ddim yn swnio fel Jefferson Airplane na Frank Zappa na Jimi Hendrix – rhywbeth o'r siartiau, reit siŵr. Dubstep neu brostep. Rhywbeth dydi Hecs na Meg na Stooge (na fi!) wedi ei glywed o'r blaen.

"*Vina*," medda Stooge eto.

Ond mae'r ferch yn cario mlaen i ganu'n hapus fel tasa hi mewn byd bach ei hun wrth iddi afael mewn neidr hir o geblau o gefn y fan. Mae Stooge yn edrych yn desbryt rŵan. Ydi o wedi gwneud neu ddweud rhywbeth i'w hypsetio hi? Dydi o byth yn dallt genod. Dydi genod byth yr un peth o un funud i'r llall. Mae dwy lygad pot jam Meg yn syllu arno. Mae Stooge yn llyncu ei boer a thapio Vina ar ei hysgwydd.

"Hei, Vina."

"Blydi hel, Stooge," medda hi, gan neidio yn ôl fel merch newydd gael ei deffro'n sydyn, "be ffwc ti'n drio neud?"

Mae'n tynnu ei chlustffonau a gadael iddyn nhw hongian rownd ei gwddw. Wrth gwrs: iPod.

"Deuda 'helo' wrth Hecs a Meg," medda Stooge. "Maen nhw wedi bod yn dŵad i'r Disgo Finyl ers y cychwyn bron."

"Wicked," medda Vina, gan nodio atyn nhw.

"Ia," medda Hecs yn ansicr, fel tasa fo erioed wedi clywed y gair yn y cyd-destun yma o'r blaen.

Mae o a Meg wedi eu hypnoteiddio, bron, gan glustffonau'r iPod sydd bellach yn hongian i lawr dros hwdi Vina.

"iPod," medda Meg â chyfuniad o anghrediniaeth ac arswyd.

"Ia," medda Vina, gan gamddehongli edrychiad Meg fel un cenfigennus. "Dim ond iPod shuffle. Dau gigabyte. Ail-law. Twenty quid. Bargen. Tisho go?"

Mae hi'n cynnig yr iPod ond, wrth iddi wneud, mae Meg a Hecs yn cydio'n ei gilydd a chamu'n ôl fel tasa Vina newydd gynnig tarantula byw o Peru iddyn nhw.

"Well i ti roi'r iPod yn ôl yn dy bocad," medda fi'n dawel yn ei chlust.

"Y?"

Dwi'n trio siarad heb symud fy ngwefusau.

"Gwi ddin yn ngheddwl hod Hecs a Eg yn licio icods."

"Ffrîcs," medda Vina o dan ei gwynt. Mae hi'n stwffio'r iPod yn ôl i'w phoced, ysgwyd ei phen, codi'r ceblau a cherddded yn ôl i neuadd y Dixieland.

Wrth iddi fynd mae Hecs a Meg yn camu mlaen yn ofalus fel dau ffermwr o ganol Arkansas sydd newydd brofi cyfarfyddiad agos efo creadur estron gwyrdd o bellteroedd y bydysawd. Maen nhw'n syllu ar y clustffonau'n chwifio fel teimlyddion – teimlyddion sydd, reit siŵr, mewn cysylltiad uniongyrchol â phlaned estron a pheryglus.

"Dwi erioed 'di gweld disgo fatha hyn o'r blaen. Jîsys, Leni! Mae o fel gwatchiad criw o zombis mewn angladd."

Wrth gwrs, mae Vina'n iawn. Erbyn hyn mae yna tua ugain zombi yn y disgo ac maen nhw i gyd yn sefyll yn berffaith llonydd â'u llygaid ar gau a'u breichiau wedi eu hymestyn o'u blaenau, fel tasan nhw i gyd mewn rhyw fath o gawod sonig. Ond sut mae esbonio'r ffenomen hon i Vina? Merch sydd heb syniad beth yw 'gatefold sleeve' na 'triple live set'? Sut dwi'n mynd i egluro pam mae pawb yn y disgo'n berffaith hapus i sefyll yng nghanol adfail llychlyd y Dixieland yn gwrando ar Deep Purple a'u fersiwn byw o

'Space Truckin" (ugain munud) o'r albwm *Made in Japan*? Yn y diwedd dwi'n penderfynu peidio boddran.

"Hei," medda fi, gan ei phwnio a gweiddi yn ei chlust, "ti'n ffansïo mynd allan am smôc?"

Mae hi'n troi ata i gan wenu a nodio. Efo organ Hammond Jon Lord a sgrech unigryw Ian Gillan yn bloeddio o'r seinydd dwi'n dilyn Vina allan o'r Dixieland i dywyllwch y nos.

"Dwi'm yn dallt pobol fel'na," medda Vina wrth rolio sigarét mor fain â matsian. "Os faswn i'n sefyll yn ganol y llawr ac yn dal fy mreichia allan a cau'n llygaid efo'r pobol dwi'n nabod, ti'n gwbod be 'sa'n digwydd?"

"Be?"

"'Sa rywun yn dwyn fy ffôn i."

"Reit."

Dwi'n sbio arni'n tanio'r rôli ac yn sugno'r mwg yn ddwfn i'w hysgyfaint. Mae'n ei ddal yna am eiliadau cyn ei ryddhau mewn rhaff hir, lwyd.

"Fydd dy fam yn iawn heno?"

"Bydd," medda hi, "dwi 'di deud fydda i'n ôl erbyn hannar nos. Mae'r ffôn gen i ond fydd hi'n cŵl. Ges i ddau bacad o Rothmans iddi cyn mynd. A potal o Smirnoff."

Seibiant. Yn y pellter, sŵn 'Space Truckin" fel jygernot grynj yn mynd mlaen a mlaen…

… a mlaen.

Ond erbyn hyn 'dan ni wedi cerdded i lawr tuag at y wal gerrig sy'n arwain at y clogwyn. Ddau gan troedfedd oddi tanon ni mae'r môr yn creu ei symffoni bolyffonig ei hun wrth iddo daro'i symbals yn erbyn y cerrig.

"Dwi 'di bod yn meddwl am y llun 'na," medda fi. "Y llun 'na oedd yn dy dŷ di y noson honno."

"So?"

"Wel," medda fi, "ti mor chilled am y peth. 'Sa fo'n fi 'swn i wedi mynd ati i ofyn cwestiyna a gneud ymholiada. Be fasa ti'n neud tasa ti'n ei weld o eto?"

"Ffyc off, Leni, ocê? 'Dio ddim o dy fusnas di."

Mae hi'n gwthio heibio a cherdded at y ffens sy'n gwarchod yr hen westy. Dwi'n penderfynu peidio gofyn mwy o gwestiynau. Mi oedd ganddi bwynt. Doedd o ddim byd i wneud â fi. Cadwa dy drwyn allan, Leni. Off limits.

Ar ôl ychydig dwi'n sylwi bod Vina wedi plygu i lawr a'i bod yn edrych trwy un o'r bylchau yn y planciau pren pydredig.

"Hei," medda hi ar ôl ychydig, "fedra i weld y drysau a'r ffenestri."

"Y Grand Hotel," medda fi, "hwnna oedd y lle erstalwm. Rolls-Royces a butlers a miloedd o boteli champagne."

Mae hi'n sythu. Troi rownd. Edrych arna i.

"Be ti'n feddwl o'r peth 'na oedd Stooge yn ddeud? Ti'n gwbod, am dynnu'r Dixieland a'r gwesty 'na i lawr ac adeiladu rhyw fath o wersyll ymwelwyr?"

"Dwi'm yn siŵr. 'Sai'n neis meddwl falla fod rhywun am achub y llefydd yma a—"

"*Achub*!" medda Vina, gan ysgwyd ei phen. "Ffyc's sêc, be ydi'r obsesiwn 'ma sgin pawb efo *achub* bob blydi peth?"

"Wel, ti'n gwbod, weithia mae'n neis i—"

"Be sy'n rong efo cnocio hen lefydd fel hyn i lawr a dechra eto? Y? Be sy mor sbesial am gadw petha sydd ddim werth eu hachub? Records, y Dixieland, y Grand blydi Hotel – gad nhw fynd, Leni. Ffycin hel. Wneith y byd ddim dŵad i ben heb records!"

"Falla," medda fi. "Ond mi fasa byd *rhei* pobol yn dod i ben."

"Cnocio'r lle i lawr," medda hi, gan blygu i sbecian drwy'r

bylchau yn y ffens unwaith eto. "Fasa camp newydd sbon yn creu llwyth o jobs a – *SHIT*!"

Mae Vina'n neidio yn ôl fel petai wedi cael sioc drydanol.

"Be sy?" gofynnaf, gan godi.

"Nath 'na rwbath neidio i fyny a... *Jîsys*! Oedd o fel... ysbryd! Ysbryd gwyn!"

Dwi'n plygu i lawr wrth ei hochor ac yn sbecian drwy'r bwlch. Y cyfan fedra i ei weld ydi llwyni, coed ac – yn y pellter, fel roedd Vina wedi crybwyll – hen ddrws ffrynt y Grand Hotel. Drws sydd erbyn hyn wedi ei orchuddio â phlanciau pren.

"Do's 'na'm byd yma," medda fi.

Dwi'n edrych ar ffenestri mawr du a digroeso'r hen westy, gan feddwl tybed beth sydd tu ôl iddyn nhw erbyn hyn. Ydi'r stafell ddawnsio ysblennydd yn dal yno? A'r chandeliers cywrain? Beth am y celfi – y cerfluniau a'r murluniau? Oes rhywun wedi eu hachub ta ydyn nhw wedi ildio i ymosodiadau'r môr a'r pryfaid... a'r lladron?

"Welish i rwbath," medda Vina, gan swnio'n ofnus am y tro cynta ers i mi ei chyfarfod. "Yn bendant. Ac mi oedd o'n crîpi."

"Ia, wel, mi oedd 'na sôn fod 'na ysbryd yn y Grand Hotel un tro. Ysbryd hen weinydd. Gweinydd oedd yn mynd ar hyd y coridors yn y nos efo cyllell ac yn—"

"Stopia, Leni!"

"Sori," medda fi, gan wenu a sbecian trwy'r bwlch unwaith eto jyst i checio am y tro ola, "ond doeddwn i ddim wedi sylweddoli dy fod ti ofn ysbrydion a—"

Wedyn, dwi'n ei weld o hefyd.

"Leni? Be sy? Be wyt ti wedi weld? Os ti'n cymyd y piss, Leni, dwi'n gaddo mi wna i—"

"Dwi ddim yn cymyd y piss." Dwi'n troi ati'n ddifrifol. "Oeddat ti'n iawn. *Mae* 'na rwbath yna."

"Ffyc!" Mae Vina'n camu'n ôl a phanicio. "Be?"

"Rwbath gwyn."

"Leni, dwi'n dy warnio di, reit?"

"Ond nid ysbryd. Cath. Tyd."

"Dwi'm yn mynd i ffycin nunlla!"

Dwi'n gwthio'r planc yn y ffens i un ochor i greu digon o le i ni.

"*Tyd*," medda fi, yn gadarn y tro hwn.

220

"Pws, pws, pws!"

Dwi'n plygu i lawr ac yn syllu i ganol y llwyni tywyll ar gyrion yr hen Grand Hotel, gan drio swnio mor ddymunol a diniwed â phosib ond, wrth gwrs, tydi cathod ddim yn wirion. Rywle, mae'n eistedd yn berffaith lonydd, gan berfformio'r tric cathod yna o sbio ar bobol – ac yn enwedig Leni Tiwdor – fel tasan nhw'n greaduriaid israddol, pathetig a thwp.

Ac mi ydan ni, wrth gwrs.

"Tyd, pws," medda fi, gan wthio mlaen yn erbyn y prysgwydd. Dwi'n siŵr 'mod i'n medru gweld siâp cath wen yn eistedd yn ddigynnwrf ychydig lathenni i ffwrdd, yng nghanol y llanast o ddrain, canghennau, dail a gwair. "Mae gen i ddarn o diwna fama i chdi," medda fi. "Mmm. Tiwna."

Dwi'n estyn fy mysedd a'u rhwbio ond wedyn dwi'n sylweddoli nad cath wen sydd yna ond bag plastig o Morrisons sydd rywsut neu'i gilydd wedi cael ei chwythu dros y ffens a'i garcharu gan grafangau miniog y drain.

"Ffyc!"

Dwi'n codi ar fy nhraed gan dynnu nodwyddau main a phigog o fy jîns, fy ngwallt a 'ngwyneb. Mae un o'r canghennau'n chwipio fy ngên a dwi'n dechra teimlo fel y marchog yn stori *Sleeping Beauty.*

"Ma'i 'di mynd," medda Vina. "Tyd, Leni, well i ni fynd hefyd. Mae'r lle yma'n rhoi'r crîps i fi."

"Dwi'm yn gadael heb y gath."

"Ond Leni—"

"Dyna hi!"

Lai na chanllath i ffwrdd, drwy len ddieflig y dail a'r drain, dwi'n gweld y gath wen yn neidio o'r llawr a glanio'n osgeiddig a diymdrech ar sil un o hen ffenestri'r Grand. Wedyn, ar ôl llyfu ei phawen am ychydig, mae hi'n diflannu drwy'r ffrâm – ffrâm sydd wedi ei dinoethi o wydr gan genedlaethau o hogiau drwg Pontelfyn a'u cerrig a'u peli pêl-droed.

"Shit!"

"Wel," medda Vina, "dyna ddiwedd ar y mil o bunnoedd. Tyd, awn ni."

Mae hi'n troi at lwybr *Sleeping Beauty* sy'n arwain yn ôl i'r bwlch yn y ffens ond mae fy llaw ar ei hysgwydd yn syth.

"Fedran ni ddal y gath 'ma ond mi fydd angan dau ohonan ni. Ro i gant o arian Lady Nolwen i chdi. Be ti'n ddeud?"

"Dwi'm yn licio llefydd crîpi efo ysbrydion a—"

"*Do's* 'na ddim ffycin ysbrydion, Vina! Be ti'n feddwl ydi hyn? Scooby ffycin Doo? Cym on, faint ydi dy oed di?"

"Falla fod 'na ddim ysbrydion," medda hi, "ond mae 'na *rywun* yna."

Dwi'n dilyn ei llygaid ac yn troi rownd. Doeddwn i heb sylwi ar yr hen fan lwyd tu ôl i'r ffynnon (ffynnon sydd wedi sychu a hanner diflannu o dan fantell dew o ddail eiddew).

"Be 'di'r ots?" medda fi, gan droi'n ôl at Vina. "Rhywun o'r cownsil, reit siŵr. Maen nhw'n checio'r lle 'ma'n amal rhag ofn fod yna dresmaswyr."

"Yn hollol, Leni! Tresmaswyr fel *ni*! Welis di'r arwydd 'na ar y giât wrth i ni basio heno – 'PREIFAT, CADWCH ALLAN. DIM TRESMASWYR'? Pa mor glir tisho fo?"

"Meddylia am y pres," medda fi. "Be am dy fam? Mae canpunt yn prynu lot o Rothmans."

Mae Vina'n stopio ac yn troi'n araf. Mae hi'n llyfu ei gwefusau. Mae hi'n edrych ar y fan. Wedyn yn ôl arna i.

"*Dau* gant."

"Cant a hannar."

"Cant saith deg."

"Deal."

"Iawn, Leni," medda hi, "ond os dwi'n gweld rhywun o'r cownsil dwi o 'ma, ti'n dallt?"

"Pum munud," medda fi. "Dwi'n gaddo."

"Waw." Mae Vina'n edrych o gwmpas y Regency Dining Room a'i Converses yn crensian dros y gwydr a'r cerrig mân. "Mae o fel bod ar y *Titanic*."

"Mewn mwy nag un ffordd."

Rhaid cyfadda fod y Grand mewn lot gwell nick nag oeddwn i'n ddisgwyl. O'r ffordd – neu i lawr yn y dre – yr unig beth sydd i'w weld ydi gweddillion brau'r tyrau Gothig yn sbecian dros y coed, ac mae'r rheini'n awgrymu adeilad sy'n prysur ddirywio. Ond, er i'r blynyddoedd ymosod ar yr hen westy – ac i rannau o'r to a'r tyrau gael eu waldio gan y tywydd a gan natur – mewn gwirionedd mae'r adeilad ei hun yn eitha cadarn a, tu mewn (oherwydd pelydrau rhamantaidd y lleuad falla), mae hi'n bosib gweld rhywfaint o'i ogoniant hanesyddol.

Mae'r Regency Dining Room yn enfawr, digon o le i tua 200 o bobol yn gyfforddus. Yn naturiol, mae'r lle wedi colli dipyn o'i sglein gwreiddiol. Mae'r paent ar y muriau wedi llwydo a chyrlio ac mae yna goeden fach yn tyfu yn y gornel bella tu ôl i'r piano. Ond mae'r chandeliers yn dal i hongian fel UFOs, tapestri anferthol o'r Mabinogi wedi dal ei dir dros y bar a byrddau wedi eu gosod yn daclus ar gyfer gwesteion â phlatiau, powlenni a chanhwyllau'n swatio o dan gynfas drwchus y gweoedd pry cop.

"Pws, pws, pws…"

Mae yna adlais yn perthyn i'r lle ac wrth i fi chwilio am y gath wen o dan y byrddau a'r cadeiriau mae'n swnio fel 'mod i'n edrych amdani mewn eglwys gadeiriol.

"Jyst meddylia pwy oedd yn ista fan hyn erstalwm," medda Vina, ei dychymyg yn tanio. "Lords a lêdis a phobol efo digon o bres. Be ddigwyddodd iddyn nhw i gyd?"

"O, maen nhw dal efo ni."

"Fanna," medda hi, gan anelu ei bys at y coridor lle mae cysgod y gath wen yn pasio i ddringo'r grisiau at y llawr cynta.

Mae'n Converses ni'n cracio'r gwydr ar lawr wrth i ni adael y Regency Dining Room.

"Pws, pws, pws! Lle wyt ti, pws?"

Mae yna hen ogla annifyr i'r coridor ac mae'r awyr yn llawn llwch.

"Pws, pws, pws," dwi'n galw, gan geisio llyncu fy mhoer ac yna sylweddoli bod 'na ddim poer ar ôl.

"Jyst meddylia, Leni," medda Vina, gan afael yn dynnach yn fy mraich wrth iddi dywyllu yn y coridor, "be sydd wedi digwydd tu ôl i'r drysa yma. Sbia, stafell 220. Be ddigwyddodd yn fanna ganrifoedd yn ôl, sgwn i? Sgandal? Neu rywun yn cael affêr?"

"Pws, pws, pws!"

Wrth ymyl yr hen lifft mae yna ffenest yn wynebu'r môr. Mae'r gwydr wedi hen ddiflannu ond mae'r llen yn dal yno. Mae'r deunydd tenau'n chwifio'n drist yn y gwynt ac, efo sŵn y tonnau ar waelod y clogwyn, mae'r Grand Hotel yn teimlo'n debycach byth i'r *Titanic.* Ai fy nychymyg i sydd wrthi eto, neu oes yna awyrgylch trasig yn perthyn i'r lle?

"Vina, be ti'n neud?!"

Mae hi wedi agor drws stafell 220 ac ar fin cerdded i mewn pan dwi'n ei stopio.

"O'n i jyst isho gweld be oedd yn y stafell—"

"*Gad* o!"

Yn yr eiliad cyn i mi gau'r drws dwi'n gweld gwely, cadair, bwrdd a jwg. Mae'r drws yn cau â chlec, y peth mwya swnllyd i ddigwydd yn y coridor ers degawdau, reit siŵr. Am eiliad mae fel petai'r Grand mewn sioc ac mae pob sŵn yn stopio… hyd yn oed *ssssssss* y môr a sgriffian taer y llen ger y lifft. Ond wedyn mae adlais y glec yn cael ei sugno i'r waliau fel hylif i dywod ac mae'r môr a'r llen i'w clywed eto.

"Ti mor sad," medda Vina gan ollwng fy mraich. "Y cwbwl o'n i isho neud oedd gweld y blydi stafell! Be oedd yn rong efo hynny?"

"Bydd dawel, 'nei di—"

"Ond na, mae Leni ffycin Tiwdor – y ditectif mawr – yn benderfynol o drio ffeindio rhyw ffycin gath wen er mwyn twyllo Lady…"

"Nolwen."

"Watefyr."

Mae hi'n gwenu'n ymosodol cyn camu'n agos ata i a phrocio'i bys yn fy mron.

"Ti'n gwbod be, Leni? Gei di fynd ar ei hôl hi ar ben dy hun, a ti'n gwbod rwbath arall? Gei di stwffio dy bres a dy ffycin job din efo'r disgo gwirion 'na a'r ffrîcs sy'n sefyll o gwmpas yn gwrando ar records yn lle dawnsio a—"

Yn sydyn, mae yna glec arall. Mae Vina'n anghofio'i chŵyn ac yn cydio yn fy mraich eto.

"Be oedd hwnna?"

"Y gwynt," medda fi. "Tyd. Pws, pws, p—"

Ond wedyn mae yna glec arall. Fel drws yn cael ei agor a'i gau i lawr yn y Regency Dining Room oddi tanom. Ac wedyn…

… lleisiau.

"Shit, Leni! Mae 'na rywun yma! Be tasan ni'n cael ein dal gan y cownsil a—"

Yn reddfol, dwi'n taro fy llaw am ei cheg.

"Nghngggghhh – ngggggnnnggg – nggg!" meddai.

"Ssssh!"

Y sŵn ola dwi'n disgwyl ei glywed ydi cloch fach y lifft. Mae'r rhif '1' yn goleuo a'r peiriant hynafol yn crynu wrth i'r pwlïau a'r rhaffau droi a thynhau.

"Mae 'na rywun yn dŵad i fyny yn y lifft," medda fi, gan ollwng fy llaw o geg Vina.

"Taw â sôn."

Dwi'n agor drws stafell 220 a gwthio Vina i mewn o 'mlaen.

"Leni, ti'n nyts! Be os fasan nhw'n ffeindio ni? 'Sa ni mewn mwy o drwbwl byth a fasan nhw'n—"

Mae'r lifft yn ysgwyd ac yn stopio. Mae'r drysau'n agor.

"Be maen nhw'n neud, Leni? 'Dan nhw ddim yn swnio fel dynion cownsil i mi!"

Trwy dwll y clo y cwbwl wela i ydi siapiau tri gŵr yn cario bocsys i stafell 227, dri drws i lawr ar ochor arall y coridor.

Weithia mae'r tri gŵr yn siarad ond mae'n anodd eu dallt am eu bod yn sibrwd ac yn mwmial gymaint. A gan bod Vina yn swnian a haslo…

"Maen nhw'n cario bocsys," medda fi, "sigaréts dwi'n meddwl."

"Gad mi weld!"

Mae hi'n fy ngwthio i un ochor a sbecian drwy'r twll.

"Hei," medda hi, "dwi'n nabod nhw! Ac mae gynno nhw lwyth o focsys Rothman a Marlboro. Blydi hel, Leni, mae 'na werth ffortiwn yn fanna!"

"Ti'n nabod nhw?!"

Dwi'n sbio trwy'r twll clo eto. Yn sicr, mae un o'r dynion yn gyfarwydd. Dwi'n siŵr 'mod i wedi ei weld o rwla o'r blaen, ac yn ddiweddar hefyd. Mae'n anodd bod yn bendant am ei bod hi mor dywyll ond faswn i'n taeru 'i fod o'n gwisgo sanau llachar melyn. Yn union fel…

"Mr Lane."

Dwi'n cofio'r sanau yn dod o'r BMW y noson honno ar stad Pen Rhiw pan oeddwn i ar ôl beic mab Mrs Hemmings. Y noson pan ymosododd dynion Mr Lane ar Melvin Twenti Pens.

"Yn hollol," medda Vina â phryder yn ei llais. Mae o fel taswn i wedi dweud enw rhywun erchyll fel Dracula neu Hannibal Lecter. Neu Jimmy Savile.

"Rhaid i ni fynd," meddai, gan dynnu llawes fy siaced ddenim, "mae Lane a'i griw yn beryg. Dwi 'di gweld be maen nhw wedi neud i bobol ar y stad – pobol sydd wedi'u croesi nhw. Dwi'n cofio un boi yn cael sgriwdreifar i fyny ei—"

"Ocê. Ocê. Dwi'm angan manylion."

"Leni, dwi'n siriys! Mae raid i ni—"

Mae hi'n dal i dynnu fy llawes fel plentyn mewn ffair ond dwi'n ei gwthio i ffwrdd ac yn sbio drwy'r twll clo eto.

"Perffaith," medda fi o dan fy ngwynt. "Maen nhw'n derbyn y ffags i lawr mewn ryw harbwr naturiol anghysbell – llong fach o Portugal falla, neu Iwerddon – wedyn maen nhw'n dŵad â nhw i rwla tawel, rwla lle fasa 'na neb yn ymyrryd â'r nwyddau. A lle gwell na'r hen Grand Hotel? Mae 'na lwybr yn arwain i fyny o'r môr hyd yn oed. Perffaith. Tan i'r cownsil gnocio'r lle i lawr, beth bynnag."

"Sut 'dan ni am fynd o 'ma?"

"Trwy'r drws."

"Ia, ffyni iawn, Leni. Ond o ddifri rŵan."

"Mi ydw i o ddifri. Mae Lane a'i griw newydd fynd i mewn i stafell 227. Ti'n barod?"

Mae Vina'n troi ei llygaid.

"Tro nesa mae rywun yn cynnig job i mi mewn siop records, atgoffa fi i ddeud 'dim diolch', wnei di?"

Dwi'n agor drws 220. Mae'r pren hynafol yn cracio fel gwn ac wedyn mae yna fflach o wyn fel mellten rhwng fy nghoesau.

"Y gath!" medda Vina, lot rhy uchel.

Dwi'n gafael ynddi, neidio yn ôl o'r coridor i mewn i stafell 220 a chau'r drws.

"Blydi hel, Vina! Be ti'n feddwl ti'n neud yn gweiddi fel'na?"

"Sori, Leni, ond… o'n i ddim yn disgwl y peth… a—"

"Maen nhw'n dŵad allan!"

Drwy dwll y clo dwi'n gweld siâp cyfarwydd (ac unigryw) Melvin Twenti Pens yn camu allan gyda bat pêl-fas yn ei ddwylo. Mae o'n gwthio heibio'r gŵr wrth y drws ac yn edrych i fyny ac i lawr y coridor. Dwi'n llyncu fy mhoer a thrio gyrru neges dawel i 'nghalon beidio â churo mor uchel. Wedyn, daw llais o stafell 227.

Llais Mr Lane.

"Beth sy?"

"Nothing, Mr Lane," medda Melvin Twenti Pens.

"Y gwynt, reit siŵr," medda Mr Lane. "Gora po gynta i ni symud yr operation o fan hyn. Dwi wedi deud ers oes fod o'n rhy risky."

Mae'r gath yn dod ata i a rhwbio ei ffwr gwyn yn fy erbyn. Hon oedd Saunders, y gath roeddwn i wedi ei gweld yn dod allan o gar Mr Lane. Yn amlwg, mae Saunders wedi fy adnabod innau hefyd fel rhywun sy'n berchen ar gath, oherwydd mae o'n dechra tyllu ei ewinedd miniog i fy jîns gan ganu grwndi mor uchel â lori ludw. Falla'i fod o'n medru ogleuo Bryn arna i.

"Dos, Saunders," medda fi o dan fy ngwynt.

"Saunders?" medda Vina. "Wyt ti'n nabod bob blydi cath yn Pontelfyn?"

"Dos â fo oddi wrtha i," medda fi, gan afael ynddo a'i godi er mwyn trio'i basio at Vina, "mae'r grwndi 'na'n uffernol o uchel!"

Wrth i Vina drio fy rhyddhau o afael Saunders dwi'n pwyso fy nghlust at y drws.

"You hear that?" medda Melvin Twenti Pens.

"Clywad be?" gofynna'i bartner.

"Like a… rumbling sound."

Tawelwch yn y coridor. Ond yn stafell 220 mae injan Saunders mor swnllyd â lori ludw.

"Sounds like some kind of…"

"Tryc?"

"Damn right," medda Melvin Twenti Pens. "And it's coming from room 220."

"Gad o, Mel. Jyst y gwynt ydi o. Tyd, gyntad 'dan ni 'di dod â'r batch nesa i mewn fedran ni fynd 'nôl i'r base a mynd adra."

Ac mi fasa hynny wedi bod yn grêt. Tasa Melvin Twenti Pens wedi gwrando ar ei bartner ac wedi troi'n ôl i stafell 227 a diflannu mi faswn i a Vina a Saunders wedi medru sleifio allan i'r coridor, mynd i lawr y grisiau (yn araf ac yn ofalus), rhedeg ar hyd y llwybr *Sleeping Beauty*, dringo trwy'r bwlch yn y ffens a chamu i mewn i'r Dixieland at wyneb hapus a chyfeillgar Stooge.

Ond dyna pryd mae Saunders yn penderfynu mai'r unig ffordd i osgoi cael ei dynnu oddi arna i gan Vina ydi suddo ei ddannedd i fy llaw.

"Aaaaaaaaa! Shit!"

Mae Mr Lane yn dod allan.

"Be oedd hynna?"

"Oedd o'n swnio fel rhywun yn gweiddi 'Aaaaaaaaa! Shit!', Mr Lane."

Mae Melvin Twenti Pens yn taro'r bat pêl-fas i mewn i'w law.

"Come on. Let's check it out."

"Reit, Vina," medda fi, gan drio anwybyddu Saunders, sydd erbyn hyn yn hongian oddi ar fy llaw fel Rolex cythreulig, "ti wedi clywad fi'n deud lot o weithia heno na ddylsan ni ildio i unrhyw fath o banig. Wel, rŵan dwi'n meddwl fod yr opsiwn hwnnw'n berffaith resymol. Helpa fi efo'r gwely."

Mae'r ddau ohonan ni'n rholio'r gwely yn erbyn y drws jyst mewn pryd i stopio Melvin Twenti Pens rhag ei agor.

"Hey! Who's in there?"

Mae o'n pwnio'r drws â'i ddwrn.

"*A'r* wordrob," medda fi.

Eto, mae'r ddau ohonan ni'n gwthio'r hen wordrob at y drws i'w ddiogelu.

"Reit," medda fi, "y ffenast."

"Ti ddim yn disgwl i mi fynd trwy'r ffenast, Leni? Ddim o ddifri? Mae 'na ugain troedfedd o ddrop!"

"Wel, mae croeso i ti agor y drws a trio rhesymu efo Melvin."

"Ma hyn yn stiwpid!"

"Dwi'n gwbod."

"A ti'n gwbod fod y gath 'na'n dal yn sownd i dy law di?"

"Yndw. Ac yndi, *mae* o'n brifo. Diolch am ofyn."

Tu ôl i mi mae Melvin Twenti Pens a Mr Lane a'r ddau arall dwi ddim yn eu hadnabod wrthi'n pwnio a gwthio yn erbyn y drws. Mae'r wordrob yn dechra shifftio.

"Vina, ti'n gweld y beipan 'na?"

"Y beipan *rydlyd* 'na ti'n feddwl?"

"Ia."

"Y beipan sydd ddim yn edrych yn saff?"

"Ia."

Erbyn hyn mae'r wordrob *a'r* gwely sydd yn erbyn y drws yn dechra symud ac mae llais Melvin Twenti Pens i'w glywed yn gweiddi ar yr ochor arall.

"Almost through. One more push. Come on!"

Mae Vina'n llyncu poer. Mae hi'n troi at y ffenest a'r beipan rydlyd tu allan.

"Leni, os dwi'n disgyn ac yn torri 'nghoes..."

Tydi deg troedfedd ar hugain ddim yn edrych yn lot pan dach chi'n sbio o'r llawr i fyny ond, o'r top i'r llawr, mae o fel edrych i lawr o ben yr Empire State.

"Fedra i ddim gneud hyn, Leni!"

"Mae raid i chdi! Jyst gafael yn y beipan a fyddi di'n iawn."

Mae'r haearn yn plicio fel papur yn fy nwylo ac yn disgyn i lawr fel plu. Hefyd, mae'r sgriws sy'n dal y beipan i'r wal yn dechra malu a dod i ffwrdd oddi ar y bachau (rhydlyd, wrth gwrs).

"Leni, mae'r beipan yn—"

"Dwi'n gwbod – *awwww*!"

Mae Saunders wedi penderfynu mai'r peth gorau i'w wneud mewn argyfwng fel hyn yw cydio â'i holl nerth (a'i holl grafangau) yn y peth agosa. Sef llaw Leni Tiwdor.

"Pam na 'nei di ollwng y gath?"

"Dwi'n trio!"

Uwchben dwi'n clywed sŵn drws 220 yn ildio. Wedyn mae wynebau Melvin Twenti Pens a Mr Lane yn y ffenest a golau tortsh yn torri fel cleddyf trwy'r hanner tywyllwch.

"Looks like… a girl and… some bloke in a denim jacket, Mr Lane. And… they've got Saunders!"

"Gad i mi weld!"

Wrth i Mr Lane gydio yn y tortsh a'i chwifio'n wyllt mae Vina a fi (a Saunders) yn neidio'r pum troedfedd ola ac yn rhedeg rownd at ffrynt y Grand Hotel.

"Welon nhw ni, ti'n meddwl?" medda Vina, allan o wynt.

"Dwi'm yn gwbod."

'Dan ni'n rhedeg ar hyd y llwybr *Sleeping Beauty* (heb boeni bellach am y drain na'r canghennau chwiplyd), trwy'r bwlch yn y ffens (heb boeni am y sblinters) ac i mewn i'r Dixieland a chlywed 'Space Truckin'' gan Deep Purple yn tynnu tua'r diwedd.

"Blydi hel, Stooge," medda fi, "o'n i'n gwbod fod hon yn gân hir ond ddim mor hir â *hynna*!"

"Ffyni. Oedd raid i mi roid hi mlaen eto i Hecs, yn doedd? Eniwe, anghofia blydi 'Space Truckin'', lle dach chi 'di bod? A

Vina, paid â meddwl am eiliad dy fod ti am gael dy dalu heno achos—" Mae Stooge yn sbio arna i'n od. "Leni? Ti'n gwbod fod 'na gath yn sownd i dy fraich di?"

"Stori hir."

"O, blydi hel," medda fo, gan sylwi bod 'na rywun newydd gerdded mewn trwy ddrws y neuadd, "pwy 'di rhein? Y peth dwytha dwi isho rŵan ydi trwbwl. Esgusoda fi, Leni."

Mae'r teimlad dwi'n gael yn fy mol wrth glywed Stooge yn dweud y geiriau 'pwy 'di rhein' a 'trwbwl' reit debyg i'r un roeddwn i'n ei gofio yn yr ysgol erstalwm pan o'n i wedi gwneud rhywbeth drwg a phan o'n i'n siŵr i'r prifathro fy ngweld.

"Shit!"

Dydi clywed Vina'n dweud hyn ddim yn helpu. Mae hi'n edrych dros fy ysgwydd i gyfeiriad y drws.

"Be sy?" gofynnaf.

"Maen nhw yma."

"Pwy?"

"Ant and Dec. Pwy ti'n feddwl? Nhw! Melvin, Mr Lane a'r ddau foi arall. Maen nhw'n holi Stooge. Maen nhw'n fflachio'r tortsh 'na rownd. Leni, be 'dan ni am neud?"

"Lawr fan hyn."

Tu ôl i'r uchelseinydd mae yna goridor cul sy'n mynd heibio'r hen stafell wisgo ac mae yna dwll bach yn y wal lle oedd yr oergell a chwpwrdd bach yn arfer bod. Dwi'n gwthio Vina i mewn a'i dilyn. Mae Saunders yn ailddechra canu grwndi fel Black & Decker.

"Ssssh!" medda fi, gan drio ffeindio'r botwm i'w ddiffodd.

Mae golau'r tortsh yn taro yn erbyn wal y coridor.

"Be sydd lawr fanna?"

Llais Mr Lane.

"Dim byd," medda Stooge. Mae o'n swnio'n eitha cŵl a difater, chwara teg. "Jyst hen goridor oedd yn arfer mynd i'r stafell wisgo. Ond mae honno wedi ei chau rŵan."

Mae Stooge yn camu i lawr y coridor ac yn taro'i ddwrn yn erbyn haearn y drws er mwyn tanlinellu'r pwynt. Dwi'n teimlo fel rhoi fy llaw dros geg Saunders i stopio'r canu grwndi ond dwi'n weddol siŵr y basa fo'n fy mrathu. I wneud petha'n waeth, yr eiliad honno mae 'Space Truckin'' yn gorffen – jyst pan oeddwn i angen iddi fynd mlaen am byth (am unwaith!).

"Be oedd y twrw 'na?"

"Deep Purple. 'Space Truckin''. O'r albym *Made in Japan* o 19—"

"Nid y record, yr idiot. Hwnna! Fatha ryw *prrrrrrrrrrrr*. Ti'n glywad o?"

Unwaith eto, mae perfformiad cŵl a difater Stooge yn haeddu BAFTA.

"Na. Dwi'm yn clywad dim byd."

"Mae o'n dŵad lawr o fanna yn rwla. Lawr y coridor."

"O," medda Stooge, gan ddechra chwerthin, "y TX150 ydi hwnna. Hen amp o Japan. Grêt ar gyfer finyl. Costio ffortiwn rŵan, wrth gwrs, oherwydd mae'r ffatri lle roeddan nhw'n gneud nhw yn Sapporo wedi hen gau. Dach chi isho gweld? Dewch, wna i ddangos i chi."

"Na," medda Mr Lane. "Sgin i ddim diddordab mewn ffycin amps. Anghofia fo."

Mae'r rhyddhad dwi'n deimlo wrth glywed Mr Lane yn dweud hyn yn gwneud i mi deimlo'n falch fod 'na'r fath bobol â geeks yn y byd. Lle fasan ni hebddan nhw? Lawr shit creek heb badl. *Dyna* lle.

"Be wnaethoch chi? Robio banc?"

Falla fod Stooge wedi actio'n cŵl efo Mr Lane ond rŵan ei fod o a Melvin Twenti Pens a'r ddau foi arall wedi gadael mae'n ddigon hawdd gweld ei fod o hefyd yn ymwybodol o bwy oedd o'n delio â nhw.

"Darius Lane oedd hwnna, Leni. Ti'n gwbod hynny, yn dwyt?" Mae Stooge yn pwyso tuag ata i a sibrwd. Mae o'n edrych dros ei ysgwydd. "Gangster."

"Ia, dwi'n gwbod."

"Mae o'n torri coesa pobol fel chdi a fi cyn brecwast. Be ti'n neud yn tynnu rhywun fatha Darius Lane i dy ben? A fedri di plis ga'l gwarad o'r blydi gath 'na, Leni? Ti'n gwbod 'mod i'n allergic i'r basdads."

"Mae hi'n styc."

Mae Stooge yn ysgwyd ei ben. Wedyn mae o'n tisian.

"Be ofynnodd o i chdi, Stooge?" gofynna Vina.

"Os oeddwn i wedi gweld boi mewn siaced ddenim a gwallt hir a merch mewn cap pêl-fas."

"Shit," medda Vina, "felly *nath* o'n gweld ni."

"'Swn i'n chi," medda Stooge, gan godi un o'r seinyddion a'i roi ar ei ysgwydd rŵan bod y disgo ar ben, "'swn i'n trefnu gwylia. Rywla pell. Moldova. Neu'r lleuad falla."

Wrth i Stooge fynd â'r seinydd o'r Dixieland ac i'r fan dwi'n eistedd ar ochor y llwyfan ac yn meddwl. Mae Vina'n eistedd hefyd. Mae hi'n gwenu'n wan. Dwi'n gwenu'n ôl yn wan.

"Paid â poeni," medda fi, gan fwytho Saunders (sy'n amlwg wedi penderfynu 'mod i'n well perchennog na Mr Darius Lane erbyn hyn).

"O na," medda Vina'n ysgafn. "Wna i ddim. Wedi'r cyfan, be 'di'r pwynt poeni pan mae Mr Lane ar dy ôl? Mr Lane sy'n taflu pobol i Lyn Tegid yng nghanol nos efo concrit rownd eu coesau."

"Nath o mo'n gweld ni," medda fi. "Roedd hi'n rhy dywyll."

"Be ddudodd Stooge jyst rŵan? Bod nhw wedi ein disgrifio ni fel boi mewn siaced ddenim a gwallt hir… a hogan mewn het bêl-fas? Mmm… swnio'n eitha cywir i mi!"

"Mae gen i siaced arall adra. A fedra i dorri fy ngwallt."

"Gwrandwch ar Mr Makeover!"

Mae Vina'n sleidio oddi ar y llwyfan ac yn gafael mewn torch o geblau. Wedyn, jyst cyn iddi fynd â nhw allan i'r fan, mae hi'n troi ata i.

"'I ladd o," medda hi.

"Sori?"

"Oeddach chdi'n gofyn be faswn i'n neud taswn i'n ffeindio fy nhad. Ti'n cofio? Y dyn yn y llun? Wel. Rŵan ti'n gwbod. 'I ladd o."

III

"Leni, ti'n siŵr fod ni'n y lle iawn?"

Dwi'n estyn y darn papur o 'mhoced a'i sythu.

"Wel, dyna be mae o'n ddeud. O'n i'n gwbod bod hi wedi symud yn ddiweddar, ond nid i fan hyn." Mae fy llawysgrifen braidd yn anodd i'w dallt – yn enwedig â'n llaw i yn ei chyflwr presennol – ond mae'r cyfeiriad wnes i gofnodi tra oeddwn i ar y ffôn yn dod yn gliriach wrth i mi sythu'r papur ar do'r Cadillac. "Bryn Eleri. Fflat 3."

"Leni, ti bron allan o betrol!"

"Dwi'n gwbod."

"Ocê! Jyst deud, dyna i gyd. Blydi hel!"

Dyma be oeddwn i wedi ei wneud y bore hwnnw:

Codi'n gynnar. Wel, cyn naw. Ac mi oedd hynny'n gynnar i mi.

Ffonio Vina i wneud yn siŵr ei bod hi wedi codi'n gynnar hefyd. (Fel mae'n digwydd, mi oedd hi braidd yn flin oherwydd roedd hi wedi bod ar ei thraed ers chwech yn gwneud brecwast – tôst, te a Rothmans – i'w mam ac, iddi hi, doedd naw ddim yn arbennig o gynnar.)

Dreifio draw i Ben Rhiw i gasglu Vina.

Dreifio draw i Pets at Home i brynu bocs i gario Saunde—sori, *Amadeus*, yn ôl at ei berchennog newydd.

Ffonio Lady Nolwen i gael ei chyfeiriad.

Roedd Bryn Eleri ar gyrion Pontelfyn yn fflatiau modern a chymharol foethus ar ddechra'r chwedegau ond, ers hynny, roedd yr elfennau – a'r perchennog (a ddiflannodd i Sbaen) – wedi sicrhau i'r lle gael ei gicio a'i ddyrnu fel cymeriad diniwed oedd wedi ei ddenu i lawr stryd dywyll gan gang o ladron. Dros gyfnod o ychydig llai na hanner canrif roedd y lladron yma wedi dwyn pob elfen ddymunol oedd yn perthyn i Fryn Eleri, gan adael cragen o goncrit a chwyn.

Tu allan i fflat 3 mae yna droli Tesco â'i olwynion yn yr awyr, bin heb ei wagio ers wythnosau, ci sy'n bwyta gweddillion ready meal…

… a Bentley.

O, a pengwin.

"Mr Tiwdor a Miss Parfitt," meddai'r pengwin, gan agosáu ac ymgrymu'n gwta, "mae Lady Nolwen yn eich disgwyl chi. Dilynwch fi, os gwelwch yn dda."

Mae o'n camu 'nôl, gan glicio ei sodlau'n filwrol a'n cyfeirio drwy ddrws fflat 3 â'i fraich estynedig. Mae Vina'n codi ei haeliau. Mae'n amlwg ei bod ar fin piso chwerthin, felly dwi'n ei phwnio'n siarp.

"Diolch," medda finnau wrth y pengwin, codi bocs Saunde— sori, *Amadeus*, a cherdded i mewn.

Mae Lady Nolwen yn eistedd rhwng dau lew anferth yng nghornel y stafell yn gwylio'r teledu.

"Mr Tiwdor a Miss Parfitt, Lady Nolwen," meddai'r pengwin.

"A, wrth gwrs," medda Lady Nolwen, gan ladd Andrew Marr efo'r remote control a sythu yn ei chadair. "Walters, y tecell os gwelwch yn dda."

"Ar unwaith, Lady Nolwen." Mae'r pengwin yn ymgrymu eto, clicio ei sodlau a cherdded i lawr y coridor cul i'r gegin.

"Dach chi'n eu hoffi nhw, Mr Tiwdor?"

"*Nhw*, Lady Nolwen?"

"Aneirin a Taliesin. Y llewod. Dwi'n sylwi eich bod yn syllu arnyn nhw."

O'r gegin mae sŵn dŵr yn taranu i'r tecell. Wedyn mae'r peipiau'n rhuo fel daeargryn.

"O diar," medda Lady Nolwen yn drist, "mae'n rhaid i mi ofyn i Walters gael hyd i blymar."

Mae Vina wedi codi ac yn mwytho carreg Aneirin. Mae'r llew tua'r un taldra â hi.

"Maen nhw mor cŵl," medda hi.

"Ond tydyn nhw, Miss Parfitt? Wyddoch chi eu bod nhw yn y teulu ers dros 100 mlynedd?"

"Ddylach chi fynd â nhw ar yr *Antiques Roadshow*, Lady N."

"Ia," medda hi dan ei gwynt, "falla fasa hynny'n syniad da ar hyn o bryd." Mae hi'n gwenu'n boléit ac yn troi at Vina eto. "Mi oedd Aneirin a Taliesin yn gwarchod Plas Siencyn, Miss Parfitt. Mi wnaeth y pumed Arglwydd Nolwen eu prynu tra oedd o allan yn yr India yn ystod oes Fictoria. Cafon nhw eu hallforio i Gymru a'u gosod wrth y grisiau oedd yn arwain at brif fynedfa'r Plas – un ar bob ochor."

"A wnaethon nhw job dda, Lady N?"

"*Nolwen*!" medda fi, gan gyfarth fel ci blin. "Lady *Nolwen*! Ti ddim yn siarad efo rapiwr!"

"Popeth yn iawn, Mr Tiwdor," medda Lady Nolwen, gan chwerthin yn ysgafn wrth wylio Vina'n edmygu'r llewod. "Do, mi wnaethon nhw eu gwaith yn hynod o effeithiol am sbel, Miss Parfitt. Dyna lle roedden nhw yn ystod y Rhyfel Byd Cynta yn sefyll yn gadarn i sicrhau na fyddai'r Kaiser a'i filwyr yn cerdded drwy ddrysau Plas Siencyn, ac wedyn fe wnaethon nhw'r un peth eto efo Hitler yn ystod yr Ail Ryfel Byd."

"Wicked."

"Pan oedd fy ngŵr, yr Arglwydd Nolwen, yn Nhŷ'r Arglwyddi yn ystod y chwedega mi oedd o'n frwd o blaid ymdrechion yr Americanwyr i atal Comiwnyddiaeth yn Fietnam. Wrth gwrs, mi oedd hyn yn daten boeth adeg hynny ac, un noson, mi neidiodd criw o brotestwyr dros wal Plas Siencyn a pheintio arwyddion ar y ffenestri a malu'r tŷ gwydr hanesyddol yn yr ardd ac – os sylwch chi, Miss Parfitt – mae un o glustiau Aneirin druan wedi ei difrodi. Welwch chi?"

Dwi a Vina'n plygu drosodd i edrych.

"O!" medda Vina, gan anwesu'r glust fel tasa hi'n perthyn i anifail o gig a gwaed. "Bechod!"

Mae Lady Nolwen yn gwenu'n drist – ond eto'n weddol foddhaus – wrth weld ymateb Vina.

"Oedd, mi oedd Aneirin a Taliesin yn llewod bach dewr, Miss Parfitt, ond, yn y diwedd, doedd hyd yn oed dau lew dewr ddim yn medru achub Plas Siencyn rhag grym y wasgfa ariannol."

"Te, Lady Nolwen," medda Walters, gan lithro i mewn mor dawel â chysgod a gosod hambwrdd arian o'n blaenau ac arno gwpanau, tebot a chacennau.

"A, bendigedig. Diolch, Walters."

Mae Walters yn clicio'i sodlau, ymgrymu a diflannu.

"Paned, Mr Tiwdor?"

"Plis."

"A chithau, Miss Parfitt?"

"Sgynnoch chi Coke?"

Mae Lady Nolwen yn gwenu ac estyn y gloch fach arian wrth ei hymyl. Mae Walters yn ymateb yn syth, fel un o gŵn Pavlov.

"Ia, Lady Nolwen?"

"Fedrwch chi estyn Coca-Cola bach o'r oergell os gwelwch yn dda, Walters? Diet ynteu un arferol, Miss Parfitt?"

"Diet, plis."

"Ar unwaith," medda Walters.

"Ai hwn oedd eich gŵr, Lady Nolwen?" medda fi, gan gyfeirio at un o'r lluniau sydd wedi eu gosod yn ofalus ar y silff ben tân. Mae'r gŵr yn y llun yn ei bumdegau hwyr a'i wallt trwchus wedi britho. Ar ei frest mae rhes o fedalau – dwi ddim yn siŵr ydyn nhw'n fedalau milwrol ta beidio – ac mae'r wên ar ei wyneb yn ffals rywsut, y math o wên y basa Gordon Brown wedi ei chyflwyno i'r byd. Gwên sy'n perthyn i ddyn nad yw'n gwenu'n naturiol.

"Ted druan," medda Lady Nolwen, gan roi hanner llwy o siwgwr yn ei the a'i droi. "Roedd o'n casáu ffotograffwyr. Gormod o ffys, medda fo. Oedd o'n perthyn i oes oedd wedi hen basio, Mr Tiwdor. Ond dyna fo, un o'i gyndeidiau wnaeth adeiladu Plas Siencyn – dwi'n anghofio pa un felly fydd raid i chi fadda i mi. Dyna'r unig fywyd oedd o'n nabod, dach chi'n gweld. Cafodd ei fagu i fod yn arglwydd, ei addysgu yn Eton a Rhydychen a – rhowch o i lawr yn fanna, Walters—"

"Diolch, Lady N," medda Vina, gan agor y Diet Coke â chlec.

"Croeso, cariad. Rŵan, lle oeddwn i?"

"Eton," medda fi. "A Rhydychen a—"

"O ia, wrth gwrs. Ac ar ôl hynny treuliodd sbel yn Sandhurst. Y Grenadier Guards – fedrwch chi weld y medals yn y llun, Mr Tiwdor."

"O ia."

"A dyna pryd gwrddais i â fo. Oedd o wedi gadael y Guards a newydd ddechra yn y Swyddfa Dramor. Mi oedd yna un o'r 'deb balls' dychrynllyd yna a—"

"Waw! Oeddach chi'n deb, Lady N?"

"*Nolwen!*" medda fi dan fy ngwynt. Ond, unwaith eto, tydi Lady Nolwen ddim fel tasa hi'n poeni am y fath ffurfioldeb.

"Oeddwn, tad," medda Lady Nolwen. Mae hi'n edrych i fyny fel petai ei dyddiau mebyd yn cael eu dangos ar sgrin ddychmygol uwch ein pennau. "Fi a rhes o genod eraill yn ffres – ac yn hollol hurt – o ysgolion bonedd y Swistir yn cael ein cyflwyno i rai o'r gwŷr mwya cymwys i'w priodi yn y wlad. Mae yna lun ohona i yn rywle. Welwch chi o, Mr Tiwdor?"

"Na," medda fi, gan edrych ar y rhes o luniau – y rhan fwya ohonyn nhw o Blas Siencyn dros y blynyddoedd.

"O wel, falla fod Walters wedi ei gadw'n saff ar ôl i mi orfod symud yma. Ond ta waeth, dyna lle wnes i gyfarfod Ted – neu Syr Edward Loughton Charles Nolwen wrth ei enw llawn. Mi syrthiodd o mewn cariad â mi'n syth ac roedd y briodas yn Cap d'Antibes yn ne Ffrainc. Ar ôl hynny, mis mêl yn y Caribî ac wedyn i Blas Siencyn. Wrth gwrs, mi oedd Ted yn gyfarwydd iawn â'r Plas – cafodd ei eni a'i fagu yno – ond gymerodd hi dipyn o amsar i mi ddod i arfer. Roedd y Plas mor fawr – bron i gant o stafelloedd gwely i ddechra! Ac mi oedd yna gymaint o aelodau staff i ddod i'w hadnabod."

"Oes gynnoch chi blant, Lady N?"

Mae yna olwg drist yn taro wyneb Lady Nolwen.

"Nag oes, cariad. Ac roedd hynny'n siom enfawr i Ted, ac yn enwedig i'w deulu… Wrth gwrs, mi wnaethon ni drio bob dim. Aethon ni i Lundain sawl tro i weld arbenigwyr gorau Harley Street a hyd yn oed teithio draw i America ond, wel, yn y diwedd mi oedd raid i ni dderbyn mai Ted fasa'r Arglwydd Nolwen ola un."

Mae Vina'n edrych arna i ac mae yna awgrym o ddeigryn yn ei llygaid.

"Fedrwch chi ddychmygu, Mr Tiwdor," medda Lady Nolwen, gan droi ata i, "sut deimlad oedd hi i Ted orfod cerdded o gwmpas Plas Siencyn, wrth fynd yn hŷn ac yn hŷn, a sylweddoli fod yna ddim llais plentyn i'w glywed o'r tŷ nac o'r ardd? Dim parhad i'r enw na'r teulu, Mr Tiwdor. Dyna oedd ei drasiedi." Mae hi'n sipian ei the ac yn edrych ar y llun o Arglwydd Nolwen â gwên drist. "Ac, wrth gwrs, mi oedd ei drasiedi o yn drasiedi i ni i gyd oherwydd mewn ychydig mi oedd o'n yfed, mi oedd ei feddwl craff wedi dirywio ac mi wnaeth o golli ei ffortiwn i gyd – ar fyrddau Monte Carlo a thrwy gyfres o sgams hen ffrind iddo o Eton. Mi wnaeth yr Arglwydd Nolwen farw'n ddyn tlawd, Mr Tiwdor. Ar un adeg mi oedd o'n un o'r dynion mwya cyfoethog yng Nghymru – ym Mhrydain hyd yn oed – ond ar ôl i'r wisgi a'r sgamwyr orffen â fo, roedd o mor dlawd â chi, neu – i fod yn hollol onast, Mr Tiwdor – mor dlawd â fi."

"Ond sut fedrwch chi fod yn dlawd, Lady N?" medda Vina. "Mae gynnoch chi gôt ffyr a Bentley. A butler!"

"Oes, cariad," medda Lady Nolwen yn oddefgar. "Ond fydd raid i mi werthu'r gôt a'r car cyn bo hir – os na fydd plant y fflatiau 'ma wedi ei fandaleiddio, wrth gwrs! Ac mae Walters – wel," mae hi'n pwyso mlaen eto ac yn gostwng ei llais yn gynllwyngar, "tydw i heb fedru ei dalu ers misoedd – ers i mi orfod gwerthu Plas Siencyn i ddeud y gwir – ac felly does gen i ddim syniad am faint fydd o'n medru aros efo mi. Mae ffyddlondeb a theyrngarwch yn bethau prin a bendigedig, Mr Tiwdor, ond, yn anffodus, mae yna faterion ymarferol i'w cysidro."

"Ond beth am y Plas? Roedd sôn iddo werthu am ffortiwn."

"Digon gwir, Mr Tiwdor. Ac mi fasa hi wedi bod mor braf medru mynd â'r ffortiwn honno i'r banc. Ond, yn anffodus, oherwydd y problemau ariannol roeddwn i wedi eu hetifeddu gan fy ngŵr annwyl, doedd yna fawr ar ôl. Y cwbwl roeddwn i'n medru ei wneud oedd hel ychydig o weddillion o'r Plas – lluniau, papurau, hen lythyrau a phetha fel Aneirin a Thaliesin druain – a'u tywys nhw yma am sbel. Hen atgofion, Mr Tiwdor. Petha a fu. Dyna'r cyfan fedra i wneud rŵan. Dal mlaen i'r gorffennol gan obeithio rywsut fod y dyfodol am fod yn fwy clên â mi." Yn dyner, mae hi'n mwytho pen oer a chaled Aneirin. "Hen ffrindiau, Mr Tiwdor." Mae hi'n edrych arna i'n graff. "Sydd, wrth gwrs, yn dod â ni at Amadeus."

"Reit," medda fi, fy nghalon yn crynu fel llygoden. "Wrth gwrs." Dwi'n estyn y bocs. "Dyma ni, Lady Nolwen – Amadeus, yn ôl yn saff."

Mae Lady Nolwen yn syllu i'r bocs fel dynas mewn sw'n edrych ar anifail anhygoel nad ydi hi erioed wedi ei weld o'r blaen.

"Dach chi'n berffaith *siŵr* mai Amadeus ydi hwn, Mr Tiwdor?"

Mae 'nghalon yn stopio am eiliad. "Ym... wel—"

"Oherwydd tydi o ddim yn canu grwndi, Mr Tiwdor. Ac mi oedd Amadeus wastad yn canu grwndi pan oedd o'n fy ngweld i."

Dwi'n agor y bocs ac mae Saunde— sori, *Amadeus*, yn camu allan yn drahaus.

"Ym..." medda fi eto, gan sylwi (mewn panic go iawn) fod Lady Nolwen yn edrych ar y gath yn fwy a mwy drwgdybus. "Y peth ydi, Lady Nolwen... mae... ym—"

"Mae o'n diodda o *sioc*, Lady N."

Mae Vina'n cydio yn y gath a'i chodi. Mae hi'n rhwbio bol Amadeus ac mae o'n ymlacio dipyn ac yn dechra gwneud sŵn fel brwsh dannedd electronig. Wrth i fwythau Vina fynd yn fwy brwdfrydig mae'r brwsh dannedd yn troi'n dyllwr lôn.

"Meddyliwch am y peth, Lady N," medda Vina dros y sŵn (ac efo Saunde— sori, *Amadeus*, bellach fel cadach yn ei breichiau), "mae Amadeus wedi cael profiad ofnadwy. Mae o wedi bod ar goll ar strydoedd Pontelfyn ar ben ei hun bach heb neb i edrych ar ei ôl a—"

"Plis, Miss Parfitt, dyna hen ddigon, diolch yn fawr. Tyd yma, Amadeus bach! Tyd at Mami!"

Mae hi'n estyn ei breichiau i dderbyn y gath.

"O, Amadeus bach," medda hi, gan rwbio'i ffwr yn erbyn ei hwyneb a'i fwytho'n dyner, "wyt ti wedi cael amsar ofnadwy, yn do cariad?"

Ond wedyn...

"O diar," medda hi, gan roi'r gorau i'w mwythau. Mae yna olwg bryderus arni.

"Rhywbeth yn... *rong*, Lady Nolwen?"

"Mae o mor dena, Mr Tiwdor! A sbiwch fan hyn. Sbiwch ar ei drwyn bach o. Doedd gan Amadeus ddim craith ar ei drwyn!"

Erbyn hyn mae Saunde— sori, *Amadeus*, wedi blino ar yr holl fwythau ac yn dewis mynegi ei rwystredigaeth drwy wingo, ymdroelli, hisian yn ymosodol ac wedyn, yn uchafbwynt ar y cwbwl, drwy gynnig trawiad poenus a phendant â'i winedd. Yn sydyn, mae Lady Nolwen fel fersiwn geriatrig o Bruce Lee efo 'III' gwaedlyd perffaith ar ei boch.

"Mr Tiwdor," meddai, bron fel zombi, "tydi Amadeus erioed wedi fy nghrafu o'r blaen."

"Trawma, Lady N. Mae Amadeus wedi colli lot o bwysa oherwydd tydi o ddim wedi cael ei fwydo'n iawn a—"

"Walters!"

Mae Walters yn ymddangos ar unwaith.

"Ia, Lady Nolwen."

"Sheba."

"Ar unwaith."

"Tiwna."

"Wrth gwrs."

Mae o'n diflannu ac mae Lady Nolwen yn troi at Vina.

"Wel," meddai, gan sychu ychydig o'r gwaed o'i boch â hancas boced, "falla eich bod chi'n iawn, Miss Parfitt. Mae'r creadur wedi gorfod arfer efo llawer iawn o betha yn ystod y misoedd dwytha. Symud i fan hyn, er enghraifft, ar ôl holl ryddid Plas Siencyn a'r dewis gwych o wlâu i gysgu arnyn nhw a gerddi i'w harchwilio. Do's ryfadd fod o'n bihafio'n od."

"Sheba, Lady Nolwen."

Mae Walters yn rhoi'r bowlen arian ar y carpad. Mae'r bwyd wedi ei osod yn ofalus ac yn fedrus. Mae o bron fel golygfa o *Masterchef*. Mae hyd yn oed sbrigyn o bersli ar y top. Dwi'n hanner disgwyl i Walters ddod yn ôl efo gwydraid bach o Châteauneuf-du-Pape.

"Diolch, Walters," medda Lady Nolwen gan ollwng Saunde— sori, *Amadeus*, a'i anelu tuag at y bowlen arian.

Ond, ar ôl sniffian y bowlen yn ddifater, mae'r gath yn troi ei thrwyn, codi ei chynffon a llyfu ei phen ôl.

"Wel, dyna ryfedd," medda Lady Nolwen.

"O na," medda Vina, "roedd gen i gath ac mi oedd hi'n llyfu ei phen ôl drwy'r amsar."

"Nid hynny, cariad. Sheba. Fel arfer mae Amadeus yn

llowcio'i bowlen Sheba ar unwaith – yn enwedig efo tipyn bach o bersli ar ei ben. Ond edrychwch!"

"Trawma eto, Lady N."

"Dach chi'n meddwl, Miss Parfitt?"

"Saff i chi, Lady."

"Wel, gobeithio wir, Miss Parfitt. Tydi Sheba ddim yn rhad."

Mae yna seibiant. Yr unig sŵn ydi tician y cloc a slochian anweddus Saunde— sori, *Amadeus*, wrth iddo lyfu ei ben ôl efo brwdfrydedd plentyn â lolipop.

I newid y pwnc dwi'n cyfeirio at lun o Blas Siencyn ar y silff ben tân.

"Pwy brynodd y Plas?"

"Wel, wrth gwrs, y cyfreithwyr oedd yn delio efo hynny i gyd, Mr Tiwdor; doedd gen i ddim llais o gwbwl yn y mater. Fy nymuniad i a Ted oedd fod y Plas ar agor i'r cyhoedd ar ôl i ni farw ond, yn anffodus, doedd hynny ddim yn bosib. I fod yn berffaith onast efo chi, Mr Tiwdor, tydw i ddim yn berffaith siŵr pwy brynodd y lle. Dwi'n gwbod falla fod o'n swnio braidd yn od ond, wel, y peth ydi, roeddwn i mor awyddus i adael y Plas yn y diwedd. Mae atgofion yn betha pwerus, Mr Tiwdor, falla wnewch chi ddeall hyn wrth i chi a Miss Parfitt fynd yn hŷn. Y gorffennol, Mr Tiwdor. Mae ganddo bŵer anhygoel dros ein presennol a'n dyfodol."

Mae hi'n sychu mwy o ddagrau o'i hwyneb ac yn gwenu, gan drio rhoi'r argraff fod bob dim yn iawn.

"Aeth gwerthiant y Plas drwy asiant yn Llundain," meddai. "Y cyfan oedd raid i mi wneud yn y diwedd oedd arwyddo ychydig o ffurflenni, a dyna ni. Mi wnaeth yr asiant drefnu bob dim arall. Ges i wahoddiad i fynd rownd y Plas yn dewis be oeddwn i am ei gadw a be fasa'n cael ei werthu, er mwyn ceisio lleihau ychydig ar ddyledion Ted druan, ac wedyn dyna ni. Efo cymorth Walters, chwara teg iddo, mi wnes i lwyddo i sicrhau'r fflat yma a tydw i heb fod yn ôl ym Mhlas Siencyn ers hynny." Mae hi'n sipian ei the a rhoi'r cwpan yn ofalus ar y soser. "O be dwi'n ddallt, mae'n bur annhebyg fod neb arall wedi llwyddo i fynd i mewn yno chwaith."

"O?" medda fi. "Pam hynny?"

"Ydach chi wedi gyrru heibio Plas Siencyn yn ddiweddar, Mr Tiwdor? Mae o fel Castell Colditz."

"Colditz?" gofynna Vina.

Mae Lady Nolwen yn gwenu.

"Gwrandwch," medda hi, "dwi'n siŵr fod gynnoch chi a Miss Parfitt lot o betha i'w gwneud a'r peth ola dach chi angen ydi hen wraig yn rwdlan am y gorffennol ac am ei phroblemau. Walters!"

Unwaith eto, mae Walters yn ymddangos ger y drws.

"Yr arian plis, Walters."

Mae Walters yn estyn i'w siaced pengwin ac yn rhoi amlen frown i Lady Nolwen. Mae 'Mr Leni Tiwdor' wedi ei sgwennu arni.

"Mil wnaethon ni gytuno, yn te?" medda Lady Nolwen, gan roi'r pecyn trwm yn fy nwylo. "Dwi'n meddwl fod y cyfan yna. Ond mae croeso i chi ei gyfri, wrth gwrs. Walters, dwi'n meddwl ein bod ni wedi darfod efo'r te rŵan, os fyddech chi mor garedig."

"Wrth gwrs, Lady Nolwen."

"Lady Nolwen," medda fi, "sori, ond... wel..."

"Oes 'na broblem, Mr Tiwdor?"

"Oes. Wel... na. Be dwi'n feddwl ydi..." Dwi'n agor yr amlen. Mae yna fwndel taclus o bapurau pum deg ynddi.

Tydw i erioed wedi gweld cymaint ohonyn nhw mewn un lle o'r blaen.

"Cymerwch o, Mr Tiwdor. Dim ond ychydig o arian sydd gen i ar ôl erbyn hyn ond be ydi arian o'i gymharu â hen ffrind fel Amadeus? Mi ydach chi a Miss Parfitt wedi gweithio'n galad ac mae eich gwaith wedi dwyn ffrwyth. Fel dach chi'n dweud, mae'n bur debyg y bydd raid i'r creadur gael dipyn o amsar i ddod ato'i hun ar ôl diodda profiad mor ofnadwy, ond mae o'n ôl diolch i'ch gwaith chi, Mr Tiwdor. Cymerwch eich arian, plis."

Dwi'n sbio'n euog ar Vina. Mae'n debyg iawn nad ydi hi erioed wedi gweld tomen o ffifftis fel hyn o'r blaen chwaith. Ond, er fod Lady Nolwen yn amlwg yn hollol fodlon i mi gerdded oddi yno â'r amlen yn fy mhoced, dwi'n gwbod yn iawn fy mod wedi ei thwyllo. Mae pen Amadeus, druan, yn y bin. Ac wrth edrych o gwmpas fflat 3 Bryn Eleri, mae'n amlwg nad ydi'r hen ferch yn medru fforddio mil o bunnoedd dyddiau yma. Felly dwi'n cymryd dau bapur ffiffti o'r amlen ac yn rhoi'r gweddill yn ôl i Lady Nolwen.

"Be ydi hyn, Mr Tiwdor?"

"Sori, Lady Nolwen, ond fedra i ddim derbyn eich arian. Doedd ffeindio Saunde— sori, *Amadeus*, ddim yn waith calad o gwbwl. I ddeud y gwir, mi oedd o'n ddychrynllyd o hawdd. Felly, os dach chi ddim yn meindio, mi gymera i gant i dalu am betrol a ballu, ac i dalu Miss Parfitt. Tyd, Vina."

"Ond, Mr Tiwdor, arhoswch! Mae—"

"Cofiwch ffonio os dach chi angen fy help eto yn y dyfodol, Lady Nolwen. Bore da."

"Mr Tiwdor! Plis, Mr Tiwdor!"

Ond erbyn hyn mae Vina a fi allan o'r fflat. 'Dan ni'n camu ar hyd y coridor, allan heibio'r Bentley ac at y Cadillac.

"Hwda," medda fi, gan roi ffiffti i Vina.

"Blydi hel! Diolch, Leni!"

"Croeso."

"Leni?"

Dwi'n troi ati.

"Ia?"

"Oedd hwnna'n beth neis i neud." Mae hi'n plannu cusan fach nerfus ar fy moch. "O'n i jyst isho i chdi wbod."

I ddweud y gwir, dwi'n eitha embarrassed. Pryd oedd y tro dwytha i ferch fy nghusanu i? Wrth edrych ar Vina mae'n fy nharo ei bod hi'n reit lletchwith am y peth hefyd. Wedyn mae Vina'n cydio yn fy mraich. Mae 'na olwg arswydus ar ei hwyneb.

"O shit!"

Mae hi'n pwyntio at fonet y Cadillac. Mae rhywun wedi peintio'r gair 'PRIK' arno mewn strôcs pendant du.

"O, grêt." Dwi'n sbio o 'nghwmpas. Does neb i'w weld ond dwi'n berffaith siŵr fod y pechadur a'i grônis yn fy ngwylio o rywle cyfagos. "Diolch!" dwi'n gweiddi. "Diolch yn fawr, Bancsi! Ffycin ffantastig!"

"Well i ni fynd, Leni, tyd."

Mae Vina'n fy arwain at y car. Dwi'n agor y drws, rhoi'r goriad mewn, taro'r injan (sy'n refio fel panther), dreifio i lawr at y lôn fawr a throi i'r chwith.

"Lle ti'n mynd?" gofynna Vina. "Rhaid i fi fynd adra. Fydd Mam yn disgwl amdana i. A o'n i'n meddwl bo ti isho rhoi petrol yn dy 'PRIK' beth bynnag. Ffor arall mae'r 24 hour! Leni! Ti'n gwrando?"

"Deg munud," medda fi. "Dwi jyst isho checio rwbath."

Bullitt

Mae 'O' crynedig y binoculars yn ffocysu'n ansicr ar adain orllewinol Plas Siencyn. Weithia mae yna frigyn yn tarfu ar yr olygfa, neu weithia mae'r gwynt yn cydio yn y goeden o'n blaenau ni, gan ei hysgwyd yn chwareus.

"Be ti'n weld, Leni?"

"Dim byd."

"Grêt. Am faint 'dan ni'n mynd i sefyll ar fonat y blydi car 'ma'n sbecian dros y wal? Ddudish i wrth Mam faswn i'n ôl mewn awr."

"Munud."

Mae Plas Siencyn fel rhyw fath o fersiwn druenus o Downton Abbey. Wrth i'r 'O' sgubo ar draws y to mae'n hawdd gweld bod ambell lechen wedi disgyn ac nad oes neb wedi trafferthu gosod rhai newydd. Rŵan mae colomennod a brain a gwylanod wedi coloneiddio'r uchelfannau.

Wrth symud y binoculars i lawr ychydig dwi'n gweld bod llawer o'r ffenestri wedi malu – falla fod rhai o blant drwg Pen Rhiw wedi bod wrthi fel oeddan nhw yn yr hen Grand Hotel – ond y gwahaniaeth ydi fod y ffenestri yma'n hŷn. Mi oedd gwydr rhain ar un adeg – tua 200 mlynedd yn ôl, pwy a ŵyr – wedi adlewyrchu coetsys crand wrth iddyn nhw gael eu tynnu i fyny at y tŷ gan geffylau llyfn a hardd. Tu mewn i'r coetsys roedd merched yn syth o addasiad teledu *Pride and Prejudice* â'u hetiau cymhleth a'u sgertiau oedd yn ddigon hir i guddio tri bwrdd ping pong. Ond â'r gwydr wedi torri, y cyfan roedd y ffenestri yn ei adlewyrchu oedd darlun haniaethol o'r byd.

"Leni!" medda Vina, gan fy mhwnio ac ochneidio'n bwdlyd. "Tyd 'laen!"

"Gwitchia!" medda fi. "Dwi'n gweld rhywun!"

Mae'r 'O' yn ffocysu a diffocysu'n feddwol ond, ar ôl ychydig eiliadau, dwi'n medru setlo'n weddol glir ar ddyn mewn siwt sydd newydd gerdded allan o ddrws ffrynt Plas Siencyn.

"Be ti'n weld, Leni?"

"Dyn."

"Pwy ydi o? Hei, Leni, sbia! Mae 'na fan!"

Dwi'n llusgo'r 'O' oddi ar y gŵr, ar hyd y coed, y llwyni, y pwll, y ffynhonnau addurniadol, a stopio ar y dreif. Mae'r fan fel cwmwl nes i mi lwyddo i droi'r olwyn ar y binoculars.

"Hei!" medda Vina. "Honna oedd y fan welson ni neithiwr. Tu allan i'r Grand! Leni, ti'n gweld? *Leni*!"

"Ia, ocê, Vina! Blydi hel! Mae'n ddigon anodd trio gweld trw'r binoculars 'ma heb i chdi neidio i fyny ac i lawr fatha babŵn!"

Ond mae Vina'n berffaith iawn. Hon *oedd* y fan welson ni tu allan i'r Grand ac, wrth iddi stopio gyferbyn â'r drws ffrynt, mae'r un bobol yn dod allan ohoni, sef Melvin Twenti Pens, Mr Lane… a'r ddau ŵr arall. Mr Lane sy'n amlwg yn rhoi'r ordors. Mae o'n arwain pawb at gefn y fan. Yna, mae o'n agor y drysau ac yn estyn bocsys. (Eto, yr union focsys ro'n i a Vina wedi eu gweld yn cael eu cario i mewn ac allan o stafell 227.) Mae'r dynion, o dan reolaeth Mr Lane, yn dechra cario'r bocsys i mewn i Blas Siencyn ond wedyn mae Mr Lane yn sbio i fyny'n syth i'n cyfeiriad ni ar fonat y Cadillac.

"Shit!"

"Be sy, Leni?"

"Well i ni fynd. Tyd."

Mae DI Farrar yn gwthio ei sbectol i waelod ei drwyn ac yn edrych arna i fel hen brifathro.

"Ditectif preifat, ia, Mr Tiwdor? Ia, wel, mae'n rhaid i mi ddeud 'mod i wedi gweld yr hysbyseb yn Siop… ym… Siop—"

"Gron."

"Ia, wrth gwrs. A hefyd, mae'n rhaid i mi gyfadda, Mr Tiwdor, mi ydw i wedi meddwl i mi fy hunan sawl tro 'Ew, dwi'n siŵr fod bywyd y private eye lot mwy cyffrous ac anturus na bywyd hen dditectif cyffredin fel fi."

"O, dwn i ddim am hynny."

Mae DI Farrar yn gorffwys ei getyn ar y ddesg ac yn edrych arna i'n slei.

"Hen habit, ma arna i ofn. Wrth gwrs, dyddia yma does yna nunlla yn y byd lle gewch chi danio'r peth ond, am ryw reswm, dwi'n ffeindio fod yna rywbeth reit gysurus am fedru smalio ei smocio. Mae o'n helpu hefyd, ychi."

"Reit."

"Falla eich bod chi'n meddwl 'mod i'n od, Mr Tiwdor, ond y ffaith amdani ydi fod o'n helpu efo'r pwysa gwaed. Mae Dr Stone yn y syrjeri wedi cadarnhau hyn ac wedi rhoi sêl ei fendith – cyn belled â 'mod i ddim yn tanio'r peth, wrth gwrs! Ac mae hi mor bwysig i ddyn gael hobi, yn tydi?"

Mae DI Farrar yn chwerthin. Chwerthiniad sy'n gorffen

â chyfres o ffrwydriadau gwrachaidd wrth iddo dagu. Mae'n swnio fel petai ei ysgyfaint yn llawn fflem oeliog, du.

"A be amdana chi, Mr Tiwdor?"

"O na," medda fi. "Tydw i ddim yn smocio. Wel, dim cetyn beth bynnag." Mae 'nghalon i'n llamu i bwll o banic tywyll. "Ym, a tydw i ddim yn smocio dim byd arall chwaith, cyn i chi feddwl."

Mae DI Farrar yn gwenu arna i'n oddefgar.

"Nid ysmygu," medda fo, gan dynnu'r cetyn o'i geg a'i roi yn ei boced fel cowboi yn rhoi gwn yn ôl yn ei holster. "Hobi. Dyna be oeddwn i'n feddwl. Rhyw fath o odrwydd."

"Na... wel, dwi'm yn *meddwl* beth bynnag."

Mae DI Farrar yn codi o'i ddesg ac yn cerdded at y ffenest sy'n edrych dros y promenâd a'r môr.

"Mi oedd gan y ditectifs preifat i gyd hobis, ychi, Mr Tiwdor. Meddyliwch am Sherlock Holmes a'i feiolin er enghraifft. Neu Columbo a'i gi. A phwy fedar anghofio Randall a Hopkirk?"

"Randall a pwy?"

Mae DI Farrar yn troi ac yn cerdded yn ôl at ei ddesg.

"Dyna oedd un o'r prif resymau pam wnes i benderfynu ymuno â'r heddlu, ychi. Gweld y ditectifs gwych 'ma ar y teledu a darllen y llyfrau pan oeddwn i'n fengach. Dwi'n dal i ddarllen llyfrau ditectif i ddweud y gwir. Yn naturiol, mae pawb yn y stesion yn tynnu fy nghoes, ond dyna fo. Eich car chi ydi hwnna, Mr Tiwdor?"

"Be?"

"Y car Americanaidd 'na gyferbyn â'r stesion. Efo 'PRIK' wedi ei beintio ar y bonat mewn paent du. A'r ferch ifanc mewn cap pêl-fas yn ffidlo efo'r radio yn y sêt flaen."

"Wel, na, i ddeud y gwir. Dach chi'n gweld, mi oedd y car

yn perthyn i fy ewythr, Yncl Idwal. Ond mi wnaeth o farw ac mae Anti Maj wedi deud ga i fenthyg o nes i mi fedru ffeindio rwbath mwy call. Mae o'n defnyddio llwyth o betrol ac yn boen i'w barcio."

"Hawdd gweld hynny, Mr Tiwdor. Dach chi ar linell ddwbwl."

"Sori, dach chi angen i mi symud o?"

Mae DI Farrar yn estyn llyfr o'i ddesg. Mae o'n ei agor, pesychu… a darllen fel pregethwr–

"Y bardd trwm dan bridd tramor, y dwylaw
Na ddidolir rhagor:
Y llygaid dwys dan ddwys ddôr
Y llygaid na all agor!"

Ar ôl iddo fo orffen darllen mae o'n eistedd yn ôl yn ei gadair a chau ei lygaid yn dynn. Mae hanner munud yn pasio. Dwi'n dechra meddwl ei fod o wedi mynd i gysgu.

"Detective… Farrar? Dach chi'n—?"

"R Williams Parry," medda fo, gan ddeffro o'i fyfyrdod mewn fflach a phwyso mlaen. "Y meistr. Fyddwch chi'n darllen barddoniaeth o gwbwl, Mr Tiwdor?"

"Wel… weithia ond—"

Mae DI Farrar ar ei draed unwaith eto ac yn traethu fel tasa fo ar lwyfan y Genedlaethol.

"Tyner yw'r lleuad heno tros fawnog
Trawsfynydd yn dringo:
Tithau'n drist a than dy ro
Ger y Ffos ddu'n gorffwyso."

Mae o'n ystyried y geiriau cyn eistedd i lawr unwaith eto.

"Neis iawn," medda fi, gan lyncu poer.

Mae'r drws yn agor ac mae WPC yn sbecian i mewn yn nerfus.

"Bob dim yn iawn, DI Farrar? O'n i'n clywad gweiddi a…"

"Barddoniaeth, Sandra."

Mae Sandra'n edrych arno'n amheus.

"O. Iawn. Wel, os felly, mi a' i ta."

Ar ôl i'r drws gau mae DI Farrar yn estyn llyfr arall o'i ddesg. Llyfr nodiadau'r tro hwn. O'r diwedd, medda fi wrtha fi fy hun (gan eistedd mlaen a rwbio fy nwylo), rŵan mae o am gymryd manylion digwyddiadau amheus y Grand a Phlas Siencyn.

Ond na.

"Tair gwaith dwi wedi trio am y Goron, Mr Tiwdor, a thair gwaith dwi wedi cael fy ngosod yn y pedwerydd dosbarth."

"Wel, tydi hynna ddim yn ddrwg."

"Y pedwerydd allan o bedwar."

"O. Dwi'n gweld."

"Fasach chi'n licio clywad ychydig o fy ngwaith?"

"Wel… i ddeud y gwir, tydw i ddim yn arbenigwr a tydw i ddim yn—"

Ond mae DI Farrar yn traethu eto, y tro yma o'i waith ei hun:

"Edrychwch ar y llew
Gyda'i flew. Mae'r blew
Mor dew. Mor dew â'n hiaith
a'n diwylliant. Mae Cymru fel llew
ond ble mae Llywelyn –
Ein Llew Olaf?"

Mae o'n agor ei lygaid.

"Be dach chi'n feddwl, Mr Tiwdor?"

"Wel? Be ddudodd o?"

"'Dan ni ar benna'n hunain," medda fi, gan roi'r goriad yn yr ignition a throi'r Cadillac o 'Park' i 'Drive'. "A faswn i ddim yn poeni'n ormodol am y poster 'na yn Bertorelli's taswn i'n chdi – ti'n hollol saff rhag cops Pontelfyn."

Tydi Vina ddim yn dallt. Wrth i mi dynnu'r car allan i'r lôn medraf deimlo ei hedrychiad fel lamp boeth ar ochor fy ngwyneb. Ond tydi hi ddim yn pwyso am eglurhad.

"Dwi wedi ffonio Joyce o rif 83 ac ma hi am fynd â ffags rownd at Mam."

"Grêt."

"Mae'r radio yn y jalopi 'ma'n crap. Mae'n amhosib ffeindio Kiss FM. Y cwbwl dwi'n ga'l ydi static a Radio Cymru."

"Faswn i'n dewis y static. Blydi hel, sbia ar y nodwydd 'na – 'dan ni bron allan o betrol. Ond diolch i Lady Nolwen, o leia fedra i fforddio rhoi gwerth ugain punt o unleaded yn y tanc. Efo injan saith litr ddyla hynna sicrhau deg milltir o leia."

"Leni."

"Be?"

"Dwi'n meddwl fod y car 'na tu ôl yn ein dilyn ni."

"Pa gar?"

Yn sgrin lydan y drych dwi'n gweld fan hufen ia, tacsi, Mini coch, beic modur Honda, BMW du—

"Y BMW. Ti'n weld o?"

"Yndw ond dwi ddim yn—"

"A pwy sy'n ista yn y ffrynt?"

"Anodd deud. Mae na fŷs newydd stopio a—"

"Lane a Melvin."

"Be?"

"Siriys, Leni, paid â sbio arna i fel'na! Ti'n meddwl 'mod

i'n gneud y crap yma i fyny neu rwbath? Sbia rŵan, mae'r bŷs yn symud."

Yn y drych sgrin lydan mae'r bŷs yn symud i'r ochor fel cyrtan mewn theatr ac yn dangos y BMW du. Mae'n anodd bod yn siŵr. Mae'r ddau ddyn yn sicr yn *edrych* fel Mr Lane a Melvin Twenti Pens (Melvin Twenti Pens yn gyrru a Mr Lane yn smocio wrth ei ochor) ond mae hi'n anodd bod yn bendant oherwydd adlewyrchiad y cymylau ar ffenest ffrynt y BMW. Ac mae yna lais bach yng nghefn fy mhen yn sgrechian arna i beidio bod mor wirion. Dim ond mewn ffilms a llyfrau ditectif rhad mae pobol yn cael eu dilyn.

"Ydi o'n dal yna?"

"Yndi," medda fi.

"Ddudish i do?"

Mae'r lôn yn troi i'r chwith o'r promenâd ac i lawr stryd â rhes o siopau bach – y rhan fwya ohonyn nhw'n wag a phreniau ar y ffenestri neu'n dangos arwyddion 'Ar Werth'. Mae'r BMW du yn troi hefyd. Yn y drych dwi'n eu hadnabod nhw'n syth. Melvin Twenti Pens a Mr Lane. Maen nhw o fewn deg llath erbyn hyn.

"Be sy?" medda Vina.

"Dim byd."

Mae Vina'n troi rownd.

"Shit! Dora dy droed ar y sbardun, Leni!"

"Ond—"

"Jyst ffycin *g'na fo*!"

Mae hi'n plannu ei throed ar ben fy un i ac mae injan y Cadillac yn rhuo'n flin fel teigar sydd newydd gael ei ddeffro gan rywun yn taro hambwrdd metal dros ei ben. Mae pŵer yr injan yn gwthio'r speedo yn syth i fyny i bedwar deg… pum deg…

Ond, serch hyn, yn y drych mae'r BMW yn dal yn sownd i ni. Mae Mr Lane yn gwenu ac yn rhedeg ei fys yn araf ar hyd ei wddw.

Erbyn hyn 'dan ni ar gyrion Pontelfyn. Mae rhai o'r tai cymharol foethus yn rhuthro heibio ac mae ambell ddyn sy'n llnau ei gar neu'n torri llwyni yn edrych i fyny wrth glywed Cadillac yn rhuo heibio efo BMW du ychydig droedfeddi o'r bŵt.

'Dan ni'n gyrru heibio'r garij 24 awr ac yn troi i'r chwith ar hyd y ffordd sy'n arwain dros Fynydd Eurnant – un o'r ffyrdd mwya anghysbell yng Nghymru. Mae'r tarmac yn hen ac yn llawn tyllau a'r Cadillac yn rholio fel llong ar fôr tymhestlog. Yn sydyn mae'r BMW wrth fy ochor ac mae Melvin Twenti Pens yn gwenu'n fygythiol. Mae yna arwydd cyflymder (pedwar deg milltir yr awr) yn gwibio heibio ac, am unwaith – a'r speedo'n dangos saith deg erbyn hyn – dwi bron yn gobeithio gweld car panda'n ymddangos tu ôl i mi â'i seiran yn canu.

Mae'r BMW du yn taro ochor y Cadillac.

"Shit! Be mae o'n drio neud, Leni?"

"Trio'n perswadio ni i gael picnic dwi'n meddwl."

Mae'r BMW du'n taro yn erbyn y Cadillac unwaith eto ac, er fod y car Americanaidd wedi ei adeiladu fel tanc, mae'r pwniad gan y Dafydd swanc a hydrin yn ddigon i wthio fy Ngoliath yn erbyn y wal garreg ar ochor y lôn, gan greu sgrechiadau metal a chwmwl o wreichion. Mae'r drych ar yr adain yn cael ei rwygo i ffwrdd. Dwi'n tynnu'r car yn ôl i ganol y ffordd ac yn llwyddo i wthio'r BMW yn erbyn y wal ar yr ochor arall.

"Yee-*haaa*!" Mae Vina fel merch mewn rodeo.

"I fyny'r allt," medda fi. "Mae 'na fferm ar y chwith. Os fedran ni gyrraedd fanna fedran ni ffonio am help a—"

"Leni, pam ti'n arafu?"

"Tydw i ddim."

"Wyt, mi wyt ti... *sbia*!"

Mae'r speedo yn dangos pedwar deg... tri deg...

Mae'r Cadillac yn trio dringo i fyny'r allt ond mae o fel dyn wyth deg oed yn ras yr Wyddfa. Dwi'n pwyso'r sbardun mor galed ag y medra i.

Dau ddeg...

Mae'r BMW wedi arafu hefyd.

Deg...

Mae pen yr allt rŵan mor bell â chopa Everest. Dwi'n cicio'r sbardun.

"*Leni*!"

Wedyn mae'r injan yn gwneud sŵn od. Sŵn fel dinosor yn marw.

Mae'r speedo'n dangos '0' a dwi'n troi'r Cadillac i 'Park'.

"Be ffwc ti'n neud? Stopio i edmygu'r olygfa? Leni, mae—"

"'Dan ni 'di rhedag allan o betrol."

Mae Vina'n tynnu'r cap pêl-fas o'i phen ac yn taro ei thalcen â'i llaw.

"O, ffycin *grêt*!"

Mae drws y BMW yn agor ac mae Mr Lane a Melvin Twenti Pens yn cerdded allan fel dau gymeriad o *Reservoir Dogs*. Mae Melvin Twenti Pens yn rhoi pâr o fenig lledar du am ei ddwylo.

"Hei," medda fi, gan gamu o'r car â gwên ac yn gobeithio mai rhyw fath o jôc yw hyn i gyd. "Fedra i egluro bob dim am y—"

Mae dwrn Melvin Twenti Pens fel y nos.

Busnes

"Mae o'n dod ato'i hun."

Yn y cefndir, miwsig. Miwsig cyfarwydd:

Baby, before you turn and face the other way
I got these things you gotta hear me say
I never felt the way I feel with you
Without your love, what am I supposed to do?

Please be my baby, baby
Please turn and stay
Please be my—

Mae'r gân yn stopio'n sydyn a dwi'n clywed sŵn traed yn agosáu. Mae'r sgidiau'n clecian ar y llawr caled – concrit falla?

Wedyn, rhywun yn agos. Oglau canabis ar ei wynt.

"Yeah, he's definitely coming round, boss."

Llais cyfarwydd.

Dwi'n trio agor fy llygaid ond mae'r olygfa'n aneglur ac ar wasgar, reit debyg i glawr *Obscured by Clouds* gan Pink Floyd – cylchoedd amryliw o olau glas, oren ac arian fel darlun gan Seurat yn cael ei astudio dan feicrosgop.

Mae fy llygaid yn brifo.

Fel fy ngên.

Sŵn traed eto.

Rhywun arall yn agosáu. Oglau cologne y tro hwn.

Erbyn hyn dwi'n ymwybodol fod 'na chwiban yn fy nghlust fel petai Boeing 747 yn paratoi ar gyfer take-off ychydig lathenni i ffwrdd. Tinnitus. Y tro dwetha i hyn ddigwydd oedd ar ôl i mi fynd i weld AC/DC yn Earls Court efo Stooge.

Mae fy ngên yn brifo *lot.*

"His eyes are opening, boss."

"Diolch, Melvin."

Dwi'n adnabod yr ail lais hefyd. Y llais sy'n siarad Cymraeg.

Yn araf mae fy llygaid yn ffocysu a dwi'n gweld Mr Lane wrth y drws ac, yn agosach, dau siâp o 'mlaen i. Dwi'n adnabod Melvin Twenti Pens a—

"Helo, Leni," medda Recs Watcyn. "Dyma ni'n cyfarfod eto."

Dwi'n eistedd i fyny'n syth fel bachgen ysgol sydd newydd sylweddoli bod y prifathro wedi dod i mewn i'r dosbarth tra oedd o'n edrych yn freuddwydiol drwy'r ffenest. Wedyn dwi'n sylweddoli bod Vina'n eistedd wrth fy ochor. Ac wrth ei hochor hi mae Stooge. Mae Vina'n gwenu. Gwên ansicr. Mae'r mascara i lawr ei hwyneb fel llygaid panda wedi dechra toddi.

Mae Recs Watcyn yn clicio'i fysedd fel consuriwr ac, ar ochor arall y stafell, mae Mr Lane yn rhoi'r miwsig mlaen eto.

—baby, baby
You're gonna burn me up this way.

I never saw an angel such as you
You're down from heaven, on earth just passing thru
I'm a lucky guy to have known you in this way
But I'm a broken man when you're leaving me today.

Wrth i'r gân barhau mae Recs Watcyn yn hymian yn ansoniarus ac yn fy astudio fel meddyg sympathetig.

"O diar," medda fo, gan ysgwyd ei ben a thytian. "Dy ên, Leni. Ydi hynna'n brifo?"

"Dim ond pan dwi'n chwerthin."

Â'i wyneb mor galed â Chadair Idris, mae o'n clicio ei fysedd unwaith eto ac mae'r gân yn stopio.

"'Please Be My Baby'," medda Recs Watcyn. "Gan Tiny Milton."

"Morton," medda Stooge o ben arall y soffa.

Mae golwg braidd yn bigog ar Recs Watcyn. "Mae'n ddrwg gen i?"

"*Morton*," medda Stooge eto, "nid Milton." Mae ei lais yn wan a blinedig a dwi'n sylwi bod ei lygaid yn biws ac wedi chwyddo. Ond ym myd Stooge mae rhai petha'n bwysicach na chyflwr corfforol. Cael ffeithiau recordiau'n iawn, er enghraifft. Mae o'n pesychu ac yn cario mlaen, bron fel tasa fo'n beiriant otomatig. "Mi oedd yna *Richie* Milton oedd yn recordio o stiwdio yn Muscle Shoals ond Tiny *Morton* nath recordio 'Please Be My Baby'. Crazy Luke Dober oedd y cynhyrchydd a gath y gân ei recordio yn ei stiwdio fo yn—"

"Diolch am y wers. Melvin?"

"Yes, boss?"

"Y pecyn."

"Sure thing."

Mae Melvin Twenti Pens yn estyn jiffy bag mawr oddi ar gadair fach bren a'i basio at Recs Watcyn.

"Ti'n nabod hon, Stooge?" medda fo, gan dynnu record o'r jiffy bag. "*Astral Weeks* gan Van Morrison, ei albwm cynta o 1968 – plis, deuda wrtha i os dwi'n anghywir."

"Na," medda Stooge, gan adnabod y copi'n syth fel yr un

o'i siop, "dach chi'n iawn… ond—"

"Ac mae'r fersiwn yma, os weli di, yn fersiwn eitha prin a drudfawr. Label oren – nid label gwyrdd – a chyflwr perffaith, sy'n golygu bod hon werth tua… o, o leia faint fasa chdi'n ddeud?"

"Dach chi wedi… dwyn… honna o'r siop a…"

"Tyd rŵan, Stooge bach. A chditha mor wybodus yn y maes ac mor awyddus i rannu ffrwyth dy arbenigedd."

"Pum cant falla?" medda Stooge, gan lyncu ei boer. "Chwech?"

"Anghywir, mae arna i ofn. Ti'n gweld, rŵan tydi'r record yma ond werth puntan neu ddwy mewn siop Oxfam."

Efo hyn mae o'n nodio ei ben at Melvin Twenti Pens ac mae Melvin yn tynnu sgriwdreifar o'i siaced ledar.

"Na!" medda Stooge. "Peidiwch… *plis*!"

Â gwên fel gorila, mae Melvin Twenti Pens yn tyllu'r sgriwdreifar i'r finyl prin a'i lusgo yn erbyn y rhigolau, gan greu cyfres o grafiadau ansoniarus. Ar ôl gorffen ei waith mae o'n taflu'r record i'r llawr ac yn stampio arni. Mae Stooge yn griddfan fel ci sydd newydd gael ei daro gan Citroen Picasso. Mae hon yn sefyllfa newydd i mi – un lle mae seico'n cyfarfod â geek. A rŵan dwi'n gwbod beth fydd yn digwydd. Falla fod y geek yn ffeithiol gywir ym mhob achos, ond gan y seico mae'r sgriwdreifar.

Mae'r stafell yn fawr ond does 'na'm llawer ynddi heblaw'r soffa mae'r tri ohonan ni'n eistedd arni, y gadair fach bren (a'r jiffy bag), peiriant tâp reel-to-reel henffasiwn yn y gornel, bwced a mop wrth ymyl y drws tua ugain llath i ffwrdd… a rhes o recordiau aur ar y wal. Mae yna res o luniau hefyd. Lluniau o Recs, o be wela i. Pob un mewn ffrâm. Lluniau o Recs efo'i hen ffrindiau enwog, reit siŵr.

"Tiny Morton," medda Recs Watcyn, gan gerdded tuag ata i. "Dwi'n deall ei fod o'n dipyn o arwr i ti?"

"Wel, faswn i ddim yn deud hynny. Dwi'n licio'r gân, wrth gwrs, a'r stori tu ôl iddi a—"

"Ia, dwi'n gwbod," medda Recs Watcyn, gan ochneidio'n flinedig fel rhywun sydd wedi clywed stori gannoedd o weithia o'r blaen, "does neb yn gyfarwydd iawn â'i hanas, er fod yna sawl stori wedi ymddangos ar y we dros y blynyddoedd i geisio datrys y dirgelwch." Mae o'n edrych arna i. "Dwi wedi darllan nhw i gyd, Leni. Gynted wnaeth Tania ddweud wrtha i mai hon oedd ei hoff gân tra oedd hi yn y coleg, penderfynais ddod o hyd i anrheg ben blwydd arbennig iddi flwyddyn yma. Felly dyma fi'n archwilio'r we am gopïau gwreiddiol. Wrth gwrs, fel dwi'n siŵr y basa Stooge, yr arbenigwr fan hyn, yn ategu, mae copïau gwreiddiol o 'Please Be My Baby' werth tipyn o arian dyddiau yma, ond maen nhw'n gymharol hawdd i'w ffeindio os oes gynnoch chi gontacts. A coelia fi, Leni bach, ti ddim yn llwyddo i gynhyrchu pum rhif 1 ar siart Billboard heb wneud un neu ddau o gontacts." Mae o'n cerdded at y rhes o recordiau aur ar y wal. "Diolch i'r contacts yma, mi wnes i lwyddo i gael hyd i'r tâp gwreiddiol. Y 'master tape'. A dyna beth sydd ar y peiriant ar hyn o bryd. O 1963 – ac mewn cyflwr bendigedig, mor gryf â rhaff ac mor brin â cachu tedi bêr."

Mae o'n astudio un o'r recordiau aur yn ystyriol am ychydig eiliadau cyn gwenu'n drist a cherdded yn ôl at y soffa.

"Wyddost ti be, Leni, pan ti'n cysidro'r peth, do's 'na'm lot o wahaniaeth rhyngtho chdi, Stooge a fi. Be ydan ni? Gwŷr busnes. Dyma ni, yn trio cadw dau ben llinyn ynghyd mewn byd mawr creulon. Wyt ti a fi – a Stooge, reit siŵr – wedi gorfod arallgyfeirio. Ti, er enghraifft. Oedd Tania'n sôn wrtha i dy fod yn awyddus i fod yn actor neu'n gyfarwyddwr tra oeddat ti'n y coleg. Breuddwydion mawr. A rŵan sbia lle w't ti – preifat dic dau a dima yn nhwll tin y byd.

"Mi oedd gen i freuddwyd hefyd, Leni. Ac mi oeddwn i'n ddigon ffodus i'w gwireddu hi. O'n, ar un adeg mi oeddwn i'n gynhyrchydd recordiau llwyddiannus ac mi oedd yr hits mor gyson â bysys Arriva ond wedyn, dros nos bron, dyma'r byd yn newid. Does neb yn prynu records rŵan, Leni, fel mae Stooge yn gwbod yn iawn. Tydi pobol ddim yn fodlon talu am gerddoriaeth. Lawrlwytho ydi bob dim. Cael rwbath am ddim. Mae'r arian wedi diflannu o'r busnes.

"Ond beth amdana i, Leni? Beth amdan y bachgen o Bontelfyn sydd erbyn hyn i fyny at ei glustia mewn dyled yn LA? Beth sy'n digwydd pan mae'r hits wedi stopio a pan mae'r dynion cas mewn sbectols haul isho'u harian yn ôl?" Mae o'n pwyso mlaen ata i. "Arallgyfeirio, Leni, dyna oedd yr unig opsiwn. Wel, hynny neu cael fy narganfod ym mŵt rhyw gar yng nghanol Death Valley."

Mae Recs Watcyn yn camu 'nôl ac yn eistedd ar y gadair fach bren. "Dyna pryd wnaeth y dynion cas yn y sbectols haul wneud cynnig i mi – an offer you can't refuse. Dwi'n siŵr dy fod yn gyfarwydd â'r *Godfather*, Leni, efo dy radd mewn Astudiaethau Ffilm a phopeth. Ta waeth, mi oeddan nhw'n awyddus iawn i ehangu eu rhwydwaith yn Ewrop—"

"Cyffuria?"

Mae Recs Watcyn yn gwenu arna i.

"Yn y pen draw, ia. Dyna lle mae'r arian mawr, Leni. A coelia fi, unwaith ti wedi cael llond banc o arian – ac unwaith ti wedi golli fo – mi wnei di *rwbath* bron i'w gael o'n ôl. Ond cyn i mi gael cynnig ar y gêm fawr mae'n rhaid i mi brofi fy hun. A dyna pam ddes i'n ôl i Gymru. Pontelfyn. Yr hen gartre. Dyna lle oeddwn i wedi torri calonnau'r genod i gyd. Cyn i mi sylweddoli fod y byd yn llawn merched. Merched *lot* mwy prydferth – a *lot* mwy cymwynasgar hefyd, gyda llaw! O'n i'n cofio am yr hen Grand ac am y llwybr o'r môr, o'n i'n arfer chwara yno pan o'n i'n blentyn. Ac mi o'n i'n cofio pa mor berffaith oedd y lle ar gyfer y fenter smyglo oedd y dynion mewn sbectols haul wedi ei rhannu â mi, menter oedd fel rhyw fath o brawf. 'Smygla di'r sigaréts am ychydig, Recs,' medda nhw, 'a gawn ni weld be arall fedran ni gynnig i ti yn y man, er mwyn i chdi neud ffortiwn ac er mwyn i ni gael ein harian yn ôl.' Busnes. Syml."

Mae Recs yn gwenu. Ond wedyn mae'r wên yn diflannu mor sydyn ag y daeth hi. Mae o'n codi.

"Dyna pam fedra i ddim fforddio i neb dorri ar fy nhraws, Leni, ti'n dallt? Mi oedd hi'n ddigon o broblam ar ôl i'r boi Wallinger 'na benderfynu ei fod o am ddatblygu'r hen Grand. Oedd raid i mi fynd at y dynion mewn sbectols haul yn LA a'u perswadio i roi mwy o arian i mi er mwyn cael prynu Plas Siencyn fel storfa dros dro. Doeddan nhw ddim yn hapus, Leni. Ac mi fasan nhw'n fwy anfodlon byth tasan nhw'n clywad fod 'na breifat dic, boi gwerthu records a lleidr eilradd wedi busnesu a rhedag at y cops."

Mae o'n agosáu at y soffa eto ac yn edrych i fyw fy llygaid.

"Busnes, Leni. Dyna'r cwbwl ydi o. Dim byd personol. Dwi'n siŵr tasan ni i gyd wedi cyfarfod dan amgylchiada gwahanol y basan ni i gyd wedi cael sgwrs hynod ddiddorol am gyflwr y diwydiant recordiau a fy anturiaethau yn y maes. Ond dyna fo."

Yn sydyn, mae Vina'n codi o'r soffa.

"Dwi'n stiff."

"Sit down, you slut!"

"Na, Melvin," medda Recs Watcyn wrth ei rwystro.

Mae Vina'n gwenu'n sarhaus ar Melvin, yn rhwbio ei phen-glin a cherddded at y wal. Mae'n edrych ar y recordiau aur.

"Be dach chi'n mynd i neud efo ni?" medda Stooge.

"Wel," medda Recs Watcyn, gan gerdded i ben draw'r soffa, "mae yna lais bach yn fy mhen i'n deud falla – jyst *falla* – fod y tri person yma o 'mlaen i'n eitha diniwed ac yn annhebygol o fygwth fy musnes yn sylweddol. Mae'r llais bach yma'n deud falla mai'r peth gorau i'w wneud fasa rhoi ffrae fach iddyn nhw ac, ar ôl i Melvin roi slap fach ar eu penolau jyst i'w dychryn ychydig, mai'r peth cydwybodol i'w wneud fasa gadael iddyn nhw fynd yn ôl i'w bywydau bach di-nod. Ond, ar y llaw arall, mae yna lais bach arall yn fy rhybuddio fod pobol sy'n busnesu fel hyn yn medru bod yn niwsans – yn enwedig pan dwi wedi cyfarfod un ohonyn nhw o'r blaen ac mae'r person hwnnw wedi torri mewn i 'nghartre i ac achosi dros dair mil o niwed i fy Ferrari."

Dwi'n llyncu poer ac yn troi i edrych ar Vina. Mae hi wedi rhoi'r gorau i astudio'r recordiau aur ac erbyn hyn mae'n edrych fesul un ar y lluniau.

"Yn anffodus, mae'n ormod o risg i ddyn busnes fel fi. Mae arna i ofn mai'r ail lais ydi'r un cryfa. Y llais sy'n awgrymu 'mod i'n—"

"Gwneud be wnaethoch chi i Harri?" medda fi.

Mae Recs Watcyn yn troi ata i.

"O ia," medda fo. "Harri druan. Y broblem efo Harri, Leni, oedd fod o'n ddiofal ac yn farus. Felly oedd rhaid... wel... *delio* efo'r broblem."

"A sut wnaethoch chi hynny?"

"Mi oedd Harri'n dallt y gêm, Leni. Mi oedd o'n gwbod

yn iawn ei fod o, a'i wraig, yn chwarae efo tân wrth geisio fy nhwyllo. Ac felly dyna sut a'th petha. 'Nes i ddysgu lot o betha allan yn LA, Leni, ac nid jyst am gerddoriaeth. Ond tydw i ddim yn licio trafod ochor annymunol y busnes—"

"Na, fedra i ddychmygu."

Yn sydyn, mae yna sŵn dychrynllyd ac afreal bron yn dod o'r fan lle mae Vina'n sefyll. Mae'r sŵn yn gyfuniad arswydus o sgrech, udo, bloedd a chri o'r galon. Dwi'n troi. Mae Stooge yn troi hefyd. Mae pawb yn sbio ar Vina wrth iddi edrych ar y llun ola ar y wal. Mae hi'n troi at Recs Watcyn mewn dicter.

"Y *basdad*!" meddai.

"What's going on, Mr Watcyn, sir? Do you want me to—?"

Ond cyn i Melvin Twenti Pens gael cyfle i wneud dim mae Vina wedi neidio dros y soffa ac am ben Recs Watcyn fel llewpart. Falla fod Vina'n fach ond mae hi'n hynod o gryf ac mae grym ei momentwm yn ddigon i daflu Recs Watcyn yn galed yn erbyn y peiriant reel-to-reel nes i'r tâp weindio'n ôl, stopio a dechra chwarae o'r cychwyn:

Baby, before you turn and face the other way
I got these things you gotta hear me say
I never felt the way I feel with you
Without your love, what am I supposed to do?...

Eiliad? Hanner eiliad? Mae'n anodd dweud yn union faint o amsar wnaeth basio cyn i Mr Lane a Melvin Twenti Pens sylweddoli bod rhywbeth mawr o'i le. Roedd gweld ymosodiad ar Recs Watcyn – y Big Chief – a'i wylio'n cael ei daro'n erbyn y peiriant reel-to-reel ac wedyn i'r llawr (a'i weld yn cael ei waldio'n ddidostur) gan ferch mewn het bêl-fas a trainers yn dipyn o sioc (a dweud y lleia).

"Hei!" medda Mr Lane. "Be sy'n—?"

Digwydd. Dyna oedd y gair roedd o ar fin ei ddweud. A dwi'n ffyddiog y basa fo wedi ei ddweud o hefyd heblaw am un ffactor annisgwyl. A'r ffactor hwnnw oedd cadair bren yn taro ei wyneb ar gyflymdra o tua ugain milltir yr awr.

Rŵan, tydw i erioed 'di bod yn un da mewn ffeit. Fel arfer roeddwn i'n fwy tebygol o *gael* dwrn na'i *gyflwyno*, felly beth ar y ddaear wnaeth i mi godi'r gadair bren a'i tharo ar draws wyneb Mr Lane â fy holl egni?

Ofn falla?

Mae'n hawdd dadansoddi'r petha yma'n ddeallus a rhesymol ar ôl iddyn nhw basio ond, ar y pryd, roedd fy mhroses feddyliol yn fwy tebyg i hyn:

Shit... ffyc... ym... cadair... hitia fo!

Felly dyna be wnes i. Strôc berffaith fel trawiad gan Geoffrey Boycott neu Ian Botham yn erbyn pêl griced gên Mr Lane.

Wrth gwrs, yn y ffilmiau, pan mae rhywun yn cael ei daro gan gadair bren mae'r gadair yn malu'n deilchion ac mae'r dioddefwr (ar ôl rhwbio'i hun fel tasa fo newydd gael ei daro gan ddim byd gwaeth na chlustog) yn codi ac yn cario mlaen i gwffio bron fel tasa 'na ddim byd wedi digwydd. Ond, fel wnes i ddarganfod â chryn ryddhad, dyma be sy'n digwydd pan mae person yn cael ei daro ar draws ei wyneb yn galed â chadair bren yn y byd *go iawn*:

1. Mae o'n syrthio i'r llawr yn syth.
2. Dydi o ddim yn codi.

Ond beth am Melvin Twenti Pens? Wel, yn amlwg, roedd y boen o weld y babŵn twp yma'n crafu sgriwdreifar ar hyd un o'i recordiau mwya drudfawr wedi corddi'r lafa yng nghrombil llosgfynydd Stooge a rŵan, wrth iddo weld ei gyfle, roedd y mynydd hwnnw wedi ffrwydro mewn ffordd ddychrynllyd.

A welodd Melvin Twenti Pens y dwrn yn hedfan ato?

A deimlodd o'r boen wrth i'r dwrn daro ochor ei wyneb?

Anodd dweud.

Ond mi aeth o i lawr fel sach o datws ac, fel Mr Lane, wnaeth o ddim codi eto.

Dwi'n camu mlaen i drio helpu Vina ond mae hi'n sgrechian arna i.

"Aros, Leni!"

Love is a trick to play on fools like me
I should have known it would never set me free
You were so special, I'm just aaaaaarrrrghghhhghglllllll...

Mae 'Please Be My Baby' yn gorffen mewn ffordd annisgwyl ac wedyn dwi'n sylweddoli pam. Mae Vina wedi tynnu'r tâp drudfawr o'r peiriant, ei weindio rownd ei dwylo fel weiren a'i lapio'n dynn rownd gwddw Recs Watcyn.

"Crrrrrrr gggghhhhhlll ngngnngghhhh!" medda Recs Watcyn, gan gicio'i goesau a thrio tynnu'r tâp. Ond mae wyneb Vina'n benderfynol wrth iddi dynhau ei gafael. I ddweud y gwir, dydw i erioed wedi ei gweld hi *mor* benderfynol.

Erbyn hyn mae wyneb Recs Watcyn yn dechra troi'n las.

"Vina," medda fi. "Gwranda... falla fasa hi'n syniad i chdi—"

"Gad o fynd, y bitch fach!"

Dwi'n troi rownd a gweld Tania wrth y drws. Tania efo .44 Magnum Colt Anaconda. Tania efo .44 Magnum Colt Anaconda wedi ei anelu'n syth at Vina.

"Ffyc off, dol," medda Vina.

"Dwi ddim ofn saethu hwn."

"Lleucu... Gwranda, rho'r gwn i lawr a—"

"*Tania*!"

"Sori, *Tania*. Gwranda. Rho'r gwn i lawr a—"

"Reit," medda Tania, gan godi'r .44 Magnum Colt Anaconda anferth a chau un llygad er mwyn targedu, "ti 'di gofyn am hyn, bitch!"

"Tania, *na*!"

Oedd hi'n bwriadu saethu'r gwn? Mae'n amhosib dweud. Dwi wedi clywed pobol yn sôn fod clicied y gynnau hyn yn medru bod yn ofnadwy o sensitif ac felly mae'n debyg ei bod hi wedi tanio'r gwn ar ddamwain. Tydw i ddim yn arbenigwr ar arfau ond dwi'n gwbod bod Magnums yn enwog am greu cic anhygoel ac, ar ôl saethu, mi gafodd Tania ei thaflu'n ôl nes iddi faglu dros Melvin Twenti Pens (oedd yn gorwedd yn anymwybodol) a tharo'i phen yn erbyn gwaelod y drws. Ychydig wythnosau'n ôl mi faswn i wedi rhedeg ati i weld os oedd hi'n iawn ond, rŵan, mi oedd yna rywun arall yn peri mwy o ofid i mi.

"Vina!" medda fi, gan blygu drosti a thynnu'r cap pêl-fas oddi ar ei phen. "*Vina*!"

"Ydi hi'n ocê?" gofynna Stooge. Mae o wedi plygu i lawr wrth fy ochor. Mae Vina'n hollol lonydd ac mae bwled y .44 Magnum Colt Anaconda wedi creu cylch bach coch yn ei siaced – cylch sy'n chwyddo'n ofnadwy o sydyn...

... a chylch sy'n ofnadwy o agos i'w chalon.

"Vina! *Deuda* rwbath!"

"Well i ti beidio'i hysgwyd hi fel'na, Leni."

Dwi'n troi arno fel ci ffyrnig.

"Wel, be ti'n disgwl i mi neud, Stooge? Jyst sefyll o gwmpas ac aros iddi farw?"

"Ocê, ocê," medda Stooge yn amddiffynnol, "jyst... deud oeddwn i. Gwranda, dwi am ffonio ambiwlans. A'r heddlu hefyd."

Mae o'n estyn y ffôn symudol o'i boced. Tydi Stooge erioed wedi bod yn ffan o dechnoleg newydd a dwi'n weddol siŵr mai dyma'r tro cynta iddo fo ddefnyddio un.

"Reit," medda fo wrtho'i hun, "sut dwi'n gneud hyn... ym..."

"Tyd â fo yma," medda fi, gan gipio'r ffôn. Dwi'n codi a phwyso 999 cyn cerdded draw at y wal â'r recordiau aur a'r holl luniau – Recs Watcyn efo Neil Sedaka, Recs Watcyn efo'r Supremes, Recs Watcyn efo Jermaine Jackson, Recs Watcyn efo Cher.

"Hello, emergency services, which service do you require?"

"Oh, hello... ym... ambulance, please. And police. And could you please try to make it as quick as you can because—"

Ac wedyn y llun ola ar y wal.

"Hello? Hello, caller? Are you still there? Is everything alright? Caller? Caller?"

"What? Oh. Yes. Sorry... quick as you can, please."

Bysedd

Ysbytai. Dwi erioed 'di licio nhw. Gynta Mam, wedyn Dad. O fewn dwy flynedd i'w gilydd roedden nhw wedi mynd, Mam drwy gansar a Dad drwy yfed dwy botel o vodka a gyrru ei Vauxhall Astra yn syth i mewn i beiriant dyrnu jyst tu allan i Ddolgellau.

"Ti'n ocê, Leni?"

Mae Stooge wrth fy ochor, fel arfer. Mae o wedi cau'r siop dros dro ac yn aros yn yr un B&B â fi yng Nghaerdydd. Mae Anti Maj wedi rhoi menthyg arian i mi fedru aros yma. Yn agos i Ysbyty'r Heath. Yn agos at Vina.

"Yndw," medda fi. Er 'mod i ddim.

"Be ti'n feddwl ddyla fi neud efo rhein?"

Mae Stooge yn codi'r tiwlips gafon ni yn Tesco Extra.

"Dwi'm yn gwbod."

"Falla fydd gin un o'r nyrsys botyn neu rwbath. Ti'n meddwl?"

"Falla."

Hon ydi'r drydedd wythnos i Vina fod yn yr Heath ac mae Stooge a fi wedi bod yma bob pnawn a bob nos ond, ers y cychwyn, does 'na'm newid. Ar ôl y llawdriniaeth daeth Vina yn ôl i'r stafell (roedd ganddi stafell ar ei phen ei hun oherwydd ei chyflwr difrifol) a dyna lle mae hi wedi bod ers hynny – yn gorwedd yn berffaith lonydd â Spaghetti Junction y tiwbs yn sticio allan ohoni a sgrin gêm fideo yn blîpio i gofnodi curiadau gwan ei chalon.

Mae hi mewn rhyw fath o gôma yn ôl Doctor Naid. Roedd Vina wedi bod yn lwcus iawn oherwydd roedd y fwled wedi methu ei chalon o ryw chwarter modfedd ac wedi pasio trwy ei chorff heb greu niwed i'w hysgyfaint.

"But there's absolutely no cause for complacency here, Mr Tiwdor, and I don't want to issue any false promises."

"No doctor, I understand."

"I've seen these kinds of wounds before. In Rwanda, where I practised before coming to Wales, there was a young boy who suffered a similar wound. The bullet passed straight through him with no apparent damage to the major organs and yet, two or three weeks later, his body went into shock and it triggered a cardiac arrest. That's why we have to remain vigilant, Mr Tiwdor. She's not out of the woods yet. Not by a long chalk."

"Will music help? Can we try it?"

"I don't see why not."

Felly dyna be oedd Stooge wedi'i wneud. Mi aeth o gwmpas rhai o siopau recordiau Caerdydd a phrynu'r math o fiwsig oedd o'n gasáu – dubstep, garage, trance – ei lwytho ar iPod Vina a gofyn i nyrs osod yr hedffôns yn ofalus am glustiau'r claf. Dyna oedd y sŵn glywson ni am wythnosau –

tsss tssss tsss tsssss tssss

"Ti'n meddwl ei bod hi'n 'i glywad o, Leni?"

"Dim syniad."

"'Swn i'n licio os fasa hi'n symud."

"Dwi'n gwbod."

"Hyd yn oed os fasa hi jyst yn… blincio… neu rwbath."

"A finna hefyd, Stooge," medda fi, cyn gostwng fy llais a gafael yn ofalus yn Vina. "A finna hefyd."

tsssss tssssss tsssss tssssss

“Mae hi’n edrach yn well pnawn ’ma, Leni, ti’n meddwl?”

Anodd dweud. Mae’r tiwbs yn dal ynddi fel gwaywffyn arallfydol ac mae ei llygaid ar gau o hyd. Ydw i’n dychmygu neu oes yna wên fach ar ei hwyneb? Fel tasa hi’n effro drwy hyn i gyd a phob dim jyst yn jôc mae hi’n chwarae am ein pennau? Falla fod y nyrsys yn rhannu’r jôc hefyd. A Doctor Naid.

“Well fi nôl dŵr iddyn nhw,” medda Stooge.

Erbyn hyn mae yna res o diwlips ar sil y ffenest. Mae’r haul yn tywynnu trwy’r petalau, gan danlinellu mor fregus ydi’r cannoedd o wythiennau main oddi mewn.

“Vina,” medda fi’n dawel. “Ti’n fy nghlywad i?”

tssssss tssssss tsssssss tsssssss tssssss

tsssss tsssss tssssss tsssssss

“Leni, dach chi dal yma?”

“Sori, nyrs.”

“Ma visiting wedi gorffan ers chwartar awr. Os ddeith y Ward Sister yma fydda i mewn trwbwl go iawn. Dowch.”

Dwi’n codi ac yn gwthio’r gadair yn ôl yn erbyn y wal yn ofalus.

“Stooge ddim efo chi heno?”

“Na, mae o wedi darganfod noson pop quiz yn y dre. Rois i’r night off iddo.”

Dwi’n gwenu’n wan. Mae Nyrs Jones yn gwenu’n ôl. Yr unig sŵn yn y stafell am ychydig eiliadau ydi blîp y sgrin a sibrwd yr iPod.

“Ydi hyn yn normal, nyrs?”

“Be?”

"Bod mewn côma fel hyn… dach chi'n gwbod… ar ôl cyfnod mor hir a—"

"Dim ond ychydig wythnosa sydd wedi bod ers iddi ddod mewn!"

"Ia, ond y peth ydi, mae—"

"Dowch, Leni! Fydda i yn y cach os ddalith y Ward Sister chi!"

"Sori."

Wrth i mi gerdded at y drws mae Nyrs Jones yn gafael yn fy mraich. Mae ei llygaid yn llawn cydymdeimlad.

"Mae'r petha 'ma'n medru cymryd amsar, Leni. Ti'n dallt?"

"Yndw. Sori. Diolch. Eniwe, nos da, Nyrs Jones."

"Nos da, Leni."

tsssssss tssssss tsssss

tssssssss tssssssss tssssssss tsssssssss

"*Rare* Bird," medda Stooge.

"Sori?"

"Neithiwr, yn y pop quiz yn y dafarn 'na ym Mhontcanna," medda fo. Mae o'n fy mhwnio. "Hei, ti'n gwrando ta be?"

"O, yndw. Sori."

"Dyma'r boi yn gofyn y cwestiwn 'Pwy gafodd hit efo'r gân 'Sympathy' yn 1970?' a dyma fi'n rhoi Rare Bird i lawr ond yn ffeindio'i fod o'n meddwl mai '*Great* Bird' oedd yr ateb cywir! Fedri di goelio'r peth? A fynta'n trefnu cwis pop!"

"Ssssh!"

"Y?"

Dwi'n codi o'r gadair ac yn pwyso dros y gwely (gan drio osgoi'r tiwbs).

"Nath hi symud rŵan? Welis ti?"

"Dwi'm yn gwbod, o'n i ddim yn—"

"Nath hi symud ei bysedd, dwi'n siŵr o'r peth. Hei, Vina? Vina? Ti'n fy nghlywad i? Symuda dy fysedd eto os ti'n clywad."

tsssssss tsssssss tsssssss tssssss

Ond mae'r fraich yn llonydd. Ar ôl ychydig eiliadau dwi'n ochneidio'n drwm ac yn eistedd i lawr ar y gadair wrth ymyl Stooge unwaith eto.

"Reflex," medda fo. "Dyna be ddudodd Doctor Naid, ti'n cofio? Nath o ddeud weithia fod y cyhyrau'n gallu symud yn sydyn ond 'na'r cwbwl oeddan nhw – reflex."

"Ond o leia mae o'n dangos ei bod hi'n dal yn fyw, yn dydi? A bod 'na obaith."

Tro Stooge oedd hi i ochneidio rŵan.

"Leni," medda fo, "mae hi wedi cael ei saethu efo Magnum. Point blank. Mae hi'n uffernol o lwcus fod hi yma o gwbwl. Rŵan, gwranda. Mae Doctor Naid wedi deud—"

"Doctor ffycin Naid!" medda fi. "Dwi'n ffed yp clywad be mae Doctor Naid yn ddeud a dwi—"

"Stedda i lawr, Leni, ffor ffyc's sêc, neu fydd y Ward Sister 'na'n dŵad yma eto a'n hel ni allan."

"Sori, Stooge, dwi jyst wedi… "

"Dwi'n gwbod. Tyd, stedda."

Dwi'n eistedd yn ôl ar y gadair wrth ochor y gwely. Mae Vina fel tasa hi am ddeffro unrhyw eiliad a dweud 'Ha ha, wnes i'ch twyllo chi go iawn rŵan, yn do?' Ond mae ei hwyneb yn ddisymud. Fedra i glywed blîp y peiriant o hyd ac mae'n dal i anadlu, felly o leia mae hi byw. Am rŵan.

"Hei," medda Stooge, gan fy mhwnio a thrio newid y pwnc, "maen nhw'n dal yna."

"Pwy?"

"Y cops, tu allan i'r stafell lle maen nhw'n cadw Recs Watcyn. Welis i'r nyrs 'na sy'n siarad Cymraeg ac yn dŵad o Fangor—"

"Nyrs Jones?"

"Ia, a nath hi ddeud wrtha i fod y stafell dan 24-hour guard. Gynted mae Recs Watcyn ddigon ffit fyddan nhw'n ei arestio fo."

"Grêt."

"Codi ofn ar rywun, dydi? Pan ti'n meddwl am y peth. Mae o yna jyst i lawr y coridor."

"Wnaeth hi sôn rwbath am Tania?"

"Yn Roath, medda hi. Mewn cell. A'th yr hogan yn nyts. A sôn am nyts, dwi dal ddim yn dallt be ar y ddaear wnaeth i Vina actio fel'na. A'th hi'n hollol wyllt hefyd!"

Dwi'n ochneidio a checio'r fraich eto. Ond dydi hi ddim yn symud.

tsssssss tsssssss tsssssss tsssssss

"Leni? Leni?"

Mae rhywun yn fy ysgwyd yn dyner. Dwi'n agor fy llygaid.

"O," medda fi, gan eistedd i fyny yn y gadair. "Nyrs Jones. Sori, ma'n rhaid 'mod i wedi syrthio i gysgu a—"

"Dwi 'di dŵad â panad o de i chdi o'r peiriant."

"O. Diolch."

"Mae o reit boeth felly bydda'n ofalus."

"Faint o'r gloch ydi hi?"

"Tri. Yn y bora."

"Yn y bora? Ond mae'n rhaid—"

"Mae'n ocê. Mae'r Ward Sister off sick."

"O, grêt. Wel, be dwi'n feddwl ydi… biti, gobeithio fydd hi'n well yn fuan."

Mae Nyrs Jones yn gwenu.

"Tisho cwshin?"

"Na, dwi'n ocê, diolch."

Mae hi'n mynd at Vina ac yn checio rhywbeth ar y siart. Mae hi'n sgwennu nodyn, ailosod y dillad gwely'n ofalus a dŵad yn ôl ata i.

"Ydi hi wedi gneud IRM arall heno?"

"IRM?"

"Involuntary Reflex Motion, ti'n cofio i mi egluro'r term i ti ddoe?"

"O ia. Do. Naddo, dwi'n feddwl. Tydi hi heb symud ei bysedd heno. Ond mi 'nes i gysgu felly fedra i ddim bod yn bendant."

"Mae Doctor Naid isho sgwrs efo chdi fory."

Mae hyn fel nodwydd i mewn i fy nghalon (heb anaesthetig).

"Doctor Naid? Pam? Oes 'na rwbath o'i le?"

"Dwi'm yn gwbod. Fydd raid iddo fo egluro. Hanner awr wedi deg, medda fo. Well i ti fynd adra ar ôl y banad 'na, Leni. Mae'n rhaid i ti orffwys chydig. Mi 'na i edrach ar ôl Vina. Paid â poeni."

tsssssssss tsssssss tssssssss tsssssssss

"As you know, we've been in touch with the Social Services in Pontelfyn, Mr Tiwdor, and we've naturally arranged for them to inform Miss Parfitt's mother of what's happened.

Unfortunately, she's in no condition to travel down to Cardiff at the moment and, between you and me, it is highly unlikely, given her fragile physical and mental condition, that she will be in any fit state to care for Miss Parfitt if – I mean, *when* – she emerges out of her coma so—"

"I can look after her."

"Well, that was what I was wanting to talk to you about, Mr Tiwdor."

Mae sŵn gofid yn ei lais.

"You see," medda fo, gan dynnu'r sbectol o'i drwyn a'i gosod ar y ddesg o'i flaen, "it's highly probable that if – and we're men of the world, Mr Tiwdor, I'm afraid it really is an 'if' we're talking about here – *if*, as I say, Miss Parfitt comes out of this then she is going to need specialist care."

"I can look after her."

"Perhaps you misunderstand me. It's likely that she might be paralyzed."

"But you said that—"

"I know, Mr Tiwdor. I informed you, quite correctly, that the bullet missed her heart and vital organs and appears to have passed through her body without causing any significant tissue damage – a one in a million shot, if you pardon the pun – but, as I also explained to you, the human body is an unpredictable thing, Mr Tiwdor. Sometimes an incident like this can have unforeseeable consequences. One of these involves a complete lockdown of the nervous system. I saw it several times in my native Rwanda. Kids who were shot – sometimes in the arm or the legs – lost their speech or general cognition. They forgot how to walk, or who people were. It can be quite shocking, Mr Tiwdor, and I wanted to prepare you for it if it happens."

"Thank you, Doctor Naid. I can look after her."

Mae o'n edrych arna i am eiliad cyn rhoi'r sbectol yn ôl ar ei drwyn ac agor y ffeil o'i flaen.

"Now, it says here that you work as a… "

"Private detective, that's right."

"Private detective," medda Doctor Naid, fel taswn i newydd ddweud 'Tyrannosaurus rex impersonator'. Mae o'n edrych arna i fel rheolwr banc sydd newydd dderbyn cais am fenthyciad o gan mil o bunnoedd er mwyn i'r cwsmer fedru rhoi bet 66/1 ar 'Sunnyside Lad' yn y 3.15 yn Aintree.

"But I've got my own flat and I'm sure my Anti Maj wouldn't mind if Vina – I mean, Miss Parfitt – moves in for a bit whilst she recuperates."

"I don't really think that would be—"

"And Stooge can help too because he can—"

"And Stooge is a…?"

"He's a… well… he's a well respected local businessman."

"I see."

Mae o'n tynnu ei sbectol eto ac yn pwyso mlaen.

"Mr Tiwdor, I don't think you appreciate the seriousness of the situation here—"

"Of *course* I fucking do!" medda fi, gan sefyll. "What do you think I am? An idiot or something? Of course I understand! I've been here every fucking night! Sitting there by her bed just waiting for her to—"

"Calm down, Mr Tiwdor."

Mae drws y swyddfa'n agor a phen ei ysgrifenyddes yn ymddangos yn bryderus.

"Everything okay, Doctor?"

"Yes, Judith. Everything's fine. Thank you."

Mae Judith yn edrych arna i'n ddrwgdybus ac yn cau'r drws.

"Now please, Mr Tiwdor, sit down. There. Now, all I want to do is to make you aware that, even if Miss Parfitt is lucky enough to emerge from this coma, it is highly unlikely that she will ever again be the Miss Parfitt you once knew, do you understand? Now, as I say, she's been lucky once and she may be lucky twice but medical science and my experience as a doctor would suggest that she may well have suffered irreparable brain damage as a result of a traumatic reaction. It's the body's natural defence against a catastrophic event of this nature. The body is a complex system of interrelated factors, Mr Tiwdor. Upset one and it can create an imbalance and that imbalance can set off an entirely unpredictable and potentially tragic series of events. Do you understand?"

"Yes."

"Good."

"But I can look after her."

tsssssss tsssssss tsssssss tsssssss

"Vina? Dwi'm yn siŵr os wyt ti'n fy nghlywad i ond... wel... mae Doctor Naid wedi deud fod 'na bobol yn edrach ar ôl dy fam felly does dim rhaid i chdi boeni am hynny a... ym... mae o wedi deud fedra i edrach ar dy ôl di pan ddoi di allan o'r... pan ddeffri di... rownd a... dwi 'di dŵad â bananas i chdi. Dwi 'di rhoid nhw mewn powlen wrth ymyl y gwely fan hyn. Ti'n medru 'nghlywad i, Vina? Gwasga fy llaw i os fedri di. Na? Wel... mae'n braf heddiw. Wrth i mi ddŵad mewn oedd 'na lot o bobol mewn siorts ac mi oedd 'na lot o sports cars efo'r to i lawr. Mae Stooge am ddŵad heno, medda fo. Mae o wedi bod yma efo fi dros y mis dwytha, chwara teg iddo fo. Mae Anti Maj wedi menthyg mwy o bres i mi ar gyfer y B&B. Ydi'r miwsig yn helpu? Fedra i lwytho mwy o stwff os ti isho. Jyst gwasga fy llaw i os wyt ti isho hynny. Ti'n fy nghlywad i, Vina? Symuda dy fysedd os wyt ti."

tssssss tsssssss tsssssss tssssssssss

"Lle mae hi?"

"Sorry?"

"Where is she?"

"Who?"

"Vina, of course! Vina Parfitt! She was in this bed last night when I left! She's been here for over a month! You've got to—"

"Stedda, Leni," medda Stooge, gan gydio yn fy mraich, "falla fod nhw jyst wedi symud y—"

"Where's Nurse Jones?"

"She's not on today. But I can get the Ward Sister for you and then you can—"

"I don't want to see that fucking battleaxe!"

"Leni, stedda! Tyd…"

"Get me Doctor Naid! Get me the doctor now! Do you understand?"

"Wait here."

Mae'r nyrs yn brysio allan yn ofnus.

"Blydi hel, Leni," medda Stooge, gan fy nhroi yn wyllt, "be s'an ti? Fedri di ddim gweiddi fel'na ar bobol! Yn enwedig ar nyrsys! Ti'n gwbod be sy'n mynd i ddigwydd rŵan, yn dwyt? Mae'r nyrs fach 'na am fynd i nôl y Ward Sister ac mae hi am 'yn hel ni allan a wedyn fydd Vina ddim yn gwbod—"

"Fydda i ddim yn gwbod be?"

Dwi'n troi tuag ati.

"Vina?"

"Haia, Leni. Blydi hel, ti fatha rywun ar *Doctor Who* sydd newydd weld Dalek!"

"*Vina*!"

Mae hi'n rolio'i llygaid.

"Wel, pwy 'dda chdi'n ddisgwl? Amanda Holden? Sori dy siomi di!"

Dwi'n rhedeg ati a'i chofleidio.

"*Awwww*! Leni!"

"Sori," medda fi, gan deimlo deigryn yn llifo i lawr fy moch. Dwi'n troi a sylwi bod Stooge yn crio hefyd.

"'Nes i newid y miwsig crap 'na," medda fo. "Neithiwr 'nes i lwytho 'Please Be My Baby' ar yr iPod. O'n i'n meddwl falla fasa fo'n helpu… Tyd yma…"

Mae Stooge yn ei gwasgu.

"*Awwwww*!"

"Ond, Vina," medda fi, mor ddryslyd a hapus â gŵr sydd newydd glywed ei fod o wedi ennill y loteri a bod ei sengl ddiweddara newydd gyrraedd rhif 1 yn America tra bod Waldo, ei gi, wedi ennill *Britain's Got Talent* efo'i dric o gnoi asgwrn tra'n udo 'Hen Wlad Fy Nhadau'. "Sut… be… pam… ym—"

"Wel," medda Vina (yn ei choban a'i slipars ac efo un neu ddau o'r tiwbs yn dal yn sownd ynddi), "mae o reit syml rili." Mae hi'n eistedd ar ochor y gwely. "'Nes i jyst ddeffro bora 'ma a'r peth nesa oedd 'na nyrs yma'n gneud ffys, wedyn rhyw ddoctor yn gneud *mwy* o ffys gan weiddi fod o erioed wedi gweld y ffasiwn beth o'r blaen a ryw lol fel'na a—"

"Ga i ddŵad mewn?"

Mae yna rywun wrth y drws. Bachgen ifanc, tua'r un oed â Vina. Mae o'n gwisgo'r jîns gwirion 'na sy'n hongian o'i ben ôl ac mae ganddo het pixie ar ei ben â dwy belen yn siglo fel pendiliau i lawr ei fron. Am ryw reswm dwi'n teimlo pwl o genfigen bur. Oes gan Vina gariad? Dydi hi erioed wedi *sôn* am un. Ond eto, dydw i erioed wedi *gofyn*. A lle fuodd o tra bod Vina yn—

"Leni, dyma Kidd."

"Kidd?" Typical. Pwy fath o enw oedd hynna? "*Kidd*?"

"Ia," medda Kidd.

"*Kidd*?"

"*Inspector* Kidd."

"Ins...*pector* Kidd?"

Mae Vina'n chwerthin. A Stooge hefyd.

"Be sy'n bod, Leni?" medda Vina'n ddireidus. "Ti wedi cochi!"

Ar hyn mae Doctor Naid yn dŵad i mewn.

"Ah," medda fo, "so you've seen her. Isn't it incredible? I've never seen anything like it. Not even in Rwanda. One minute she's in a profound coma and the next she just wakes up as if nothing has happened and—"

"So she's okay?" medda fi. "No problems with her..." Dwi'n sibrwd yn ei glust, "you know... her *mind* and stuff—"

Wrth gwrs, mae Vina wedi clywed hyn ac mae hi'n dechra tynnu stumiau, rolio'i llygaid a gwneud sŵn fatha zombi.

"We'll have to carry out some tests, of course, but... well... no, she seems to be fine. I haven't seen anything like it. I think the Inspector here wants to have a few words so I'll leave you to it and I'll pop in later."

Mae Doctor Naid yn cau'r drws ar ei ôl.

"Anhygoel," medda fi. "Fedra i ddim coelio'r peth. Mae

Stooge a fi wedi bod yn dŵad yma bob nos am dros fis a—"

"Do," medda Vina, "diolch am hynna, bois."

"Pleser," medda Stooge.

"Ond tro nesa, peidiwch â rhoi miwsig dubstep shit ar loop ar fy iPod ocê? Blydi hel, fuo bron i fi fynd yn nyts!"

"Oeddan ni wedi amau'r peth ers sbel," medda Inspector Kidd. "Roeddan ni wedi derbyn adroddiadau gan bobol fod 'na rywbeth yn mynd mlaen yn yr hen Grand Hotel ym Mhontelfyn ond, yn anffodus, doedd gynnon ni ddim mo'r adnoddau i wneud ymholiadau llawn ac i fynd undercover. Diolch i chi a Mr Stooge ac – wrth gwrs – i Miss Parfitt—"

"Vina," medda hi, ac yn syth dwi'n teimlo'r un pwl o genfigen yn rhuthro trwy fy nghorff.

"*Vina*," medda Inspector Kidd. "Fel oeddwn i'n dweud, diolch i chi'ch tri mae hi ar ben ar Recs Watcyn. Mi geith o sbel reit hir yn y carchar dybiwn i. Dwi ddim yn meddwl fydd ei lun o yn y papurau am gyfnod."

"A beth am Tania?"

"Mae hi'n cael asesiad seicolegol ar hyn o bryd," medda Inspector Kidd. "Fedra i ddim dweud be sydd am ddigwydd iddi tan ar ôl i ni gael y canlyniadau."

Mae o'n sefyll ar ei draed.

"Ond oeddwn i jyst isho diolch i chi," medda fo. "Ac mi oeddwn i hefyd isho dŵad â hwn yn ôl i Miss Parfitt."

Mae o'n troi at y cwnstabl wrth y drws ac mae'r cwnstabl yn pasio llun i Inspector Kidd. Llun mewn ffrâm. Mae o'n ei roi i Vina.

"Diolch," medda hi.

Ar ôl i Inspector Kidd a'r cwnstabl adael dwi'n symud at y gwely ac yn eistedd wrth ochor Vina.

"Be ydi o?" medda fi.

Mae Vina'n edrych i fyw fy llygaid.

"Dyma be welis i yn y selar," medda hi. "Ar y wal efo'r llunia eraill. Y peth nath neud i fi fynd yn nyts."

Mae hi'n troi'r darlun a dwi'n gweld ffotograff mewn ffrâm, ffotograff wedi ei dorri yn ei hanner yn ofalus efo siswrn. Mae yna lun dyn ifanc, ac wrth edrych arno mae o'n fy atgoffa o rywun. Ond pwy? Wedyn mae'n fy nharo i. Wrth gwrs. Recs Watcyn. Mae o'n gwisgo siwt ond ei fod o wedi rholio ei drowsus i fyny oherwydd ei fod yn sefyll yn y môr. Mae o'n gwenu ar y camera. Mae ei fraich yn arwain i lawr tuag at y man lle mae'r llun wedi ei dorri. Ond jyst cyn y toriad dwi'n sylwi ar rywbeth yn ei law.

Bysedd bach.

Bysedd bach yn gafael ynddo'n dynn.

y Lolfa

GERAINT LEWIS

BRODYR A CHWIORYDD

Mae anifail yn llechu ym mhawb

£8.95

HUNAN-ANGHOFIANT

BRYCHAN LLYR

BRWYDR BERSONOL MAB YR HENDRE

y Lolfa

£9.95

y Lolfa

MWY O

SGYMRAEG

We apologise for any inconvenience caused

Rydym yn ymddiheuro am unrhyw gyfleustra a achosir

gyda Tudur Owen

Pigion
Jac Codi Baw
golwg

£3.95

Am restr gyflawn o lyfrau'r Lolfa, mynnwch gopi am ddim o'n catalog neu hwyliwch i mewn i'n gwefan

www.ylolfa.com

lle gallwch archebu llyfrau ar-lein.

TALYBONT CEREDIGION CYMRU SY24 5HE

ebost ylolfa@ylolfa.com

gwefan www.ylolfa.com

ffôn 01970 832 304

ffacs 832 782